日本汉学家『近世』中国研究丛书
朱刚 李贵 主编

冯梦龙《山歌》研究

［日］大木康 著

复旦大学出版社

本书由上海文化发展基金会图书出版专项基金资助出版

中文版序

江巨荣

日本东京大学大木康教授的《冯梦龙〈山歌〉研究》中文版由复旦大学出版社出版,我非常高兴,先允许我在此表示热烈的祝贺。

早在1984年,也就是我国改革开放后不久,大木康教授当年作为日本早期高级进修生来复旦进修,主修的就是冯梦龙的《山歌》。我接受中文系领导的安排,有幸与大木康共同阅读这些山歌。我们不论寒暑,不论场地,有时在留学生宿舍,有时在我的家里,有时在外出考察的旅馆饭店,我们一句句、一字字地阅读、探讨,可谓"奇文共欣赏,疑义相与析",乐此不疲。遇上困难我们查找资料,每有收获我们都心生欢喜。在一年多的时间里,我们边干边学,集中精力,把数百首明代苏州山歌和若干桐城歌基本上完整地讲读了一遍。此后,我们都对这段如切如磋、互教互学的经历留下了美好的记忆。

回到日本,大木康君开始了他的"冯梦龙研究"和"山歌研究"。他阅读了大量的历史文献,阅读了日本、中国以及德国、荷兰研究者的著作,还多次到我国一些民歌之乡作民歌演唱的实地调查和民俗调查,访问我国一些山歌研究者。经过二十年艰苦、孜孜以求的研究、整理,1988年由《东洋文化研究所纪要》所收的长编论文形式初次出版,1998年以《冯梦龙〈山歌〉研究》为题的论文拿到东京大学文学博士学位,2003年由日本劲草书房正式出版了他的《冯梦龙〈山歌〉研究——中国明代的通俗歌谣》。全书800余页，包含了论考编七章、译注编十卷，其中还穿插了一些历史和现实中的歌谣文献资料和演唱图片。全书内容扎实，见解独到，文献丰富，图文并茂，印制亦精美高雅，可称是作者二十年研究成果的精心结撰之作，也是目前为止反映冯梦龙《山歌》研究最新成就之作。出版后即受到日本、中国学界及国际研究者的关注，广获好评。

明代山歌，在明代就受到高度赞誉，李梦阳所说"真诗乃在民间"，表明一代文士对民间歌诗的关注，卓珂月更直接称吴歌、挂枝儿、罗江怨等山歌俗曲为"我明一绝"，把它提高到与唐诗、宋词、元曲同等地位的文学加以肯定。由于这种文学地位的重要性，我国学界对它也都有积极的评价。在我们的文学史著作里，在一些学者论述明代文学或民间文学的著作里，都有一定的论述。但仔细查检我们的学术论著，我们已有的研究，大概只有若干单篇论文，和一些民间文学研究或文学史研究的论著中的一些章节，所论也都是有关山歌内容和艺术的某个方面。集中或全面展开的研究尚未出现。倒是与山歌相关的方言词语研究，这些年来成绩比较突出。于此可见，作为专门研究冯梦龙《山歌》的专著，特别是有分量的、较全面、整体的学术专著，就显得尤为需要和值得期待。大木教授的这部大著的出版正适应了国内外学界的需要，也适时地填补了我国这一学术议题的许多盲点，值得我们借鉴。

大木教授的大作与我们常见的山歌研究论著不同，它不是仅仅从社会学或从文学批评角度，给这些山歌贴上"反封建""人民性""民间文学"的标签，而是立足于山歌本体与其整体的研究，把整体的宏观视野与微观的条分缕析结合起来。它探讨的是冯梦龙辑录的这些山歌的作者身份、山歌反映的女性形象的差异、这些山歌的不同来源、不同体裁山歌的艺术技巧和表现手法、冯梦龙辑录编排这些山歌卷帙的安排和意图,以及冯梦龙在山歌辑录和研究上的贡献。在对各个论题作出仔细分析后,再由表及里、从个别到一般,进而论述中国明代山歌出现的历史、地域原因,山歌的集体性和总体面貌,中国各地山歌所表现的内容及艺术差异,古今山歌的联系与演变,山歌与散曲及民间戏曲的关系等等,提升到更普遍的理论层面。这些论题在我们以往的研究中,有的是不曾涉及的,有的虽有涉及,但研究得不够深入,大木教授的著作不仅把握了这些重要论题,而且提出了不少深入的见解。例如,他指出,《山歌》不但有田中之歌、娼妓怨女之歌,还有织佣、染工、船工之歌,都市之歌,有的也经文人士子染指,也杂有他们的戏作,作者身份各殊。又指出,山歌表现的有恋爱的热情,有良家女性的受压抑的欲望,有旷夫怨女的悲伤离别,有娼妓男色的乱伦关系,各类山歌,表现了不同人群的不同生活和心理,内容复杂。其他如论山歌艺术擅用"双关"手法的文学传统,这些双关用语与地方民俗、风物的密切联系;论山歌体式的分类及不同体式在表达情感和叙事功能的优长,冯梦龙把三百多首山歌分为十卷,拟物比附,排列有序,其间有着怎样的内涵和意图,都作了仔细的分析和阐述。论述中作者除指出这些山歌的社会批判、文学批判的价值外,还特别标举它们是中国"方言文学的旗帜"。这些论述既有整体观照,又有具体分析,给人以耳目一新之感。这些都包含着作者的理论思考和自己的真知灼见,对我们阅读理解这些山歌有很多启发。

大木康教授日文版的《冯梦龙〈山歌〉研究》原来还有三百多篇山歌的日文翻译与注释,这是为日本读者介绍这些山歌的重要而必不可少的一部分。现在回到中国,复旦出版社的中文译本割舍了这一部分,无疑有它充分的合理性。但这一译注部分,其实包含了大木教授对山歌许多文辞、方言的理解与诠释。

其中所涉及的一些艺术的品评也多妙语横生、切中肯綮。它所采用的辞书、我国古代的文献、中外学者的评论,材料也十分丰富,解说也很有启发,缺少这一部分,或许有遗珠之憾。希望了解这些内容的读者可以从日文版中得到补偿,从事山歌研究的学者则可据以作研究的参考。它将为研究者提供有益的帮助。

本书文笔清新流畅,精到工稳,这为我们的阅读起到了很好的桥梁作用。

目　　录

中文版序　江巨荣 / 1

序章 / 1
 第一节　问题之所在 / 3
 第二节　《山歌》研究小史 / 9
 第三节　本书的课题与方法 / 20
 第四节　《山歌》语言及其研究 / 23

第一章｜卷一～卷六各卷所收四句山歌 / 27
 第一节　卷一诸篇及其构成 / 29
 第二节　卷二诸篇及其构成 / 37
 第三节　卷三诸篇及其构成 / 42
 第四节　卷四诸篇及其构成 / 46
 第五节　卷五诸篇及其构成 / 51
 第六节　卷六诸篇及其构成 / 56
 第七节　小结 / 59

第二章｜四句山歌之来历——"场"的考察 / 67
 第一节　农村之歌 / 70
 第二节　都市之歌 / 110
 第三节　船歌 / 120
 第四节　妓楼之歌 / 133

第五节　文人之戏作 / 142
　　第六节　小结 / 151

第三章 | 卷七~卷九各卷所收中、长篇山歌 / 153
　　第一节　卷七诸篇 / 155
　　第二节　卷八诸篇 / 159
　　第三节　卷九诸篇 / 169
　　第四节　小结 / 176

第四章 | 中、长篇山歌之来历 / 179
　　第一节　山歌与摊簧 / 181
　　第二节　山歌之歌手 / 186
　　第三节　农村山歌向都市的发展 / 189
　　第四节　小结 / 195

第五章 | 卷十"桐城时兴歌" / 201

终章 | 编者冯梦龙与《山歌》之文学 / 209
　　第一节　冯梦龙之《山歌》编纂 / 211
　　第二节　《山歌》之文学——关于"真" / 219

中文版后记 / 234

书名索引 / 238

人名索引 / 243

［序章］

第一节 问题之所在

明代末期,即嘉靖(1522～1566)、隆庆(1567～1572)至万历(1573～1620)、天启(1621～1627)、崇祯(1628～1644)这一时期,在中国文学的历史长河中可谓是大放异彩的时代。之所以说"大放异彩",是因为在这一时代,戏曲、小说等通俗文艺宛如春日繁花,以耀眼夺目的姿态热烈绽现,例如《三国演义》《水浒传》《西游记》《金瓶梅》所谓"四大奇书"等大量优秀的长篇作品被刊行。

其实通俗文艺的萌芽,并非始于这明末时期。唐代即有"变文",宋有瓦子"说话",元有"杂剧"。然而如果我们暂且先将这些历经数百年长眠后在敦煌洞窟中突然重见天日的"变文"搁置不论,其他两种通俗文艺——"说话"和"杂剧"文本的确立和固定都是在明末,这已是不争的事实。

首先看元代"杂剧"的情况。向来有"汉文、唐诗、宋词、元曲"的说法,代表有元一代之文学成就的"曲",其精华为元杂剧。关汉卿、王实甫、马致远等名家辈出,创作了洋洋大观的元杂剧作品。然而,我们今日却难以见到元代当时的完整文本。我们现在所能见到的最早的具备戏曲三要素——曲(歌词)、白(念白)、科(舞台提示)的完整元杂剧文本,是明代弘治十一年(1498)刊行的《新刊大字魁本全相参增奇妙注释西厢记》。该文本中不仅有曲、白、科也一应俱全;此外所谓"全相"即页面的上半部分为插图、下半部分为文字这种上图下文的结构,说明它并非用于戏剧演出,而明显是为了供人阅读而作成的。

以此《西厢记》为嚆矢,其后又有嘉靖年间李开先的《改定元贤传奇六种》、万历年间的《古名家杂剧》《息机子古今杂剧选》《顾曲斋元人杂剧选》等相继刊行，堪称是元杂剧文本之定型版的臧懋循之《元曲选》也是在这一时期问世。《元曲选》是一部收录了百种元杂剧的选集，它的完成，使读者能够轻而易举地获睹元杂剧之文本。①

当然，元代刊行的元杂剧文本也并非完全没有，《元刊杂剧三十种》就是一例。然而它虽然基本上完整地收录了曲的部分，白的部分却只收录了歌唱者正末或正旦的念白，如果我们仅凭这文本就无法理解戏曲故事的来龙去脉。要读懂这样的文本，自然必须以事先了解该故事为前提，因此它很有可能是供人观剧使用的。②

此外，元杂剧中虽然也有明代宫廷中演剧用脚本这类钞本流传下来，但它们却仅保存于宫廷这一特定场所而难以传到芸芸大众的手中。因此它们和明末大量出版的文本之间可谓泾渭分明，不可将二者等量齐观。③

接着来看白话小说的母胎——宋代"说话"。以《三国演义》为例，北宋苏轼的《东坡志林》卷一"涂巷小儿语"条记载：

> 王彭尝云："涂巷中小儿薄劣，其家所厌苦，辄与钱，令聚座，听说古话。至说三国事，闻刘玄德败，颦蹙有出涕

---

① 关于《元曲选》之评价，参吉川幸次郎《元杂剧研究》（《吉川幸次郎全集》第十四卷所收）序说四"元杂剧之资料"。关于李开先《改定元贤传奇六种》，参赤松纪彦《关于南京图书馆所藏〈改定元贤传奇〉　附〈陈抟高卧〉〈青衫泪〉校勘记》（《中国における通俗文学の発展及びその影響》，平成十〜十二年度科学研究费补助金研究成果报告书，2001年）。

② 参岩城秀夫《元刊古今杂剧三十种之流传》（《中国戏曲演剧研究》所收）、金文京《〈元刊杂剧三十种〉序说》（《未名》第3号，1983年）。

③ Wilt L. Idema, "Why You Never Have Read a Yuan Drama: The Transformation of Zaju at the Ming Court", *Studi in Onore Di Lanciello Lanciotti*, Napoli, 1996, pp. 765 – 791. 小松谦《中国古典演剧研究》（汲古书院，2001年）Ⅱ《明代的元杂剧——读曲用文本成长的过程》第一章"明本的性格"（原题《内府本系诸本考》，刊于《田中谦二博士颂寿纪念中国古典戏曲论集》，汲古书院，1991年）。

者。闻曹操败,即喜唱快。以是知君子小人之泽,百世不斩。"

可见在当时,市井就流行这类故事(说话),并有了以蜀汉为善、曹魏为恶的这种价值判断倾向。此外孟元老《东京梦华录》卷五"京瓦伎艺"中,特意将"说三分"(《三国志》)和"五代史"作为专门的说话门类而记载。但遗憾的是,我们现今无缘获睹当时作为"说话"材料而颇具规模的《三国志》故事之北宋版。

现存的《三国志》故事文本中,有元代至治年间(1321～1323)福建刊行的《全相平话三国志》。虽然它是上图下文的形式,显然是为了供人阅读而刊刻,但相较于后来的《三国演义》,篇幅不可同日而语。《全相平话三国志》虽是可资了解《三国志》故事发展某一个阶段的很宝贵的材料,并有以《三分事略》之书名刊行的别本,可见确实相当程度地流传,但同样只能说是一种过渡性质的文本。

现存的《三国演义》诸版本中,最早的是嘉靖元年(1522)刊行的《三国志通俗演义》。它是长达240回的皇皇巨著。以此嘉靖本为肇端,其后有为数众多的版本刊行面世。①

从其他作品中也可看到与之类似的状况。比如《西游记》,虽然宋元时代就有简略的文本《大唐三藏取经诗话》,但到明末时才有百回规模的《西游记》之成书。② 再比如《水浒传》,其内容在宋代就是艺人说话的材料,也是元代杂剧的题材,作为故

---

① 金文京《〈三国演义〉版本试探——以建安诸本为中心》(《集刊東洋学》第61号,1989年)、中川谕《〈三国演义〉版本研究——毛宗岗本的成立过程》(《集刊東洋学》第61号,1989年)、上田望《〈三国演义〉版本试论——关于通俗小说的一种考察》(《東洋文化》第71号,1990年)、中川谕《〈三国志演義〉版本的研究》(汲古书院,1998年)等。

② 太田辰夫《西遊記の研究》(研文出版,1984年);矶部彰《〈西遊記〉形成史の研究》(创文社,1993年),尤其是第十二章"明后期《西遊記》之大成及其流布"。

事来说具有悠长的历史,但形成今天这样的规模,就笔者所知最早的版本当是刊行于嘉靖年间的郭武定本。①尽管郭武定本现已散佚,然完成于嘉靖年间、至万历年间大量刊本流布这一点,与《三国演义》的情况是颇为相似的。长篇小说以外的短篇作品的情况也相似,先有嘉靖之际洪楩刊行的《六家小说》,②然后有天启年间冯梦龙的"三言"、崇祯年间凌濛初的"二拍"。

不难看出,元杂剧和白话小说文本的发展样相是极为相似的。它们最初都起源于曲艺场或舞台的表演艺术,元代时刊行了早期文本;而到了明代后期,尤其是嘉靖时代,作为读物的完整文本出现;到万历年间,它们在更广阔的范围中流布。两者的情形是如出一辙的。

此外,明末《金瓶梅》的问世,可谓是白话小说史上一大转折点。《金瓶梅》和拥有作为说话材料前史的《三国演义》《水浒传》等不同,它是《水浒传》的某一位读者因其情节触发而执笔写就的,即个人创作的作品。而其后的白话小说之历史,正是以创作作品为中心展开的。

此类明代末期的特有现象是因何而产生的?这个问题是笔者年来关注的主题之一。解决此问题的一个路径,就是关注那些积极投身于通俗文学、尤其是从前被视作卑俗之物的白话小说的文人。嘉靖本《三国志通俗演义》所附庸愚子《三国志演义序》云:

> 前代尝以野史作为评话,令瞽者演说。其间言辞鄙谬又失之于野,士君子多厌之。若东原罗贯中,以平阳陈寿传,考诸国史,自汉灵帝中平元年,终于晋太康元年之事,

---

① 高岛俊男《〈水浒传〉の世界》(大修馆书店,1987年)十三"最佳文本"。
② 祁承爜《澹生堂藏书目》卷七《子类第三·小说家·记异》:"《六家小说》六册,六十卷,《雨窗集》十卷,《长灯集》十卷,《随航集》十卷,《欹枕集》十卷,《解闲集》十卷,《醒梦集》十卷。"

留心损益,目之曰《三国志通俗演义》。文不甚深,言不甚俗,事纪其实,亦庶几乎史。盖欲读诵者,人人得而知之,若《诗》所谓里巷歌谣之义也。书成,士君子之好事者,争相誊录,以便观览。

"士君子多厌之"的"评话",当指"全相平话"之类。该序文中,明确指出《三国志通俗演义》是应"士君子"之好而刊刻的。从口头讲述的说话至向书籍形式的白话小说的发展、至明末通俗小说风靡一时之背景中,"士君子"的存在不容忽视。当时的士人,对本是庶民娱乐趣味的通俗文艺甚为瞩目关心、并积极投身其中,其原因为何?

要回答这一问题,我们有必要探讨与小说有关的特定人物,或许这样得出的结论才能让人信服。遗憾的是,不知是否是由于当时白话小说在文坛的地位很低,与这些人物有关的具体资料今日几已不存。堪称白话小说转折点的《金瓶梅》之作者兰陵笑笑生,如果能够知道他的生平资料的话,当然是最理想的。然而,关于他的真实身份可谓众说纷纭,我们仍然无法详知其生命历程。

在这些形形色色的人物中,以编集短篇白话小说集"三言"而有声于世的冯梦龙(1574～1644),是早期小说史上有具体传记资料可循的少数人物之一。①

冯梦龙生于苏州一个士人家庭,曾循规蹈矩地为了科举而埋首书斋。他在三兄弟中排行第二。当时他们三兄弟有"吴下

---

① 关于冯梦龙之传记,参容肇祖《明冯梦龙的生平及其著述》(《岭南学报》第2卷第2期,1931年)、《明冯梦龙的生平及其著述续考》(《岭南学报》第2卷第3期,1932年),陆树仑《冯梦龙研究》(复旦大学出版社,1987年)、《冯梦龙散论》(上海古籍出版社,1993年),王凌《畸人·情种·七品官——冯梦龙探幽》(海峡文艺出版社,1992年),傅承洲《冯梦龙与通俗文学》(大象出版社,2000年)以及小野四平《中国近世における短篇白話小説の研究》(评论社,1987年)第一章"关于冯梦龙"、拙著《明末のはぐれ知識人—馮夢龍と蘇州文化—》(讲谈社,1995年)等。

三冯"之称,而冯梦龙被称为"三冯之首"。在文化教育发达的苏州,能获得如此高的赞誉颇为不易。但遗憾的是,冯梦龙一生都未能在科举考试的最难关——乡试中合格。也许是当时经济高度繁荣的苏州之浮华,使他难以心静如水地甘坐书斋的冷板凳。冯梦龙一方面与《水浒传》《金瓶梅》等白话小说的刊行有千丝万缕的联系,同时也流连于风月之地,编撰了评骘南京秦淮妓女的《金陵百媚》以及俗曲集《挂枝儿》《山歌》等著作。

至天启年间,冯梦龙已将编纂出版书籍立为终身之志,《四书指月》和《春秋衡库》等科举参考书、《新平妖传》和"三言"等白话小说、《墨憨斋定本传奇》等戏曲、《古今谭概》等故事集、《笑府》等笑话集,等等,洋洋大观的书籍经他之手而不断问世。

冯梦龙晚年时,以贡生身份赴任福建寿宁县知县。明王朝灭亡后不久,他收集北京方面的信息,编纂出版了《甲申纪事》。

冯梦龙一直都厕身于士人之列,同时和诸多通俗文艺著作有纷繁牵涉,因而被誉为"通俗文艺之旗手"。

在考虑冯梦龙与通俗文学之关系时,以往的研究大多仅仅着眼于"三言";然而笔者认为,更具研究价值的是他编纂的苏州地区的民间歌谣集《山歌》十卷。《山歌》中收录有猥亵内容的歌谣,其开头附有冯梦龙阐述自己编纂意图的《叙山歌》。

本书将从冯梦龙编集的《山歌》为何这一问题出发,进而探究他怀抱怎样的意图而编纂刊行了如此规模庞大的民间歌谣集。笔者相信,这将是解决先前所提出的明末士人为何对民间通俗文艺如此关注、具体来讲两者之间有何种关联等问题的绝佳路径。

本书将基于以上所述的问题意识,对冯梦龙《山歌》之相关情况进行多维度、多方面的探讨。

第二节 《山歌》研究小史

本书的研究对象是明末苏州人冯梦龙编的《山歌》十卷。它收录了多达三百八十首以吴语记录的苏州地区的歌谣以及桐城歌,这是相当特异和罕见的。首先来回顾一下自《山歌》这部书被发现至今日的研究状况(关于《山歌》资料及研究文献,参本节及本章第四节)。

编纂刊行于17世纪初叶的冯梦龙之《山歌》,在其后漫长的岁月里一度消失于人们的视线,直到20世纪它才重见天日并引起人们的瞩目。安徽省歙县的名曰许甄夏之人所藏的刻本,在民国二十三年(1934)被上海的传经堂书店的主人朱瑞轩求购得到。①

《山歌》被发现后,汪云荪立刻以"重价"购入(见传经堂排印本《山歌》之汪云荪《跋》)。该原刻本后来又流入郑振铎之手(《西谛书目》卷五"集部下·曲类"著录"山歌十卷,明冯梦龙辑,明末刊本,四册,八八〇四"),现在收藏于国家图书馆。其文献信息如下:

> 山歌十卷,四册。纵26.5厘米,横15厘米。左右双边,纵20厘米,横12.5厘米。正文每半叶八行二十一字,无界。白口无鱼尾,版心有"山歌一 私情四句 几"。有眉评、评点、标点。墨憨斋主人序。序题《叙山歌》,目录题

---

① 传经堂排印本所附朱瑞轩《后记》有云:"明冯梦龙《山歌》十卷,歙县许甄夏先生藏,去年到徽州访书,得见此书,欣喜欲狂。因与许先生再三情商,请其让与。不意携归上海,即为汪云荪先生所见,要我再行转让。争持甚久,以不忍过拂其意,终于允之。"

《童痴二弄　山歌》。(国家图书馆书号 15678)

国家图书馆所藏的这部《山歌》,后被收录于《冯梦龙全集》(上海古籍出版社,1993 年)第 42 册影印出版,我们现在已很容易看到原刻本的样子。

接下来看看《山歌》研究史上几部具有重要意义的论著,以此来审视研究史中的问题点以及尚待解决的课题。

(一) 顾颉刚校点《山歌》,上海朱氏传经堂排印本,1935 年

《山歌》被发现的翌年,即民国二十四年(1935),顾颉刚校点的排印本由上海传经堂书店出版。对冯梦龙《山歌》研究的介绍,自然必须由该顾颉刚校订本开始。该书附有顾颉刚、胡适、周作人、郑振铎、钱南扬等所作之序。此书为了纪念同年二月亡故的冯梦龙研究专家马廉而出版,封面题字出自周作人之手。顾颉刚、胡适、周作人等在书中留名者,均为 20 世纪 20 年代北京大学歌谣研究会的活跃人物,也是这一时期新文学运动的倡导者。

无论是最初《山歌》之"再发现",还是它重见天日后引起人们的广泛关注、即刻刊行排印本,都与以胡适《文学改良刍议》(1917)为发端的文学革命之余波密不可分。以全面否定过去封建文化为目标而发起的文学革命,对被视作封建文化之对立物的白话文学及俗文学予以高度评价,随着那些既往湮没于地下的资料之发掘,对它们的研究也真正开始了。歌谣研究会即是在这样的背景下形成的研究团体。①

顾颉刚是编纂《吴歌甲集》(1925)等的歌谣研究会的核心人物之一。他为《山歌》排印本所作长篇序文中,对《山歌》的文学价值有如下评价:

---

① Chang-tai Hung, *Going to the People*, *Chinese Intellectuals and Folk Literature 1918-1937*, Harvard University Press, 1985.

礼教的压力太大了,一般民众丝毫没有恋爱的自由,姻婚又多不满意,故不得不另求满足。有勇气的就实行反抗,毅然的为自己打出一条血路:

结识私情弗要慌,捉着子奸情奴自去当。拚得到官双膝馒头跪子从实说,咬钉嚼铁我偷郎!(《山歌·偷》)

如此热情,如此刚勇,真使人觉得这一字一句里都蕴藏着热的血泪。我们读后会以为她卑鄙淫荡么?不!我们只应佩服这位礼教叛徒的坚强的人格,而对她处境的恶劣表示极深的同情。

顾颉刚从"民众"之歌、"礼教叛徒"之歌,即反封建的角度出发高度评价了《山歌》中的作品。此外在《序》中,他还引用了《山歌》中的一些作品:

卷一　《模拟》

卷一　《瞒人》

卷二　《偷》(结识私情弗要慌)

卷三　《送郎》(姐送情哥到半场)

虽然强弱程度不同,但它们皆可被解读为反抗礼教束缚的作品。

《山歌》出版之翌年(1936),日本中国文学研究会会刊《中国文学月报》第十六号刊载了武田泰淳的介绍性文章。该文从(一)吴语文学新资料、(二)对于中国民间歌谣研究的重要性、(三)冯梦龙在文学史上的崇高地位这三个角度,阐述了《山歌》这部歌谣集所具有的价值。诚然,这三点对于《山歌》之价值以及研究意义的确是箭穿正鹄的发言。

(二)关德栋校订《山歌》,中华书局排印本,1962年

该校点本收录于《明清民歌时调丛书》,是一部新的校订排印本。校订者关德栋,参考顾颉刚的校订本,对原本进行了重新校订,对顾本中偶尔出现的一些单纯性误排几乎都予以了订正。它可谓是迄今为止精准度最高的校订本。本书所引,亦大多使用关氏排印本。后来该书随《明清民歌时调丛书》而再版(上海古籍出版社,1987年),现已是常见书籍。关氏校订本之后刊行的排印本,几乎皆以关氏本为依据。

关德栋在校订《山歌》之前,还校订了冯梦龙编的俗曲集《挂枝儿》(《明清民歌时调丛书》所收,1961年)。《挂枝儿》及《山歌》开头各自所附之关氏《序》,收集并介绍了为数众多的明代歌谣相关资料以及与歌谣有关的其他民间曲艺资料,这为之后的研究奠定了文献基础。

关氏在《山歌》序言中,从墨憨斋主人(冯梦龙)的《叙山歌》里引用了"借男女之真情,发名教之伪药"一句,接着评价道:

> 他(冯梦龙)认识到民间情歌的反封建礼教的意义和作用,明白宣布要用《挂枝儿》《山歌》来表现真挚的爱情,与虚伪的封建礼教抗争。

虽然关氏并没有引用具体的《山歌》作品来作为论据,但他的这一观点,代表了迄今为止中国学界对《山歌》的一般性看法。"文化大革命"后,80年代开始发表的与《山歌》有关的论文对《山歌》之评价,基本上都沿袭了关氏的反封建之说。这些论文引用并论述的《山歌》中的作品,譬如吴章胜《读冯梦龙〈挂枝儿〉、〈山歌〉》(《文学评论丛刊》第22辑,1984年)中的这五首:

卷二 《偷》(结识私情弗要慌)

卷二 《偷》(姐儿梳个头来漆碗能介光)

卷一 《捉奸》(古人说话弗中听)

卷一 《乖》

卷一 《看星》(小阿奴奴推窗只看个天上星)

他评价它们说:"这些民歌反映了市民阶层青年男女争取婚姻

自主、恋爱自由、个性解放的强烈要求,对奉若神明的封建道德观不啻是一付剧烈的催化剂。"①这一倾向,在李宁的《论冯梦龙的〈山歌〉》(《民间文艺季刊》1986年第1期)、游友基《〈挂枝儿〉、〈山歌〉浅论》(《民间文艺季刊》1986年第3期)以及收录了不少冯梦龙《山歌》之作品的周中明、吴小林、陈肖人主编《中国历代民歌鉴赏辞典》(广西教育出版社,1993年),《中国古代民歌鉴赏辞典》编委会编《中国古代民歌鉴赏辞典》(山西古籍出版社,1993年)等论著中同样也可以见到。②

自顾颉刚开始,卷二的《偷》(结识私情弗要慌)为不少论者所引用,《中国历代民歌鉴赏辞典》(周中明稿)对此有如下评论:

> 她完全意识到私下相爱是违反封建礼教的行为,是封建势力所不容许的,甚至要受到封建官府的制裁。然而封建专制的残暴统治绝对吓不倒她。她有舍得一身剐,誓死也要追求自由爱情的钢铁意志和顽强不屈的斗争精神,因

---

① 吴章胜《读冯梦龙的〈挂枝儿〉、〈山歌〉》,《文学评论丛刊》第22辑,1984年,第331页。

② 李宁《论冯梦龙的〈山歌〉》(《民间文艺季刊》1986年第1期)的引用作品依次为:卷一《月上》(约郎约到月上时)、卷一《看星》(姐儿推窗看个天上星)、卷一《看星》(小阿奴奴推窗只看个天上星)、卷三《无老婆》、卷二《偷》(结识私情弗要慌)、卷一《瞒人》、卷四《比》、卷二《有心》、卷二《干思》、卷一《睃》、卷三《哭》(姐儿哭得悠悠咽咽一夜忧)、卷四《姓》。该篇论文为《山歌》专论,引用作品范围甚广,而大部分为卷一、卷二的作品。游友基《〈挂枝儿〉、〈山歌〉浅论》(《民间文艺季刊》1986年第3期)依次引用了8首《山歌》作品:卷一《月上》(约郎约到月上时)、卷三《嫁》、卷三《怕老公》、卷一《捉奸》(古人说话弗中听)、卷二《偷》(姐儿梳个头来漆碗能介光)、卷一《娘打》(吃娘打得哭哀哀)、卷二《偷》(结识私情弗要慌)、卷五《和尚》(天上星多月弗多)。周中明、吴小林、陈肖人主编《中国历代民歌鉴赏辞典》(广西教育出版社,1993年)总共收录了27首《山歌》作品,各卷分布情况如下:卷一8首、卷二1首、卷三6首、卷四1首、卷五3首、卷六2首、卷九1首、卷十5首(桐城时兴歌)。可见该书收录的作品大多位于《山歌》的前半部分。另外收录44首冯梦龙《山歌》作品的《中国古代民歌鉴赏辞典》(山西古籍出版社,1993年),其所收作品分布如下:卷一15首、卷二11首、卷三4首、卷四2首、卷五3首、卷六1首、卷七1首、卷十7首(桐城时兴歌),与前者具有同样的倾向。

此她敢于理直气壮地在那班官老爷面前公然宣告:"我偷郎!"这就不只是对封建礼教的公开背叛,而且是对整个封建统治的直接挑战!

中国从1949年至80年代,正是以所谓人民史观来评判文学作品价值的时期。从根本上说,人民史观实际上是"五四"时期"民众"、"反封建"观点的继承和进一步发展。前文所述的《山歌》校订本之出版、《山歌》相关研究论文的发表,亦是将《山歌》中的作品以"反封建"的"精华"与并非如此的"糟粕"截然二分,对前者加以详细解读,对后者则有意视而不见,这种倾向是十分明显的。如此按照"民众"、"反封建"的基准进行筛选,导致的直接结果是这些论著所引用的作品多集中于卷一、卷二,这显然是有所偏颇的。①

迄今为止中国大陆学界对《山歌》的研究,基本都仅局限于收录诸多所谓"精华"之作的前半部分,而对后半部分的咏物歌以及中、长篇山歌则鲜有论及,也就是说对《山歌》的整体研究尚为一片荒芜。冯梦龙认为从卷一开头至卷十末尾,每一首歌都是足以收录而收录。因此,只看"精华"之作而评论的态度是片面的。

关德栋对冯梦龙《山歌》所收作品之来历有如下论述:

《童痴二弄·山歌》收录的作品,绝大部分是采自民间、市镇的人们"矢口成言",经过搜集、纪录、整理下来的东西。冯梦龙在整理的过程中,加工改订的成分不大,基本上保持了原作面貌。

与之相对,胡明扬在《三百五十年前苏州一带吴语一

---

① 将一部作品集中收录的作品分为"精华"与"糟粕"来评价,也见于以往学界对冯梦龙"三言"的研究中。关于这种方法的不足,参拙作《关于冯梦龙"三言"之编纂意图——以劝善惩恶的意义为中心》(《东方学》第69辑,1985年)。

斑——〈山歌〉和〈挂枝儿〉所见的吴语》(《语文研究》1981年第1辑)中则曰：

> 山歌是一种常见的民歌形式,但是冯梦龙搜集的很少是真正的民歌,大多数是妓院娼楼的小调,作者看来大部分是嫖客,也可能一部分是妓女,只有极少数才是流行于劳动人民中间的真正的民歌。因此从内容上来看,多数是不足取的,很难和古代的吴声歌曲或现代吴歌相比。但是,《山歌》在语言上保存了不少三百五十多年前苏州一带吴语的特色,这是唯一可取的地方。

关德栋认为《山歌》所收歌谣是劳动人民之歌,而胡明扬认为是妓院娼楼之歌。两人对于《山歌》歌谣性质的判断截然不同。

其实他们任何一方的见解都有自身的合理之处。之所以形成这种分歧,主要原因有二：一是如前所述的他们仅关注到冯梦龙《山歌》里的一部分作品,二是研究上的歌词偏重。

从内容五花八门的《山歌》中筛选出某一种类的作品,然后据此判定为民众之歌,这并非难事；同样地筛选出另一种类的作品,然后将之定性为妓楼之歌,这也是轻而易举。然而这样的《山歌》研究都有一叶障目之弊。

无论是胡氏还是关氏,都将《山歌》歌词作为文献处理。胡氏看到了作品中猥亵、庸俗的成分,故而得出它们是源于妓女、嫖客的结论；关氏则看到了作品中的反叛因素,从而认为它们源自市井民众。这两种逻辑,都不免让我们感觉到原因和结果的混乱倒置,必然会走向循环论证的死胡同。之所以会形成这种局面,在某种意义上可以说是起因于研究者仅仅关注到歌谣的歌词。

要将《山歌》中的三百八十首作品逐一考证其来历,这显然是不可能的。但是尽可能地考察这些包含多种多样要素的歌谣之来历以及它们歌唱的"场",还是有其必要性。

(三) 科尔内利娅·特佩尔曼（Cornelia Töpelmann）

Shan-ko von Feng Meng-lung：Eine Volksliedersammlung aus der Ming-Zeit（*Münchener Ostasiatische Studien* Band 9）Wiesbaden：Franz Steiner Verlag GMBH，1973. 491p.

德国学者特佩尔曼（Töpelmann）的这本《冯梦龙之山歌：明代民谣集成》，是研究冯梦龙《山歌》的最早的单行本著作，对相关问题进行了深入细致的探讨。该书由第一部《冯梦龙〈山歌〉研究》（第1～70页）和第二部《作品翻译》（第71～491页）构成。第一部对冯梦龙《山歌》从多个不同角度进行了考察，章节目录如下。第二部为《山歌》文本的德语翻译。

第一部　冯梦龙《山歌》研究
　一　序
　二　关于收集者冯梦龙
　　　a 冯梦龙的散文作品
　　　b 冯梦龙的歌谣收集
　　　c 山歌的收集
　　　d《山歌》的出版与流通
　　　e 歌妓侯慧卿于冯梦龙生涯之作用
　三　《山歌》作品的体裁类型
　四　关于语言
　五　作品形式
　六　关于主题
　七　象征与隐喻
　八　声音的象征意义
　九　作品开头的固定形式
　十　近代的山歌收集

其中第六章"关于主题"，按主题对这些作品进行了分类，这在

《山歌》研究史上是史无前例的崭新尝试。其分类项目如下：

1. 幽会、身体交流
2. 对恋人的思慕
3. 离别的瞬间
4. 谎言
5. 阻挠恋爱的人物
6. 策略
7. 及时行乐
8. 女性的主动权
9. 女性之歌
10. 丈夫的性无能
11. 卖笑
12. 同性恋与男娼
13. 与女性的鸡奸

14. 相反主题（例如卷一歌唱怀孕之焦虑的《孕》与烦恼于不育的《不孕》紧连在一起——笔者补）

但特佩尔曼（Töpelmann）并未将属于各个类别的作品悉数列举，且他举出的例子中有不少同时归在不同的类别中，重复现象较为严重。特佩尔曼（Töpelmann）在各个类别下（14"相反主题"除外）所举的作品数，我们可以按卷别整理出表1：

表1 Töpelmann的主题分类与作品卷数

	卷一	卷二	卷三	卷四	卷五	卷六	卷七	卷八	卷九	卷十	合计
1	8	6			1						15
2	5	2	3	1			3	1		1	16
3		1	3						2		6
4	2	1	1	1	3		1	2	4		15
5	11	3	3		1		1	2		1	22

(续表)

	卷一	卷二	卷三	卷四	卷五	卷六	卷七	卷八	卷九	卷十	合计
6	3	1									4
7	1						2				3
8		3				4	2				9
9	9	5				9	1	2			26
10		1	3					1			5
11						3	2				5
12						5		1			6
13				1	2		2				5
计	39	23	13	3	15	17	14	9	1	3	137

观察此表,可以发现正如主题为"离别的瞬间"的作品和"谎言"的作品分别在卷三和卷八占有较高比例一样,某个主题通常在某卷中相对较为集中,也就是说《山歌》各卷都有着各自不同的倾向。

关于冯梦龙在编纂短篇白话小说集"三言"时对作品排列的苦心,内田道夫、福满正博、河井阳子等人已有过研究;[①]与之类似,冯梦龙在编纂《山歌》时也在作品排列上颇费工夫,这是我们很容易按常理推想到的。他或许有意在各卷安排不同的主题,又或许在各卷内部作品的排列上别具匠心。各卷作品的主题与冯梦龙编集意图之关系,是既往的研究者素来所忽视的课题之一。另外以往包括特佩尔曼(Töpelmann)在内的研究者,对于四句山歌、中篇山歌、长篇山歌等作品形式上的差异也未曾专门留意,这同样是值得我们思考的一个课题。

---

① 内田道夫《〈古今小说〉的性格——历史与小说》(《中国小说研究》,评论社,1977年)、福满正博《〈古今小说〉的编纂方法——关于其对偶构成》(《中国文学论集》第10号,1981年)、河井阳子《关于"三言"的编纂方法》(《東京大学中国語中国文学研究室紀要》第1号,1998年)等。

关于《山歌》所收作品的来历,特佩尔曼(Töpelmann)有如下见解:

> 冯梦龙《山歌》的主旨和主题,为我们探索那些歌谣的出处提供了线索。它们来源于渔民、水上居民及其家庭,或者从更广的视角看,就是冯梦龙的故乡苏州的全部居民。与水上贸易关系密切的另一群体,则是部分同样在水上生活、在冯梦龙时代已有水上乐园之称的苏州运河及水路上的娼妇或所谓的"歌姬"。冯梦龙自己未尝明确言及他的歌谣来自于这片土地上的卖春之场,而同时代的诗集《太霞新奏》的某位批评者曾提到冯梦龙与"青楼"及嫖娼有着密切关系。因此不难推论他对风月场所以及歌姬之歌谣必定了然于胸。实际上,我们不妨假定他编纂《山歌》最重要的动机是保存那些女性包括少女们的歌谣。(第489页英文要旨)

有些资料确实记录了艄公唱山歌(特佩尔曼[Töpelmann]在第三章中论及),这对于作品主题的分析是妥当的。《山歌》中具备此种性格和来历的作品确实占了相当大的比重。特佩尔曼(Töpelmann)还在其著作第二章 d"《山歌》的出版与流通"一节中,认为"民众的素材属于'(文人们)交际工具的文学'"(第12页),即将《山歌》视作文人之间的艳笑歌谣集。将诸多歌谣集于一书,并出版刊行、在世上公开流通的《山歌》所具有的社会功能,确实具有特佩尔曼(Töpelmann)所述这一点。但是,《山歌》所收歌谣并非皆是文人所作,所以并不能将此功能视作《山歌》作品本来具有的性格。《山歌》中的每一首作品,在被汇集成书之前即有自己的前史。这同样是一个关于《山歌》所收作品之来历的尚俟探讨的课题。

另外与冯梦龙《山歌》本身无关,近年学术界对于苏州地区的山歌取得了一些重要的研究成果。首先是1997年,荷兰学者施聂姐(Antoinette Marie Schimmelpenninck)出版了《中国的民歌和民歌手:江苏南部的山歌传统》(Chinese Folk Songs and Folk Singers, Shan'ge Tradition in Southern Jiangsu, CHIME Foundation, Leiden)。施聂姐(Schimmelpenninck)曾于1986至1992年间,寻访了江苏省南部的近五十个村落,对当地民歌歌手所唱的歌曲进行了录音,并对他们进行了采访。他在如此庞大的资料基础上写就了该著作,还在书后附了与论述有关的、收录了九十七首歌曲的CD唱片。该书也记载了现在乡村中的歌手及歌唱状况等,这无疑会给我们了解过去的情况诸多启发。此外,在他现地所采集的歌谣中,可以见到与冯梦龙《山歌》之歌词几乎一致的作品(该书第129首歌与冯梦龙《山歌》卷四的《姑嫂》《娘儿》)。①

中国近年也出版了不少与之相关的书籍。譬如《中国民间文学集成》全国编辑委员会编的庞大的《中国歌谣集成》中有《江苏卷》(中国ISBN中心,1998年),同编辑委员会编《中国民间歌曲集成》中也有《江苏卷(上、下册)》(中国ISBN中心,1998年)。两书的差别在于前者以歌词记录为中心,后者则以曲调(乐谱)记录为中心。它们都收录了近年采集的不少山歌。

第三节 本书的课题与方法

冯梦龙《山歌》自20世纪30年代重见天日以来,其相关研

---

① 关于施聂姐(Schimmelpenninck)的这本书,笔者于《東京大学中国語中国文学研究室紀要》第2号(东京大学文学部,1999年)曾有书评介绍。

究就在上述几个方向进行,取得了一些进展(此外还有语言学方面的研究,详见后述)。然而,仍有若干悬而未决的问题。这些正是本书所要探讨的课题。

《山歌》是冯梦龙将收集所得的歌谣编纂而成的集子。这些作品全部都经过冯梦龙的筛选,以书籍形式流传至今。冯梦龙《山歌》十卷各卷的标题以及收录的作品数量如表2所示:

表2 《山歌》各卷标题以及收录作品数量(＊评语中那些仅记录一句的作品不包括在内。一个标题下收录数首作品的,按具体作品一一计数)

卷数	标题	正式收录作品	评注收录作品		合计
			山歌	其他	
卷一	私情四句	58	7	3	68
卷二	私情四句	56	9		65
卷三	私情四句	32	3	1	36
卷四	私情四句	37	3	1	41
卷五	杂歌四句	33	3	1	37
卷六	咏物四句	65	6		71
卷七	私情杂体	21	1		22
卷八	私情长歌	13	1		14
卷九	杂咏长歌	8			8
卷十	桐城时兴歌	24			24
合计		347	33	6	386

通过该表可以看出,冯梦龙《山歌》是由多达386首作品组成的一大总集。从总体上来说,它大致由卷一至卷九的苏州山歌与卷十的桐城时兴歌构成。桐城歌虽然在明末当时也颇为流行,但它们是安徽地区的歌谣,所用方言并非吴语。从本质来讲桐城歌与苏州山歌的由来截然不同,因此它们被收录于全

书最后的第十卷,数量仅有24首。

卷一至卷九为构成《山歌》之主体的苏州山歌。在编集这大约360首山歌时,冯梦龙首先依据作品的长度从形式上将它们分成了三类,即卷一至卷六各卷所收的"四句"(四句山歌)、卷七所收的"杂体"(中篇山歌)以及卷八、卷九的"长歌"(长篇山歌)。按形式作了这种大的分类后,他又根据作品内容将它们分为"私情""杂歌""咏物"等。

本书将遵从冯梦龙之分类,首先依据形式的差别,把《山歌》全体分为三部分:

卷一～卷六　　　　四句山歌
卷七～卷九　　　　中篇、长篇山歌
卷十　　　　　　　桐城时兴歌

然后对每一类中各卷所收的作品进行探讨,再分析"私情""杂歌""咏物"等分类的意义。

《山歌》所收作品的共同主题是"男女关系"或"性爱"(当然也有极少数的例外)。其中"女性"是冯梦龙《山歌》之根本。几乎每一首作品都描绘了形形色色的女性形象,而不同的歌谣、不同的卷数中呈现的女性形象又有质的差异。这些差异的具体情况如何?它们又是怎么产生的?诸如此类课题都值得我们深入探讨。

各卷分别收录了什么主题的作品?各卷作品中刻画的女性性格有何差异?本书拟先究明这两点,然后再通过分析山歌作品之历史背景来探索产生这些差异的原因。

笔者拟对四句山歌、中长篇山歌、桐城时兴歌分别进行上述考察,然后借由作品背景的考索来观照《山歌》世界的总体面貌。这是本书的主要目的与方法。

最后笔者将尝试考察冯梦龙的编纂意图及《山歌》的总体文学特征,并回到为何明末时代会诞生如此特异的歌谣集这一问题上。而这正是所有考论的最原始出发点。

以上是在梳理冯梦龙《山歌》研究史、充分吸收借鉴前人研究成果的基础上,本书拟解决的课题和拟采用的方法。

第四节 《山歌》语言及其研究

正如武田泰淳所述,冯梦龙《山歌》在中国文学史上所具有的重要意义之一,在于它是以吴语(苏州话)记录的。

十卷本《山歌》开头卷一的《笑》,冯梦龙加了自己的评论:

笑

> 东风南起打斜来,好朵鲜花叶上开。后生娘子家没要嘻嘻笑,多少私情笑里来。
>
> ※凡生字、声字、争字,俱从俗谈叶入江阳韵。此类甚多,不能备载。吴人歌吴,譬诸打瓦抛钱,一方之戏,正不必如钦降文规,须行天下也。①

评语中述及的"生""声""争"字,在《中原音韵》里属于庚青韵,并非属于江阳韵。然而在《简明吴方言词典》(上海辞书出版社,1986年)之"普通话、上海话字音对照表"中,"生""声"的读音标记为"$səŋ^{53}$,$saŋ^{53}$","争"标记为"$tsəŋ^{53}$,$tsaŋ^{53}$",分属两种不同的音。如果其读音为后者,那么它们都属于江阳韵。冯梦龙的评论中指出的是这个问题。

冯梦龙在这段评语里指出的是:《山歌》中若有不合一般韵书规定的发音时,是他根据"俗谈"(即口头方言)来记录的。换

---

① 此段为冯梦龙评语,为便于区分,故加※标示。下同。

言之,他阐述了自己尊重本来就是口头歌唱的歌谣之自然状态这一记录方法的基本原则。接着他又说,吴人唱吴歌,同地方性游戏的性质是一样的,皆是率性而为,并非像皇帝发布命令,全国上下都去执行。这个说法虽然有些消极,但也明确主张了方言的价值,可谓是扬举方言文学之旗帜的重要宣言。

编者冯梦龙自称以"从俗谈"为原则来记录苏州民歌,言下之意是《山歌》语言的音韵自不必说,语汇、语法也与通用语(当时的官话)有差异。这一方面使我们感觉到《山歌》作为文献资料的贵重性,但同时也给我们对它的理解带来了一定的困难。①

值得高兴的是,目前学界已有一些与《山歌》有关的语言学方面的研究成果可以帮助我们理解书中的吴语。特佩尔曼(Töpelmann)著作之研究篇第四章有"关于语言"一条,收录了《山歌》中所用吴语的基础语汇。此外关于《山歌》之吴语词汇还有如下这些研究成果:

胡明扬《三百五十年前苏州一带吴语一斑》(《语文研究》1981年第2期)

章一鸣《〈山歌〉所见若干吴语语汇试释》(《语文研究》1986年第4期)

石汝杰《冯梦龙编〈山歌〉的虚词札记》(《花园大学研究纪要》第20号,1989年)

张洪年《冯梦龙山歌中"个"字的用法》(《九州学刊》第5卷第3期,1993年)

石汝杰《〈山歌〉的语言分析》(《北陆大学纪要》第19号,

---

① 武田氏在前揭《山歌》书评介绍文中举了一个实例,即卷一的《次身》:"姐儿心上自有第一个人,等得来时是次身。无子馄饨面也好,捉粜权时点景且风云。"然武田氏的断句为"等得来时次身是点子'馄饨面'也好",将本来应该断开的第二句、第三句连在一起;"馄饨面"当指馄饨与面,并非一物,因此武田氏的理解有误。武田氏指出《山歌》最重要的价值在于它是吴语文学的新资料,然而要懂吴语(方言)并非那么容易。

1995年)

它们可为我们提供不少有益的参考。下面这些《山歌》全书的词汇索引、语句注释著作也不容忽视：

石汝杰、陈榴竞《山歌索引》(好文出版,1989年)
张惠英《〈山歌〉注(一)》(《开篇》10,1992年)
张惠英《〈山歌〉注(二)》(《开篇》11,1994年)
张惠英《〈山歌〉注(三)》(《开篇》12,1995年)
张惠英《〈山歌〉注(四)》(《开篇》13,1996年)

笔者在写作此书时，从以上这些论著以及特佩尔曼(Töpelmann)的译注中获益匪浅。

近年还出版了花子金编著的《情经——明清艳情词曲全编》(广州出版社,1995年)一书。它辑录了《挂枝儿》《山歌》以及其他一些俗曲，并将它们悉数译为现代汉语，同时加以注释和评析。虽说作者号称将它们译成了现代汉语，但实际上基本上是照搬原文，未"译"的占了绝大部分。注释中也有一些显而易见的对吴语的错误理解。此外作品出处的记载也有欠明了，擅自删除的作品亦为数不少。尽管如此，该书作为《山歌》之现代汉语翻译的首次尝试，笔者在写作本书时有时也能从中得到一点启示。

第一章

卷一～卷六各卷所收四句山歌

第一节　卷一诸篇及其构成

位于十卷本《山歌》开篇的,是本文序章已经引用过的《笑》:

笑

东南风起打斜来,好朵鲜花叶上开。后生娘子家没要嘻嘻笑,多少私情笑里来。

东南风即春风。东南风吹起,而且是"斜"吹。正如特佩尔曼(Töpelmann)指出的那样,它很容易让我们联想到"邪",造成有点不正经、要发生什么暧昧的事这样的气氛。在这春风的吹拂下,娇艳欲滴的花儿盛开在绿叶间。被这春天的气息所激荡,年轻女子预感和期待着一场爱恋。

这首山歌描绘的是歌者沐浴着春风、欣赏着春花,然后遇见随着春天的到来也变得光彩亮丽的妙龄女子。也就是说,作品的少女主人公,是以歌者(男性)的视点以第三人称被歌唱的。"没要嘻嘻笑"的教戒亦是出自歌者之口。当然在这里歌者并非真的是禁止少女恋爱,而是这种教戒无论是说还是不说,随着春天到来,少女必定会陷入爱情,或对恋爱满怀期待的口吻。

开头的这首山歌,正合适于《山歌》情爱世界的开幕。《笑》后面的一首是《睃》:

睃

思量同你好得场骏,弗用媒人弗用财。丝网捉鱼尽在眼上起,千丈绫罗梭里来。

※笑不许，睃不许，只此便是《周南》《内则》了。"眼上起""梭里来"，影语最妙，俗所谓"双关二意"体也。唐诗中如"春蚕到死丝方尽，蜡烛成灰泪始干"之类，亦即此体。……

这首山歌共四句，是女性以第一人称歌唱自己的情怀。"梭里来"同"睃里来"，指被目光勾引。和前一首歌的微笑相比，这个女子的眼神中尽是暖意，以自己的风韵（秋波为其象征）积极地追求所爱的男人。

评语中，对以微笑和暗送秋波积极追求意中人的女性之行动持支持态度，对本来垂范后世的《周南》《内则》等的道德规制则一笑置之，评者的前提是我们不能如《周南》《内则》所说那样行动。

这首山歌的精彩之处正如评语所揭示，在于后二句的"双关语"。"双关"是《山歌》全书最重要的表现技法之一。具体从这首作品来看，第三句表面上是说"丝网捉鱼尽在眼上起"，实际上"丝"通同音的"思"；"眼"除了指网眼外，也有暗送秋波的眼眸之意，即用眼波吸引男子。同样地第四句表面是说"千丈绫罗梭里来"，实际上"梭"通同音的"睃"，也是向男子暗送秋波之意。日本所谓的"挂词"表现技法就是这种"双关语"。

评语举了李商隐的诗作为双关语的使用先例，而实际上早在六朝乐府，譬如《乐府诗集》所收的江南地区的歌谣"吴声歌曲"中的《子夜歌》《读曲歌》等篇章中就屡屡可见用同音文字来表达其他意思的双关语，如这首《子夜歌》（《乐府诗集》卷四十四"清商曲辞一"）：

始欲识郎时，两心望如一。理丝入残机，何悟不成匹。

丝线之"丝"暗指"思"，布匹之"匹"暗指夫妇。北宋苏轼在杭州作的《席上代人赠别》诗（《苏文忠诗合注》卷九），第一句云

"莲子擘开须见薏","薏"暗指"忆",四句均用了双关语。赵次公为诗所作注曰:"此吴歌格,借字寓意也。"指出双关语乃吴歌之体。双关语的使用在冯梦龙《山歌》以及现代吴地山歌中都非常普遍,可以说是吴歌的一贯特征。

学　　样

对门隔壁个姐儿侪来搭结私情,邮得教奴弗动心。四面桃花我看子多少个样,邮教我靛池豁浴一身青。

桃花烂漫的春天,正是恋爱的季节。"桃花"在这里是情事的隐喻。这首山歌刻画了一个看到周围的少女们恋爱、自己也想尝一尝爱情滋味的女子的心理。它同样是以女性第一人称歌唱的。作品中出现的这些女性,并非娼妇或妓女,而是生活于苏州市井的普通女子形象。

靛池是染坊的设施。明末的苏州,和纺织布坊并立的染坊十分繁荣,城市里染坊、靛池随处可见。除了这首作品以外,《山歌》中还有不少篇章也与染坊或染坊的劳动有关。这类作品或许是苏州城市中织佣、染工等所唱的歌。

做　人　情

二十去子廿一来,弗做得人情也是骎。三十过头花易谢,双手招郎郎弗来。

　　※少壮不努力,老大徒伤悲。当权若不行方便,如
　　入宝山空手回。此歌大可玩味。

"做人情"是指好意待人,这里指用好心善意吸引男子。女性人生中如花一般绚烂的20多岁的一旦逝去,就再也不复返了。珍惜青春、享受青春是这首歌的主题。

后评里的"少壮不努力,老大徒伤悲",是古乐府《长歌行》中的末二句,现在也作为熟语使用。这两句话在古乐府中,亦是珍惜当下、努力进取之意。在拥有有利条件时,要最大限度

地利用这些条件以获取利益，所以这很容易让冯梦龙联想到了"当权"（拥有官僚地位）一词。"当权若不行方便，如入宝山空手回"，也是谚语，见元杂剧《酷寒亭》楔子等。

熬

　　二十姐儿睏弗着在踏床上登，一身白肉冷如冰。便是牢里罪人也只是个样苦，生炭上薰金熬坏子银。（眉批：吴歌，人、银同音。）

题目的"熬"有熬夜、煎熬两重意思。前半二句是以第三人称作的客观描写，后半二句是等待恋人的女子以第一人称所道之语。正如冯梦龙自己在眉批中所指出，"银"同"人"，是双关语。这首作品的表现方式固然是秉承了《山歌》特有的大胆直白，但抒发的情感颇类似于古典闺怨诗。

引

　　爹娘教我乘凉坐子一黄昏，只见情郎走来面前来引一引。姐儿慌忙假充萤火虫说道爷来里娘来里，咦怕情哥郎去子喝道风婆婆且在草里登。

　　※"萤火虫，娘来里，爷来里，搓条麻绳缚来里"及"风婆婆草里登，喝声便起身"，皆吴中相传小儿谣也。

这首山歌描绘了黄昏时分女子家中恋人来访的情景。看到意中人到来，女子心花怒放。不巧的是父母就在面前，她不能立刻随男子而去，于是她借一首童谣，暗示男子说父母正在身边，自己不能随他而去。可是她又怕男子就这么走了，于是又借一首童谣，暗示他到草丛中去等自己。这首歌的主题是男子来访时女子的心理以及她想方设法与男子相会的随机应变。

走

　　郎在门前走子七八遭，姐在门前只捉手来摇。好似新出小鸡娘看得介紧,仓场前后两边厫。

这首歌与前一首一样,也是描写女子家中男子来访时的情景。第四句的"厫"是双关语,既指储米的米仓,也指男女二人在米仓两边不能亲近而内心煎熬。小鸡在母鸡身边焦躁不安地走动,此或许为农家之真实场景。这首歌四句都是以第三人称作的客观描写,歌者站在恋人们的立场上对他们流露出同情。它不仅将男女之情表现得诚挚殷切,双关语的精彩运用也是一大亮点。接着看下一首:

半　　夜

姐道我郎呀,尔若半夜来时没要捉个后门敲,只好捉我场上鸡来拔子毛。(旁批:好计。)假做子黄鼠狼偷鸡引得角角哩叫,好教我穿子单裙出来赶野猫。

这首歌的舞台是农家的"场"(即打谷场),场上有鸡,夜里有黄鼠狼和野猫出没。女子为了与男子相会,教男子说晚上来时拔鸡毛引起鸡叫,这样她就可以借口说出来赶偷鸡的野猫,以避过父母亲的怀疑。野猫要偷场上的鸡,而女儿出来赶野猫这样的事情对双亲来讲也是很自然的常有的事。这一首歌的背景是这样的农家的情况。它和前一首同样是以农村为舞台,生动表现了农村的场景。这首歌全部是由女性第一人称歌唱的。

这类山歌和下面的《娘咳嗽》《瞒娘》《扯布裙》《乖》《看星》《娘打》等,内容都是男子秘密潜入女子家中、如何想方设法瞒过女子家长(尤其是母亲)的眼睛。歌者并非站立于女子家长的立场,而是站在幽会的男女这边对他们表达了深刻的同情。

娘　咳　嗽

结识私情窗里来,吃娘咳嗽捉惊駭。滩塌草庵成弗得个寺,何仙姑丫髻两分开。

男子从窗户潜入女子家中,不知女子母亲是否觉察到,正好咳嗽了几声,于是两人在惊吓之中迅速分开,这首山歌表现的就是这样一个瞬间。其精彩之处一是"成弗得个寺(事)"这一双关语,二是将两人分开的样子比作何仙姑的双髻(何仙姑为未婚女子,故头发梳成双髻)。

瞒　娘

阿娘管我虎一般,我把娘来鼓里瞒。正是巡检司前失子贼,柱子弓兵晓夜看。

※近来弓兵惯与贼通气。正恐学阿娘样耳。

不管母亲管教得多严,女儿最后还是瞒过了母亲的眼睛与男子私通。"鼓里瞒"一词,联系卷七的《后庭心》中"鼓当中元宝只要瞒子大大银"来看,殆指将东西藏进鼓里。将女儿和母亲的关系比作贼和巡捕的关系,是一种社会讽刺。此歌与前一首恰好形成对比,前一首写因母亲而幽会受到阻碍的情景;这一首是写即使母亲严防死守,女儿也还是与男子私通。

看　星

小阿奴奴推窗只做看个天上星,阿娘就说道结私情。便是肚里个蛔虫无介得知得快,想阿娘也是过来人。

母亲在年轻的时候,肯定也干过同样的事情。因此只要女儿夜里一开窗向外眺望,母亲就知道她在等男人。这里将母亲写得颜面尽失。

这类涉及与母亲关系的山歌的最后一首是《娘打》,内容是女儿因私通被母亲发现而受到责罚,但她表现得十分勇敢:

娘　打

吃娘打子吃娘羞,索性教郎夜夜偷。姐道郎呀,我听你若学子古人传得个风流话,小阿奴奴便打杀来香房也罢休。

前半二句是从歌者的第三人称视角作的客观描写,后半"姐道郎呀"以下为女子的话语(第一人称)。这种结构形式,将在后文详述。

这类描述与作为监视者的母亲之对立关系的作品之后,是《瞒夫》《打双陆》《瞒人》等以女子将与恋人的秘密关系瞒过丈夫或世人之眼为主题的作品。例如:

瞒　人

　　结识私情要放乖,弗要眉来眼去被人猜。面前相见同还礼,狭路上个相逢两闪开。

赠　物

　　结识私情人弗觉鬼弗闻,再来绿纱窗下送汗巾。寿器上剥灰材露布(指事情败露),老阴阳到处说新坟。

棺材是生前制作而保留。掸棺材上的灰尘是因为有人去世。因为有人去世,所以风水先生要选定埋葬的场所,即"说新坟"。"说新坟"和"说新闻"是同音。这是很巧妙地运用双关语的一首。

这首《赠物》与它前面几首以两人的私密关系避过世人耳目为主题的山歌不同,它的主题是因为赠送礼物而导致恋情被人发现。虽然最终结果与前面几首作品正好相反,但在两人恋情的私密性这一点上,它和前几首作品是一脉相承的。

捉　奸

　　捉贼从来捉个赃,捉奸个从来捉个双。姐道郎呀,我听你并胆同心一个人能介好,啰怕闲人捉耍双。

前二句化用了"捉贼见赃,捉奸见双"的熟语。两人的关系一旦暴露,就会被世人视为离经叛道,从而成为捉奸对象。可女子说"我听你并胆同心一个人能介好,啰怕闲人捉耍双",表明了自己的决心。虽然他们的恋情不为世俗所容,但她如此勇敢坚定,是一个对爱情坚贞不渝的女性。

孕

　　路来行来逐步移,腹中想必有跷蹊。谷雨下秧传子种,六月里个耘苗满肚泥。

第四句"六月里个耘苗满肚泥"是双关语,指怀孕。这首山歌以农事劳动比喻性的内容,实际上它可能是农人夏天在田间除草时,为了消除劳动疲惫而唱的歌。

又

　　姐儿肚痛呷姜汤,半夜里私房养子个小孩郎。玉指尖尖抱在红灯下看,半像奴奴半像郎。

她与人私通而有了孩子,即将临盆。在家人面前,她不敢说那是阵痛,喝了生姜汤,以此来瞒过家人。

又

　　姐儿嘱付小风流,只有吃个罗帐里无郎弗好留。你打听得情郎听我有个成亲日,依先到我腹中投。

这是一首弃婴的山歌。她认为婴儿在谁的肚子里都是投胎,对丢弃的婴儿说,等到自己和情郎正式成亲后,再投胎到自己腹中。

　　卷一最后的几首是《孕》《不孕》。在描绘恋情中的女子形形色色之样相的《山歌》卷一之最后,是此类妊娠、生育乃至丢弃私生子等内容。

　　正如以上分析所见,卷一收录山歌总体上的共同主题是身陷恋情的女子之诸相。编者冯梦龙在收集这类描绘女性诸相的山歌时,并没有任意随机编排,而是在其顺序上颇费了一番功夫。不妨将卷一山歌的题目,按顺序抄录如下:

　　《笑》《睃》《看》《骚》《弗骚》《学样》《做人情》《无郎》《熬》《寻

郎》《作难》《等》《模拟》《次身》《月上》《引》《走》《半夜》《娘咳嗽》《瞒娘》《扯布裙》《乖》《看星》《娘打》《瞒夫》《打双陆》《瞒人》《赠物》《捉奸》《捉头》《失窃》《孕》《不孕》

他所下的功夫之一,就是如前所述的将譬如夜间私通、瞒过母亲耳目等具有共同主题的山歌集在一起。

此外,卷一所收山歌总体上是按恋情关系的深入程度而排列的。从一开始的《笑》《睃》到《看》,女子的思慕是逐渐加深的;而到《熬》,则已经陷入热恋中了;接着是《寻郎》《等》等;《模拟》《月上》则是月夜的幽会;《引》《半夜》等是夜里来寻访恋人的男子,接下来则是与之相对的《娘咳嗽》《瞒娘》《看星》《娘打》《瞒夫》等各篇。到这里,两人关系已经非同寻常了。虽然有人捉奸(《捉奸》),但最后还是怀孕(《孕》)了。卷一全体基本上是沿着从恋爱开始,然后两人数度幽会,历经曲折,直至最后生下孩子这种恋情发展线索排列的。冯梦龙在《山歌》之前编成的俗曲集《挂枝儿》,同样也是按卷一《私部》、卷二《欢部》、卷三《想部》、卷四《别部》、卷五《隙部》、卷六《怨部》这种恋情发展的各个阶段而分卷的。可见在冯梦龙的脑海中,这种分类整理的观念是一以贯之的。

卷一在历来的研究论著中多被称引,学界普遍认为它的重要特征之一就是其中歌咏了不少对恋爱极为积极主动的女性,并以她们为第一人称来倾诉内心的万千情愫。此外,她们都是苏州农村或都市的良家女子,并非娼妇或妓女,这也是很重要的一点。

第二节　卷二诸篇及其构成

卷二的开篇是题为《姐儿生得》的九首同题山歌。以下为其第二首及第七首：

姐 儿 生 得

姐儿生得好像一朵花,吃郎君扳倒像推车。猪油煎子面筋荤子我,材前孝子满身麻。

第三句中的"面筋"本来是一种素菜,但是用猪油炒过后,就是荤菜了,这是表面的意思。而实际上是说"昏子我",即自己头脑发昏。第四句的表面意思是服丧的孝子披麻戴孝,实际上是说自己全身麻痹。

又

姐儿生得好个白胸膛,情郎摸摸也无妨。石桥上走马有得偺记认,水面砍刀无损伤。

这首歌以《姐儿生得》为题,用了比喻、双关等修辞,表现的重点是男女性交,尤其是女性的身体描写。

捉 蜻 蜓

姐儿生来骨头轻,再来浮萍草上捉蜻蜓。浮萍草翻身落子水,想阿奴奴原是个下头人。

"下头人"表面意思为女子捉蜻蜓时不慎落水,是个失败的人,实际上是指在床上的下面的人。这是一首暗示性交的山歌。

偷

姐儿梳个头来漆碗能介光,虮人头里脚撩郎。当初只道郎偷姐,如今新泛头世界姐偷郎。

这首山歌描写积极挑逗男子的女性形象。题为《偷》,这种女性的所作所为是"如今新泛头世界"的现象,可见这位女子并非娼妇或妓女等风月场上之人。若是娼妓,则不必曰"偷",此外娼妓诱惑男人也并非"如今新泛头世界"所独有。这首歌站在第三人称的客观立场(即男性歌者的立场)观察女性及时代,而它所表述的对世态风俗的认识,正是山歌流行以及冯梦龙编纂出版山歌集的重要背景。这是值得我们注意的。

《砑光》《干思》《打人精》《撇青》(之一、之五)五首开篇第一句分别是:

　　姐儿见子有情郎(《砑光》)
　　见郎俊俏姐心痴(《干思》)
　　姐见子郎来驰驰里介弗起身(《打人精》)
　　姐见郎来便闪开(《撇青》之一)
　　姐见郎来推转子门(《撇青》之五)

这里和之前按内容编排一样,冯梦龙有意把开头相似的山歌集中在一起。

《撇青》是一首男子抱怨女子的歌:

撇　　青

　　姐见郎来推转子门,再来门缝里张来门缝里听。郎道姐儿呀,你好像绒帽子风吹毡做势,遏熟黄梅卖甚青。

这里的"毡"通"专","毡做势"指虚张声势。"青"通"清",怎么能卖弄清纯呢?

接下来的《推》也是表现同样状况的作品。冯梦龙在这里亦是将主题相近的山歌编集在一起,由此可见他的良苦用心:

推

　　百计千方哄得姐走来,临时上又只捉手推开。郎道姐儿呀,好像新打个篱笆个一夹得介紧,生毛桃要吃教我郎亨拍开来。

※正是妙境。

这首歌中有"郎道姐儿呀"一句,是以男性第一人称歌唱的。男子好不容易把女子哄到手,可是女子却把他推开了。"生毛桃"的"生"与"熟"相对,指尚未完全成熟,因此很坚固,这里比喻女子不为男子所动。面对这种状况男子十分不满,因而抱怨女子。这首山歌同样也是以肉体关系为背景的。

春　画

姐儿房里眼摩挲,偶然看着子介本春画了满身酥。个样出套风流家数侪有来奴肚里,邮得我郎来依样做介个活春图。

女子偶然看到春画,于是自己也想试一试。《山歌》刊行的明末万历年间,正是春画流行的时代(沈德符《万历野获编》卷二十六等有记载。现有当时的《花营锦阵》等留传)。从这首山歌中,可以看到那个时代的风气。它以女性第一人称歌唱,同样是以性交为主题。

《身上来》(月经)、《跳窗盘》(跳窗)、《同眠》(同睡)、《诈睏》(装睡)二首这五首是《山歌》中最直接描写性行为的作品,它们亦被集中编排于一处。例如:

诈　睏

姐儿做势打呼噜,凭郎君伸手满身掏。情哥郎好像穷老人个头巾只一顶,小阿姐儿再像牛奶奶洗浴满身酥。

"一顶"指一突。"满身酥"指全身麻痹,筋疲力尽。

本　事　低

结识私情本事低,一场高兴无多时。姐道我郎呀,你好像个打弗了个宅基未好住("未好住"指不满足),惹得小阿奴奴满身癞疥痒离离。

"痒"本意为皮肤的瘙痒,在《山歌》中常被用来形容性欲的不满足状态。这首山歌以女性第一人称向男子诉说不满。

立　秋

　　热天过子不觉咦立秋,姐儿来个红罗帐里做风流。一双白腿扛来郎肩上,就像横塘人捎藕上苏州。(旁批:雅甚。)

这首歌中,对男女精神层面的感情描写几乎没有,可以说是一首纯粹表现肉体关系的作品。将性交的姿势比作扛着莲藕的农民,是这首山歌的新奇之处。

隔

　　结识私情隔条街,常堂堂伸手摸妳妳。路上行人弗好看,索性搬来合子家。

卷二末尾的这些山歌所表现的场景,同样是以歌中男女关系已然较为深入为前提的。

　　卷二所收的五十六首作品题目如下,其中直接描写性交或与性欲有关的以＊标记:

　　＊《姐儿生得》、＊《捉蜻蜓》、＊《穿红》、《穿青》、《有心》、＊《偷》、《保佑》、＊《矸光》、《干思》、《打人精》、《撇青》、《推》、＊《春画》、＊《贪花》、《采花》、＊《花蝴蝶》、＊《身上来》、＊《跳窗盘》、＊《同眠》、＊《诈瞪》、《五更头》、《弗还拳》、＊《床沿上》、＊《本事低》、＊《后门头》、＊《醉公床》、＊《立秋》、＊《瞓得来》、《专心》、《诉》、《奢遮》、《送瓜子》、＊《唱》、《隔》、《长情》

　　卷一并未涉及性交本身的描写,而是展现男女恋爱的过程;与之相对,卷二大部分作品的主题是性交、女性身体或女性性欲。在恋爱中积极主动的女性大量登场,她们并非娼妇或妓女,而是苏州生活的良家女子。

第三节　卷三诸篇及其构成

卷一内容为恋爱中各个阶段的女子，卷二内容为女性性欲及性交，可以看出冯梦龙编集《山歌》时，是非常自然地顺着主题编排的。那么卷三的内容又是什么呢？首先不妨看看卷三每首作品的标题：

《怨旷》《无老婆》《一边爱》《交易》《冷》《盘问》《隙》《拆帐》《弗到头》《做身分》《重往来》《送郎》《别》《久别》《哭》《旧人》《思量》《嫁》《怕老公》《新嫁》《老公小》《大细》

卷三开篇为《怨旷》：

怨　　旷

　　天上星多月弗多，世间多少弗调和。你看二八姐儿缩脚眍，二十郎君无老婆。

题目的《怨旷》一词典出《孟子·梁惠王下》："内无怨女，外无旷夫。"歌中女子芳龄十六，男子二十，正是旧时中国的适婚年龄。在这个年龄还不曾婚嫁的男女被称为"旷夫""怨女"。"缩脚眍"是因为孤枕独眠，颇为寒冷。这首山歌全篇都是第三人称的客观描写，是嘲讽正值青春韶华却无恋人相伴的男女之歌。

又

　　小阿姐儿无丈夫，二十后生无家婆。好似学堂门相对子箍桶匠，一边读字一边箍。

和前一首一样，这一首也是嘲谑无恋人的适龄男女之孤独寂寞。第四句的双关语很精彩，"读字"通"独自"，"箍"通"孤"，都表达孤独之意。第三句中的"学堂""箍桶匠"都生动再现了苏州城市中的景象。

一 边 爱

郎爱子姐哩姐弗爱个郎,单相思几时得成双。郎道姐呀,你做着弗着做个大人情放我在脚跟头睏介夜,情愿拨来你千憎万厌到大天光。

这是一首以男性第一人称向自己单相思的女子吐露心声之歌。

又

郎弗爱子姐哩姐爱子郎,单相思几时得成双。小阿奴奴拚得个老面皮听渠勾搭句话,若得渠答应之时好上椿。

与前一首相反,这首山歌写的是对意中人执着单相思的女子。男子的单相思与女子的单相思,正好构成一组对比。这里积极主动地追求爱情的女子形象颇引人注目,它是一首以女性为第一人称的歌。

孤衾独枕也好,单相思也好,总而言之都是不圆满的恋爱状态。后面紧接着的就是《冷》《盘问》《隙》《拆帐》。

弗 到 头

结识私情弗到头,扯破情书便罢休。百脚旗上火发竿着子,有壶无箭儌来投。

第三句中,旗帜的失火和旗竿的烧毁是原因与结果的关系。"竿"通"干",女子给自己所爱的男人写情书,男子却冷面以对,于是女子也心灰意冷,两人的恋情走向了尽头。第四句中的壶和箭可以分别理解为女性、男性的象征。这是一首以女性第一人称唱的山歌。

别

别子情郎送上桥,两边眼泪落珠抛。当初指望杭州陌纸合一块,郎间拆散子黄钱各自飘。

"陌纸""黄钱"皆是为吊唁死者而烧的纸钱。"陌纸"扎成捆状,"黄钱"是将纸剪成钱的形状,一张一张使用。这里"合一块"与"各自飘"用以比喻两人的关系。因为别去的是男子,所以这是一首女性第一人称的山歌。

别

滔滔风急浪潮天,情哥郎扳椿要开船。挟绢做裙郎无幅,屋檐头种菜姐无园。

"幅"通"福",指男子薄情。"园"通"缘",指无缘。这是一首怨念抛下自己去远游的薄情男子的女性第一人称之歌。这类歌的共同主题是恋情的悲惨结局。

哭

姐儿哭得悠悠咽咽一夜忧,郎了你恩爱夫妻弗到头。当初只指望山上造楼楼上造塔塔上参梯升天同到老,如今个山迸楼摊塔倒梯横便罢休。

这首歌让我们联想起古乐府《上邪》中的句子:"山无陵,江水为竭,冬雷震震,夏雨雪,天地合,乃敢与君绝。"它表现了因恋人(男子)的亡故而悲痛欲绝的女子之心情。在民间有"哭七七""哭丧歌"等在死者丧葬仪式上唱的歌谣。这首山歌或许即是此类歌谣之一。

送 郎

送郎出去并肩行,娘房前灯火亮瞪瞪。(眉批:瞪音橙。)解开袄子遮郎过,两人并做子一人行。

送郎送到灶跟头,吃郎踢动子火叉头。娘道丫头要个响,小阿奴奴回言道灯台落地狗偷油。

送郎送到屋檐头,吃郎踢动子石砖头。娘道丫头要个响,小阿奴奴回言道是蛇盘蛤蚆落洋沟。

姐送情哥到半场,门前狗咬两三声。小阿奴奴玉手亲抱住子金丝狗,莫咬子我情哥惊觉子娘。

前面的《别》和《哭》是两人恋情终结、从此天涯陌路之歌,而这首《送郎》是男女某次约会后的告别之歌。民歌中有一类"送郎送到一里亭""送郎送到二里亭"等送别恋人时的数数歌(例如苏州市文学艺术界联合会编《吴歌》,中国民间文艺出版社,1984年,第118页采集于吴江的《十里亭》)。这首山歌虽然不是数数歌,但"娘房前""灶跟头""屋檐头""半场"等顺着男子归途歌唱这一点与《十里亭》是十分相似的。这首山歌中同样也写到了避过母亲耳目,与卷一《半夜》《瞒人》等的主题是相通的。但可能是由于它的侧重点在于表现别离的场面,因此被收录于卷三。

老 公 小

老公小,逼疽疽,马大身高郺亨骑。(眉批:大叶惰。)小船上橹人摇子大船上橹,正要推扳忒子脐。(眉批:扳音班,挽也。)

※逼疽疽,吴语小貌。

它的主题也是完美的肉体关系之欠缺。

卷三收录的作品,主要的主题是怨女旷夫、离别的场面、恋人分手等不如意的恋爱关系,或者从心情的角度说,多是女性的悲伤、女性的哀怨、女性的不满等。虽然这类歌的情绪大多比较消沉,但也不乏色彩明朗的作品:

旧 人

情郎一去两三春,昨日书来约道今日上我个门。将刀劈破陈桃核,霎时间要见旧时仁。

"仁"通"人"。它表现了久别的恋人终于再会的满心喜悦。他们已经天各一方达两三年之久,再度相会,掩饰不住内心的欣喜。

嫁

嫁出因儿哭出子个浜,掉子村中恍后生。三朝满月我搭你重相会,假充娘舅望外甥。

※娘舅便可免物议,堪为欧文忠公解嘲。

后评中提到的世人对欧阳文忠公(欧阳修)的嘲讽,是指欧阳修曾被指与其妹妹的女儿有染这一传闻(所谓"张甥案")。这首山歌唱的是女子出嫁后回娘家时,为避人说闲话而称相好的男子为娘舅。虽然两人的私密关系不会断绝,但由于女子的出嫁,他们不得不暂时分开。

无论是《旧人》还是《嫁》,或因长年的离别,或因对方的出嫁,总而言之是恋爱道路上颇多酸楚,这是它们背景的共通点。

第四节　卷四诸篇及其构成

同样题为《私情四句》的卷四情况如何?其开篇第一首为《姓》:

姓

郎姓齐,姐姓齐,赠嫁个丫头也姓齐。齐家因儿嫁来齐家去,半夜里番身齐对齐。

郎姓毛,姐姓毛,赠嫁个丫头也姓毛。毛家因儿嫁来毛家去,半夜里番身毛对毛。

这首山歌把"齐(脐)对齐(脐)""毛对毛"用作性交的暗示很有

意思,完全无视中国向有的同姓不婚之禁忌。或者它也有可能是在调笑同姓结婚者。良家女子结婚时,会带一个贴身侍女一起出嫁(古代所谓的"媵"),这个侍女在某种意义上来说相当于妾,与夫妇在一张床上共寝。

被　席

　　红绫子被出松江,细心白席在山塘。被盖子郎来郎盖子我,席衬子奴来奴衬子郎。

松江、山塘均为地名。山塘在苏州城西北,商店林立,为繁华之地。这一首从内容来说似乎应收在卷二的性交类歌。这首山歌还作为"吴歌"被收录于评骘南京妓女位次的《金陵百媚》卷上"傅五"条,以及作为"湖州山歌　时腔"被收录于品评苏州妓女位次的《吴姬百媚》卷一"刘寇"条(此将在第二章第五节详述)。

出

　　当官银匠出细丝,护短爷娘出俊儿。道学先生口里出子孔夫子,情人眼里出西施。

　　※情眼出底才是真正西施,假使西施在今反未必会好也。即如孔夫子,当时削迹伐木,受尽苦楚,比得道学先生口里说得去,行得通否?

这是一首集各种"出"的山歌。末句是说,在相爱的人看来,对方的缺点也变成了优点。第一句至第三句的作用是为第四句作铺垫,引出第四句。评语中的孔子"削迹伐木"云云,典出《晏子春秋·外篇》"不合经术者":"孔子拔树削迹,不自以为辱。"含有讽刺当世学者的意味。

会

　　铁店里婆娘会打钉,皂隶家婆会捉人。外郎娘子会行房事,染坊店里会撇青。

第一句中的"打钉"暗指打定,即决定。第四句的"撇青"(将染料中的蓝色撇去)是双关语,暗指"撇清"(与自己撇开关系)。和前一首歌类似,这是一首集各种"会"的山歌。四句都是写各种职业男性的妻子在与人私通时,都善于用与丈夫行当有关的技艺。当时的都市里有各种手艺人,这里把各种职业的手艺人的妻子罗列了出来。它应该是一首流行于苏州都市的歌。

后　庭

使得枪儿也弄得钯,丢得鱊鱼也扬得鰕。(眉批:扬音汤,去声。)一般道理无两样,在行姊妹郍弗晓得后庭花。

"后庭花"指肛门性交。"在行姊妹"指娼妇妓女等女性。这是一首描写风尘女子的歌。

多

人人骂我毧千人,仔细算来只毧得五百个人。尔不见东家一个囡儿毧子一千人了得佛做,小阿奴奴一尊罗汉稳丢丁。

※南无黄金琐子骨菩萨。

"东家"在这里既可以理解为单纯的东邻,也可理解为地主、主人(妓楼主人)等。而联系前后语境来看,这个女子很可能是娼妇。评语中所说的锁骨菩萨,见于《续玄怪录》。据载延州有一女子,人尽可夫。她亡故后,州人一起凑钱把她葬于路旁。后有一西域来的僧人从墓前经过,对之虔诚礼拜。旁人不解,问之方知此乃锁骨菩萨。人们掘开墓穴,果然发现她全身的骨骼像锁一样勾连在一起。评语用了这个典故,戏谑说"东家"的这个女子乃当世的锁骨菩萨。

又

东也困,西也眠,算来孤老足三千。常言道三世修来难得一处宿,小阿奴奴是九千世修来结个缘。

最后一句指跟三千个男人睡觉。"孤老"专门指嫖客,因而歌中的女子也是娼妓。很显然到了卷四,出现了不少有关娼妇、妓女等的作品。

以下为卷四的篇目:

《姓》《被蓆》《出》《新》《要》《比》《会》《后庭》《多》《两郎》《兄弟》《婢》《姑嫂》《娘儿》《伯姆》《姐妹》《阿姨》《争》《补肩头》《老人家》《暴后生》

牵强一点来说,前半的《姓》《出》《新》《要》《比》《会》《多》等均为一字标题,都是带有语言游戏性质的作品。接下来则是与同姓者结婚、交往者众多等以略有些乱伦关系为主题的作品。再来看后半部分的山歌:

婢

辫子了眍,勾子了眠,醒来只剩个大缺连。姐道郎呀,好好里被蓆郎了弗肯眠,定要搭个起齷齪丫头地上缠。

※好煞人也无干净,莫单说丫头。

这是一首从妻子的立场出发,揶揄有妻却又同丫鬟勾搭的丈夫之歌。评语"好煞人也无干净",见于《西厢记》第二本第二折【四边静】一曲中张生与崔莺莺初次同床共枕时的场景。

姑 嫂

姑嫂两个并肩行,两朵鲜花啰里个强。姑道露水里采花还是含蕊儿好,嫂道池里荷花开个香。

未婚的弟和嫂经常会在故事中出现,而这首歌唱的是嫂子与尚未出嫁的小姑并肩而行,各自夸耀自己最有魅力。

娘　儿

　　娘儿两个并肩行,两朵鲜花啰里个强。因儿道池里藕儿嫩个好,娘道沙角菱儿老个香。

这首歌与前一首一样,是母亲与女儿争论谁更能吸引男人。

阿　姨

　　姐夫强横了要偷阿姨,好像个枕头边筛米满床栖。阿姨道姐夫呀,皂色上还覆教我无染处,馄饨弗熟你再有介一副厚面皮。

"栖"通"妻",第二句意为姐妹都是妻子。最后一句"厚面皮"为双关语,指脸皮厚。这是一首嘲讽硬要与小姨子保持不正当关系的男子之歌。它被排列在以作为恋爱对象的女性之立场歌唱的一类山歌中。与它隔开两首,后面即是《老人家》:

老 人 家

　　结识私情没结识个老人家,老人家做事慢他他。后生家见子人来三脚两步闪开子去,老人家还要的的搭搭摸蒲鞋。

这首山歌以女性第一人称讲述了与什么样的男子谈恋爱为好。它指出了与年老男子相恋的不利之处,然而同题下还收有一首山歌,叙述了与年老男子恋爱的好处(不会嫉妒吃醋、拥有长年培养出来的手艺等),两首作品恰好形成一种平衡状态。

暴 后 生

　　结识私情没要结识暴后生,渠好似新出螃蚍无肚肠。新造庙堂团团里介画,清明插柳遍传杨。

"画"通"话","杨"通"扬",指流言蜚语到处传播。这也是一首以女性第一人称歌唱恋爱男子的山歌。

卷四后半部分为歌唱恋爱对象的歌,其中不少涉及长晚辈、兄弟等近亲关系,不伦、乱伦是其主题。

总体而言,卷四前半主要是《姓》《出》《新》等一字标题的山歌,后半则是《两郎》《兄弟》《婢》等以恋爱对象为主题的歌。而其中大部分,都是与本来不被允许的对象之间的乱伦之歌。此外很显然从卷四开始,响起了歌咏妓女的声音,这也是值得我们注意的地方。

第五节 卷五诸篇及其构成

卷一至卷四诸卷标题皆为"私情四句",接下来的卷五、卷六标题分别是"杂歌四句""咏物四句"。虽然它们在形式上同为"四句"山歌,但在内容上卷五、卷六与卷一至卷四有相当大的差异,当然这也是出自编者冯梦龙有意识的编排。那么卷五、卷六收录了何种性格的山歌呢?首先来看卷五的目录:

《亲老婆》《和尚》《月子弯弯》《乡下人》《筛油》《毡厎姐儿》《毡毡囝儿》《姹童》《风臀》《丑妇》《麻》《胡子》《孝》《大人家阿姐》《大人家阿嫂》《阉》《瘦妓》《壮妓》《大脚妓》《拣孤老》《八十婆婆》《骗》《杀七夫》《小家公》《洗生姜》《乌龟》《私情报》《美妻》《唱山歌》

开头第一首是:

亲 老 婆

天上星多月弗多,雪白样雄鸡当弗得个鹅。煮粥煮饭还是自家田里个米,有病还须亲老婆。

※忽然道学。还是无病的日子多。

"天上星""雪白样雄鸡"比喻男子外遇的对象,"月""鹅"比喻妻子。歌中并不认为外遇(私情)是一件坏事,但在生病等关键时候,还是家里的妻子好。后评中说"还是无病的日子多",带有开玩笑的味道。对冯梦龙来说,或许后评的戏谑才是他的重点所在。后一首是:

和 尚

天上星多月弗多,和尚在门前唱山歌。道人问道师父邸了能快活,我受子头发讨家婆。

※讨了家婆反未必快活。这和尚还是门外汉。

《山歌》主题为男女关系这一点自然毋庸置疑,而这首歌的可笑处是和尚唱这类山歌。此外它与前一首一样也有戏谑的评语:与严肃的婚姻相比,外遇更让人快活。"门外汉"一词用得颇妙。接着是一首最广为人知的山歌:

月 子 弯 弯

月子弯弯照九州,几家欢乐几家愁。几家夫妇同罗帐,几家飘散在他州。

关于这首歌,将在第二章第三节再作具体分析。它唱的是虽然目前离散,但已正式结婚的男女,因此归入含有不伦色彩的"私情"中似乎有些欠妥。

乡 下 人

乡下人弗识枷里人,忽然看见只捉舌头伸。咦弗知头硬了钻穿子个板,咦弗知板里天生个样人。

这首作品虽然从形式上来说属于山歌,但与男女之情丝毫无关。它是从城市居民的立场嘲笑乡下人的无知。而如果我们考虑到山歌大多数本来是农村之歌的话,那么这种以城市居民的视角来唱的山歌的出现,可以说是一个很大的变化和转折。

正如"杂歌"这个标题所示,卷五收了一些不能归入到"私情"范畴的山歌。再来看下面一首:

姹　童

献姹个学生新做子亲,(眉批:姹,叉去声。)辫子新人就要干窟臀。姐儿仔细思量两件东西佮是郎君个,便得渠留前支后要正经。

※张伯起先生有所欢,既婚而瘦,赠以歌云:"个样新郎忒煞矬,看看面上肉无多。思量家公真难做,弗如依旧做家婆。"俊绝,一时诵之。

诸如此类以男色为背景的山歌以及以第三人称进行嘲讽戏谑的山歌被编排于一处。男色多是当时文人的嗜好,因此这首歌更有可能是流行于文人圈中而非民众之间。此外它后面所附的歌也明确注明了是文人所作。男色之歌虽然也可因性主题而归入到山歌范畴,不过,不一定要放在"私情"一类。之后是《丑妇》《麻》《大人家阿姐》《大人家阿嫂》等与卷四类似的歌唱恋爱对象的那一类山歌。例如《麻》:

麻

隔河看见子一团花,走到门前满面麻。若要隔河听渠做点私情事,世间哪得更个长鸡巴。

※十麻九俏。这想是第十个麻子。

花比喻美貌的女子。远远看去那女子如花似玉,走近一看却对她的相貌不敢恭维。如果不看她的脸而要跟她进行性交的话,需要相当长的鸡巴。想象此事,引人发笑。

大 人 家 阿 姐

大街上行人弗怕个牛,大场里赌客弗怕个头。大县里差人弗怕个打,大人家阿姐弗怕羞。

这里的"大人家阿姐"或即大户人家的女儿。她对人来人往已经司空见惯,因此在恋人面前也毫不羞怯。其后则集中了很多如《阙》《瘦妓》《壮妓》《大脚妓》《拣孤老》等以妓女、妓楼为题材的山歌:

阙

有子吹笙唛要箫,有子船行唛要桥。有子鱼吃唛要肉,邪得有子家婆弗要阙。

这是一首以男子立场第三人称唱的山歌。正如笙与箫、船与桥、鱼与肉等总想兼得,尽管这个男子已有妻室,但他还想出去寻花问柳。它和卷四的《出》《新》等类似,将四种情况并列成歌。

壮 妓

阙小娘儿没阙个活骷髅,宁可增钱把壮个收。六月里着肉窖丢丢介再有趣,冬天一身褥子软柔柔。

这首歌的前一首为《瘦妓》:"阙小娘儿没阙个胖婆娘,宁可增钱瘦个强。你弗见肥猪肉吃子一星两星便觉油烟气,骨炙儿牙得里头香。"前后两首正好形成鲜明对比。

拣 孤 老

荐本上升官弗认个真,黄册上派差弗审个贫。市学里先生弗拣学生子,邪了小娘倒要拣客人。

第一句至第三句举了"不拣"的例子:第一句说官员升任时并不凭举荐书决定人选,第二句说收缴赋税时并不因某人贫困而给予优待,第三句说学校里的先生不能随自己的喜好而挑选学生。这是一首被妓女嫌弃的男子对妓女的嘲讽之歌。

小 家 公

一个鸭蛋弗哺两个雏,一个殿上弗挂两个钟。城门散子要帮铁,婆娘家咦有小家公。

它唱的是虽然一个女人只能嫁一个丈夫,但如果在丈夫不能满足妻子的情况下,女人可以有一个"男妾"来补偿。题目的"小家公",是从表示妾的"小夫人""小老婆"化用而来。

乌　龟

　　栀子花开心里香,乌龟也要养婆娘。卖子馄饨买面吃,猪肝白肠郁亨生。

"心里香"通"心里想"。自己的妻子和别人私通的男人也要蓄妾。旁人看来,这行为就好像把有肉而价值较高的馄饨卖出去而买价值较低的面。可是,他的主张是不可只吃猪肝白肠那种高级菜。歌者以较冷静的眼睛观察全体情况。

美　妻

　　绝标致个家婆捉来弗直钱,再搭东夹壁个喇哒婆娘做一连。个样事务才是五百年前冤魂帐,舍子黄金抱绿砖。
　　※承恩不在貌,教妾若为容。世上一种大不平事。

"承恩不在貌,教妾若为容",出自唐代杜荀鹤《春宫》诗。这首歌对家中已有美妻、却又勾搭丑女的男子表示不解。它大致也可归入"私情"(外遇)一类。

通过以上数例可以看出,卷五正如其标题"杂歌"所示,它并非围绕一个一以贯之的主题集录山歌,而是收录了至卷四为止那些普通人家的女子"私情"之歌所未收的男色、嫖妓等相关题材的歌曲。虽然卷一至卷四的"私情"之歌中也有一些涉及不伦关系,但我们可以明显感觉到歌者对恋人洋溢着纯粹的、热烈的爱;而卷五或可谓是对这一走向的反拨,其中大部分山歌都含有冷眼旁观的倾向。此外卷五的山歌有不少是以第三人称歌唱的,女性第一人称歌唱的作品非常少,这也是一个引人注目之处。

第六节　卷六诸篇及其构成

卷五"杂歌"的确很"杂",我们很难从总体上为之总结出一个倾向来;而卷六的"咏物"则一改前貌,它以某些物品为主题,将此物的性格比附男女关系,以山歌的形式唱出来。例如开头的《风》:

风

> 情哥郎好像狂风吹到阿奴前,揭袄牵裙弗避介点嫌。姐道我郎呀,你道无影无踪个样事务看弗见捉弗着也防备别人听得子,我只是关紧子房门弗听你缠。

这首以女性第一人称歌唱的山歌主题是"风",用以比喻男人。第一句、第二句写男子如风一样兴奋地来到女子居所,揭开女子衣衫。这显然是由风吹动女子的衣裙联想而来。第三句写无影无形、却又发出声响,这些自然是风的特质,被用以比附这位男子。于是第四句中,女子对这个风一般的男人紧闭房门不与他纠缠,这样无论是风还是男人都无法进来了。

卷六的咏物歌就是这般将物品的性质与男性或女性的性格结合在一起。卷六目录如下:

《风》《花》《砚》《笔》《棋》《双陆》《骰子》《投壶》《毬》《捷踢》《鹞子》《香筒》《荷包》《毡条》《帐》《睡鞋》《珠》《海青》《算盘》《厘等》《消息子》《扇子》《网巾圈》《夜壶》《粪箕》《烟条》《蜡烛》《灯笼》《走马灯》《箸》《茶注》《酒钟》《攒盒》《鼓》《爆杖》《流星》《伞》《墨斗》《吊桶》《粽子》《馒头》《面筋》《荸荠茨菇》《香圆》《茶》《梅

子》《茄子》《夜合花》《葵花》《蟋蟀》《跋弗倒》《船》《篷》《钓鱼船》《鱼》《鼠》

　　冯梦龙在这些咏物歌的排列顺序上,显然也费了不少工夫。《风》的下一首是《花》,正好组成"风花";"砚"和"笔"都是文房用具;"棋""双六""骰子""投壶""毬""捷踢""鹞子"皆为游戏用品;"香筒""荷包"为日常用品;"毡条""帐""睡鞋"均为与床有关的物品;"算盘""厘等""消息子""扇子""网巾圈""夜壶""粪箕"均为日常使用的小物;"烟条""蜡烛""灯笼""走马灯"为与灯火有关的东西;"箸""茶注""酒钟""攒盒"为饮食器具;"鼓""爆杖"都能发出较大声响;"爆杖""流星"都是闪光的东西;"粽子""馒头""面筋""荸荠茨菇""香圆""茶""梅子""茄子"均为食物;"夜合花""葵花"都是植物(花);"船""篷""钓鱼船"都与船有关;"钓鱼船""鱼"都与鱼有关。诸如这般,同一种类的咏物歌被集中排列在一起。

　　这些山歌,用作其主题的事物名称即是其题目。卷六总共收录了六十五首咏物歌,其中以"结识私情(好像)"开头的有三十六首,以"姐儿生得"或"姐儿好像"开头的有十一首,以"情哥郎好像"开头的有四首。这些起始句相同的山歌,不难让我们猜测它们或许是在某一场合中各自选一个主题(事物)的竞作(详参本书第二章第五节)。

　　就女性形象来说,卷一至卷四中有不少积极主动地追求爱情的女性登场。然而卷六所呈现的女性形象却稍微有些变调。例如:

毬

　　结识私情像气球,一团和气两边丢。姐道郎呀,我只爱你知轻识重随高下,缘何跟人走滚弄虚头。

"一团和气"是自气球联想而来,指优柔寡断,如气球一样滚来滚去,被别的女人吸引的男人性格。"一团""两边"这两个数量词很传神。这是一首以女性第一人称唱的山歌,抒发了对抛弃自己的男子的怨念。然而这个女子在男子面前完全是被动的一方,与卷一、卷二等所见的对男子积极主动地敢爱敢恨的女子形成鲜明对照。

算 盘

结识私情像个算盘来,明白来往弗拨来个外人猜。姐道郎呀,我搭你上落指望直到九九八十一,啰知你除三归五就丢开。

这首歌描写了因好不容易与钟情的男子相爱而满怀喜悦的女子却突然被无情抛弃。卷六的咏物歌中,托物寓意的那部分作品大多是讲述被男子抛弃的女子的境遇。她们的心情正如下面这首山歌所唱:

珠

结识私情好像珠子般,圆圆一粒望你眼儿穿。姐道郎呀,你弗来时我枕边吊落子千千万,没要因奴黄子了贱相看。

最后一句"黄"比喻女子年老。这首歌中虽然男女二人的关系尚未走向最终决裂,但女子的内心并不是洋溢着积极的自信,而是依赖于男子、乞求他不要将自己抛弃。这首歌可以说是表现女性的痛苦心理的。上面几首流露出对这些为男性所弃的女子之同情。

砚

砚台姐原是牢石人,吃个墨池里郎来污子我个身。拿介管乌弗三白弗四个笔来捉个小阿奴奴千万𦟱,(眉批:𦟱音散。)直𦟱得我漕中水尽便休停。

砚、墨池比喻女性，笔比喻男性。这里专门写在性交场面中为男子所污，故而是一首以被玩弄的女性第一人称的视角来唱的山歌。

箸

姐儿生来身小骨头轻，吃郎君捻住像个快儿能。姐道郎呀，我当初金镶银镶郲吃个篾片阿哥弄成子我个轻薄样，撞来尽盘将军手里弗曾停。

这首歌描写了被像筷子一样玩弄的女性。咏物歌虽是用物来比喻女性，然其最终目的，是表现诸如这般被视作物的"物化"的女性。

在卷六的不少作品中，可以看到一个共同的情境。比如像《球》《算盘》等，是表现原本恩爱的一对男女，后来女子却秋扇见捐；《砚》《箸》等则是表现女子身体为男子所污。总而言之，都是描写被命运抛向低谷的女性或者说是失落的女性。这卷所表现的处于被动地位、命运坎坷的女子，在她们身上几乎找不到卷一、卷二等登场的那些女性的积极性。这两类山歌之间可以说存在着巨大隔阂。

第七节　小　　结

通过以上几节的具体考察，我们不难将《山歌》卷一至卷六各卷的主题倾向总结如下：

卷一　"私情四句"　恋爱的女性

卷二　"私情四句"　性交、身体、性欲

卷三　"私情四句"　分手、离别、女性的哀怨

卷四 "私情四句"　乱伦
卷五 "杂歌四句"　对男色、娼妓、不伦之嘲讽
卷六 "咏物四句"　物化的女性（被动的女性、失落的女性）

冯梦龙的编集意图,是将四句山歌分为"私情"歌以及它以外的歌。因此我们可以明显看到,卷一至卷四这四卷同卷五、卷六这两卷的倾向是有差别的(尽管卷四、卷五主题的界限并不那么明晰)。

首先从卷一至卷四看,里面登场的女性并非娼妇、妓女,而是农村和城市里的普通女性。也就是说,前半(卷一～卷四)私情山歌描写的是大胆积极地追求恋情的一般女性,"私情姐"为其中心。("私情姐"这一说法见于卷一《捉奸》的后评:"弱者奉乡邻,强者骂相邻,皆私情姐之为也。")"私情"即瞒过世人眼睛、本来不该有的男女关系。《山歌》(卷一～卷四)中的私情,主要是已婚女性与丈夫以外的男子私通和未婚女性避过家长眼目擅自与男子幽会这两种。两者之共同点在于,这些女性主人公都不是娼妇妓女等风尘中人,而是普通的良家女子。

再看看在本书序章中已经引用过的卷二的《偷》:

偷

结识私情弗要慌,捉着子奸情奴自去当。拚得到官双膝馒头跪子从实说,咬钉嚼铁我偷郎。

※此姐大有义气。

如果私通被人发现、被告上官府,女子不论受到什么样的惩罚都会自己一个人担当,这可谓是私情姐们的堂堂私情宣言。庇护男子、把责任都揽到自己身上,这种自觉、自信、坚定的态度,不由让我们啧啧称奇。

表现女性的坚强或积极,是《山歌》卷一至卷四作品的重要

特征。那些勇敢的私情姐,她们避过丈夫、家人的耳目,悄悄地与意中人私通,内心完全没有一般行"私情"之事后的不安与忐忑;她们所面对与挑战的,是丈夫、亲人、世人等权威,或谓整个森严的礼教秩序。

这些私情姐的呼喊与宣言,是之前的中国诗歌世界中一直未尝有的声音,故而其意义自然非同凡响。理直气壮地喊出"我偷郎"的积极的女性形象,在中国诗歌的世界中是难得一见的。卷二收录的大部分是与性交有关的极为露骨的山歌,即使是这类作品,也基本上是以女性的立场歌唱的。

之前的《山歌》研究论著,也多引用这些活跃着积极女性的卷一、卷二来展开论述。这在某种意义上可以说很好地抓住了《山歌》的特征。

那么卷五、卷六的情况又是如何呢?卷五如其标题所示,所收作品内容相当芜杂,我们很难从中总结出一个倾向来。然卷五同样也收录了诸多含有露骨的性描写的山歌,这些作品多以男性第一人称或第三人称(即使是第三人称,也多是男性立场)歌唱。就这两点而言,卷五与主题趋同而多以女性第一人称歌唱的卷二形成了鲜明对照。

卷六为"咏物"歌,以某种事物为主题,并将该事物所具有的性格、性质与男女关系或女性(多为性方面的)形象结合在一起。卷六山歌的特征之一,就是如其中《珠》所典型表现的哀怨的女性(这类女性形象正如后文所述,在以往的词曲等文学作品中很常见)。

男性视角下的露骨的艳笑山歌与女性之哀怨,两者的共通之处在于都是以男性上位观照下的女性。她们多是被"物化"的、即作为男性性欲望对象的女性,或是在有利用价值时被奉作至宝、一旦失去利用价值就被无情抛弃的女性。这与卷一、卷二等所见的积极的女性形象显然大相径庭。

此外在中国文学中,像《山歌》卷二、卷五、卷六那些山歌一样进行具体性描写的作品是十分罕见的。这也是作为艳笑歌谣集的《山歌》在中国文学史上所具有的重要意义之一。

前文所探讨的各卷性质之差异,可以从作品中歌者人称的角度总结归纳为表3:

表3 从歌唱者的人称看各卷的性质

	一	二	三	四	五	六	合计
第一人称(男)	0	8	3	1	5	2	19
第一人称(女)	37	28	22	25	4	54	170
第三人称	20	20	3	10	24	10	87

尽管人称的把握相当困难,但除去那部分从任何人称都能解释得通的作品,我们还是可以从中窥得一些大体倾向。首先从全体来看,男性第一人称有19首,女性第一人称有170首,第三人称有87首,第一人称的作品占了压倒性多数,其中又以女性第一人称作品为最多。松浦友久《唐诗中表现的女性形象和女性观》(石川忠久编《中国文学的女性像》,汲古书院,1982年)曾指出,在唐诗中男女恋情的第一人称表白是没有的,接着又指出:

> 无论是制度还是韵律上都与此(注:指诗)正统性、人为性相距较远的早期民歌类(《诗经·国风》、汉魏乐府、六朝民歌等),或是与科举无关的具有通俗歌谣性质的填词中,第一人称的男女恋情之歌屡见不鲜。

由此可以确认,《山歌》作品与"早期民歌类"以及词曲等是不无关联的(此问题将在第二章第一节中详论)。

男性第一人称之歌相对较多的是卷二、卷五。卷二主题为"性交、身体、性欲",卷五主题为"男色、娼妓、不伦",艳情歌谣

(春歌)的性格最为浓重,因此收录如此多的男性第一人称之歌是极为自然之事。

最为引人注目的当然是卷一、卷六两卷中大量的女性第一人称之歌。尽管它们都是以女性第一人称歌唱的,但卷一描绘的是积极追求恋情并付诸行动的女性,卷六描绘的是被动的、被男子抛弃的、"物化"的女性。两者之对比是十分鲜明的。那么这种差异是如何造成的?下一章将从四句山歌歌唱的"场"的差别之角度出发来探讨这一问题。

最后想对冯梦龙在编纂《山歌》时,在作品排列之"对"的问题上所费用心作简要探讨(关于这一点,特佩尔曼[Töpelmann]在其论著第六章"关于主题"中基本已有完整的分析)。

在《山歌》中,围绕着某个主题,从其正面描写的作品与从其反面描写的作品常常被编排在一起。例如卷一的《骚》(之一~五),收录了招摇张扬地追求男子的女子之歌,接下来的《弗骚》,则描写了沉静低调的女子富有魅力。诸如此类的例子还有:

卷一

《娘咳嗽》 被母亲的咳嗽阻碍了幽会的男女

《瞒娘》 瞒过母亲耳目幽会的男女(这一组对比特佩尔曼[Töpelmann]未言及)

《孕》(之一~七) 对怀孕的焦虑

《不孕》 对不孕的焦虑

卷二

《穿红》 穿红色衣装的女子

《穿青》 穿黑色衣装的女子(这一组对比特佩尔曼[Töpelmann]未言及)

卷三

《一边爱》(之一) 男子的单相思

《一边爱》(之二)　女子的单相思

卷四

《老人家》(之一)　与年长者谈恋爱的不好之处

《老人家》(之三)　与年长者谈恋爱的好处

《老人家》(之二)　与年轻人谈恋爱的好处

《暴后生》　与年轻人谈恋爱的不好之处

卷五

《瘦妓》　瘦的妓女

《壮妓》　胖的妓女

《大脚妓》　被否定的大脚妓女

《大脚妓》　被肯定的大脚妓女

卷六

《骰子》(之一)　恋爱该像骰子

《骰子》(之二)　恋爱不该像骰子

《网巾圈》(之一)　恋爱该像束头发的网巾圈

《网巾圈》(之二)　恋爱不该像束头发的网巾圈

《伞》(之一、之二)　恋爱该像伞

《伞》(之三)　恋爱不该像伞

主题相反的作品，散见于卷一至卷六各卷，卷七以下未尝出现。特佩尔曼(Töpelmann)在其论著中有云："第二首是第一首的变换或反论，因而两者以一种矛盾的形式存在，也就自然地呈现出所有看法的相对性。"他所指出的"相对性"这一点非常重要。

当我们观察某事物时，会在脑海中形成对它的一种看法。然而当我们进一步观察下去，往往又会发现与最初的看法有异的另一个侧面。通过多视角、多方位的观照，对事物的认识就会立体化和深入化。冯梦龙深知固执于一端的危险性，因而他始终不忘灵活地从多个角度来观察事物。这种以"对"来排列作品的用心,就足可见出冯梦龙观察事物的方法。此外,从那些作品的正文以及它们篇末各自所附的评语之关系也可看出这一点。评语中屡屡可见的"反讽",亦在相当程度上起着阻止对事物的判断向某个极端发展的作用。

[第二章]

四句山歌之来历——"场"的考察

第二章 四句山歌之来历——"场"的考察

第一章已对冯梦龙《山歌》十卷中,卷一至卷六各卷所收四句山歌各自具有的性格作了一点分析。在接下来的第二章,将对这些四句山歌的历史背景、歌唱环境——即"场"进行考察,并借此来探讨第一章所分析的山歌性格之由来。山歌歌唱的"场",有农村、都市、妓楼等多种场域,有必要分别进行考察。

第二章将以"场"为探讨的主线,各节安排如下:

第一节　农村之歌
　　一、山区祭礼及山歌
　　二、长江流域的祭礼及歌谣
　　三、农村的劳动之歌
　　四、山歌的集体性性格
第二节　都市之歌
第三节　船歌
　　一、"月子弯弯"歌
　　二、船与歌谣
　　三、船上的娼妓
第四节　妓楼之歌
第五节　文人之戏作
第六节　小结

第一节 农村之歌

一、山区祭礼与山歌

"山歌"一词从广义和狭义上说包含多重意思。首先从"山歌"字面上说,它与山有不可分割的关联。关于甘肃、青海等山区流传的歌谣"花儿",卜锡文撰有《试论花儿的体系与流派》一文(《花儿论集》,甘肃人民出版社,1983年),其中对"花儿"有如下界定:

> 我国民间歌曲中,有一类体裁的歌叫做"山歌"。山歌是劳动人民在山野间自由抒唱的一种抒情小歌。花儿便是这种抒情小歌,是甘、青、宁三省(区)相毗连的一大片地区内所流行的山歌。正如陕北的山歌叫做"信天游",内蒙古山歌叫"爬山调",四川山歌叫"晨歌",苗族山歌叫"飞歌"等等一样,花儿也是山歌的一个代名词,是地区性的习惯称谓。

他指出了"山歌"是在不同的地域名称各异、"山野间自由抒唱的一种抒情小歌"。从这一定义来看,广东、福建山区分布的"客家山歌"亦属山歌范畴。笔者将现在仍在传唱这些歌谣的地域在地图上标注,如图1所示。这里所列举的歌谣,分布于黄河、长江中下游、华中平原三面的山区。从广义笼统来说,山歌就是山区的歌。

"山歌"还有更深层次上的含义。它们大多是在以山为舞台的特定祭礼仪式上,尤其是青年男女通过唱歌来互相结识的集体对歌场上所唱的歌。这类青年男女通过唱歌来互相结识、

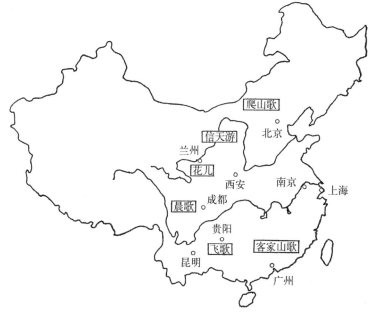

图 1 "山歌"的分布

含有性解放性质的对歌活动,在日本叫"歌垣(うたがき)"。

关于刚才提及的甘肃的"花儿",笔者曾在 1985 年夏天有幸参观康乐县莲花山举行的花儿会①。以下将对其作简要介绍,以之为本节考察的材料。

"花儿"是甘肃省、青海省、宁夏回族自治区的汉、回、土、东乡、保安、撒拉、裕固、藏族等民族唱的民歌。花儿歌唱的"场"

---

① 关于莲花山花儿会,日本学界有山之内正彦参考剑虹《试谈"花儿"》(《民间文学》1955 年第 7 期)而撰的《中国的歌垣》(日本文学协会编《日本文学》第 5 卷第 8 号,1956 年)对其进行了介绍。另外笔者也在《東方》57 号(1985 年)发表了《参加甘肃花儿学术讨论会侧记——现存的歌垣与宝卷》,对之进行了简单介绍。中原律子《中国甘肃省的授子信仰》(《地理》第 31 卷第 8 号,1986 年)中,关于莲花山花儿会,以授子信仰与之相关的花儿为中心进行了探讨。星野纮《歌垣と反閇の民族誌—中国に古代の歌舞を訪ねて—》(创树社,1996 年)第一章"中国少数民族的歌垣"中也介绍了莲花山的花儿。

有很多,而甘肃地区"花儿"的重要特征是:它是在人山人海的盛典——花儿会上歌唱的。该地区在一年中有很多地方举行花儿会(参图2《临夏花儿会主要会址分布图》)。

其中规模最大、广为人知的是农历四月十五日永靖县炳灵

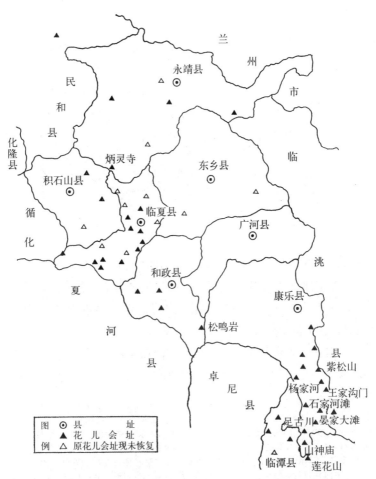

图2 临夏花儿会主要会址分布图(据鲁括《河州花儿会的调查报告》,收于《花儿论集》2,1983年)

寺花儿会、农历四月二十六日开始二十九日结束的和政县松鸣岩花儿会①以及康乐县莲花山花儿会。

　　莲花山在甘肃省省会兰州以南约180公里处,位于康乐县南端,海拔3 557米。山上秀色满目,山顶峭立的岩石向天空重重绽开,因此得莲花山之名。它的外形与贵州凯里的香炉山十分相似,走进去令人如入仙境。就是在此莲花山,每年农历六月一日至六日都会举行花儿会,整个会期大约有十万人出动,热闹非凡。

　　农历六月一日和二日两天间,人们登上莲花山礼拜神佛,由是拉开花儿会的序幕。山上多种宗教的观宇并存,山顶有道观玉皇阁,山腰有娘娘庙紫霄宫,登山口唐方滩有喇嘛教的莲花大殿。这种状况大概是在该地区复杂的民族构成之背景下形成的,而这些既存宗教的基层,则或许是一种山岳信仰。人们唱着花儿,三三两两地向莲花山的顶上攀登。六月三、四日,从山上下来的人群聚集于山麓的足古川,举行彻夜的大规模的花儿竞赛。那里会有很多临时的露天店铺,在两日间的花儿会上达到高潮。六月四日下午,花儿会场地转移到杨家河畔的王家沟门(河边的一块开阔草地)继续举行。在六月六日这最后一天人们登上紫松山,一起唱歌喝酒,约定来年再会,然后各自散去。

　　莲花山花儿会的过程,简单来说就是第一、第二天登山,然后下山,在河边(或集市)举行赛歌会。在此赛歌会上,男女通过歌声互通情愫,寻觅终身伴侣。

　　他们唱的花儿,首先从形式上来看,基本上是七言四句的整齐形式;男女对歌时,亦是以男子先唱七言四句的一节、尔后

---

① 关于松鸣岩花儿会,NHK《大黄河》中有报道,《大黄河》卷二(日本放送出版协会,1986年)一书中也有介绍。

女子以七言四句应答的形式连绵歌唱。花儿的内容大部分是情歌。例如：

男：哥有意，妹有心，哪怕山高水又深。山高也有人行走，水深也有撑船人。

女：三月杨柳顺河青，隔了河道没隔心。只要哥心有妹意，刀山火海也敢冲。

（《莲花山情歌》，中国民间文艺出版社，1984年，第109页）

又如下面这首：

哥要缠妹你就缠，不要一天推一天。今天推到腊月三，就是蜂蜜也不甜。

（转引自王殿、雪犁《论洮岷花儿的艺术性》，收于《花儿论集》，甘肃人民出版社，1983年，第147页）

像冯梦龙《山歌》中的歌谣那样积极的恋爱之歌、尤其是以女性第一人称堂堂歌唱的山歌，来源于青年男女寻求伴侣的、含有性解放性质的娱乐集会（即日本的"歌垣"）。

现在中国的花儿研究，一般认为花儿会已经由宗教性浓厚的阶段向娱乐阶段（即为神歌唱的阶段向为人歌唱的阶段）转变。① 的确仅从现在莲花山花儿会来看，其高潮——足古川赛歌会并不是男女歌手在神灵前为寻求伴侣而对歌，而是这里一组、那里一组进行娱乐性的歌唱。此外，人们还在广场上设舞台，一起聆听花儿名手的演唱，这反映出花儿开始由群体歌唱的形式向专门歌手歌唱的形式变化。然而无论怎么变化，莲花

---

① 参段平《花儿·民俗·宗教》（1985年甘肃花儿学术讨论会论文）、陈明《洮岷花儿产生的社会基础及民俗价值》（同前）等。其后出版的郗慧民《西北花儿学》（兰州大学出版社，1989年）第十五章"所谓花儿会"中，罗列了关于花儿会与宗教之关系的诸多资料，反而推导出花儿会与庙会无关的结论。

山花儿会仍或多或少地留存了本来的宗教性痕迹。①

以上为笔者亲身见闻的甘肃省的山歌会。而中国此类山歌的圣地,是西南地区的云南、贵州的少数民族地区。②藤井知昭《对歌的世界——围绕歌唱文化的各种形态》(佐佐木高明编《在云南的照叶树林下》,日本放送出版协会,1984年)中列举了该地区少数民族与山歌有关的祭礼:

〔贵州〕

1. 苗族

贵州省黔东南苗族侗族自治州州会——凯里附近的香炉山,以"游方"(即赛歌会)众多而知名。每年从农历六月十九日开始,举行为期三天的"爬坡节"。海拔1 400米的香炉山上,邻近各地的以青年男女为主的数万人蜂拥而至,举行"游方"。从山顶到山麓,无数男女互相对歌,通过歌声寻觅恋人。这是该地区一年中重要的节日之一。(第191页)

2. 广西壮族

在丰富的壮族山歌中,最常见的是"歌墟"。……上海文艺出版社1982年刊行的《中国民歌》第二卷记载了"歌墟"举行的场所,有田野、山坡、街市、墟场、家里等,时期以春节、中秋节为主,此外在一般的假日,白天和晚上等也有

---

① 邢永臣《洮岷汉族移民小考》(1985年甘肃花儿学术讨论会论文)中,指出甘肃一带从明代开始,有很多以南京为中心的江南地区的移民涌入,进而习俗等方面也多有与江南地区共同之处,不乏花儿是从江南传来的可能性。假如果真如此,那么花儿与江南苏州山歌之间存在一种兄弟关系。

② 关于云南、贵州等地的歌会,可参考《中国民话の会会报》第27号云南、贵州特集号(1983年),《季刊 自然と文化》特集《亚洲的歌垣》(1990年夏季号),星野纮《歌垣と反閇の民族誌—中国に古代の歌舞を訪ねて—》(创树社,1996年),以及工藤隆、冈部隆志《中国少数民族歌垣調査全記録 1998》(大修館书店,2000年)等。特别是工藤隆、冈部隆志《中国少数民族歌垣調査全記録 1998》,详细记录了云南省大理州的苴碧湖、石宝山等地白族对歌的歌词,相当贵重。

举行,各种情况有所不同。虽然有时会伴以舞蹈,但大家通过"对歌"来求偶这一传统的习惯并没有改变。(第192、193页)

3. 侗族

村松一弥认为,歌垣是男女集于鼓楼坪或村里广场,年轻男子吹笙,女子围成一圈手拉着手唱歌跳舞。此间男女以歌赠答,有情意者互赠信物。男子通常得到的是女子随身佩戴的衣带、银发簪等(村松一弥《中国的少数民族》,每日新闻社,1973年)。村松氏还提到,歌垣多在正月、清明节、中元节、中秋节、茶花节等侗族的节日举行,其地点除了村里广场外,还有小山丘、村落旁的河岸等。它在今日仍是侗族的一大盛事。(第197页)

〔云南〕

4. 撒尼族

云南省路南彝族县,生活着同是彝族支系的撒尼族。撒尼族青年男女的歌舞中,最热闹的是"火把节"的歌谣和舞蹈。农历六月二十四、二十五日举行"火把节"之日,各村以青年男女居多的老老少少都聚集到小山丘或一定的场所,彻夜唱歌跳舞。年轻男子弹着彝族特有的大三弦,跳起"三步弦""跳弦""刀舞"等舞蹈,女子也一边跳舞一边唱"跳歌"。在舞蹈中,男女多次对歌,通过这种载歌载舞来选择结婚对象。

5. 哈尼族

哈尼族为彝语系民族,和彝族一样也有"火把节"或谓"六月节"等节日。人们集于广场等场所,彻夜唱歌,直到第二天太阳升起时才决定自己的婚恋对象。(第201页)

据此来看,这些节日活动举行的场所正如苗族的"爬坡节"(或"爬山节")那样,一般多在山上或是村里的小高丘上。关于

贵州苗族的"爬山节",刘柯编著的《贵州少数民族风情》(云南人民出版社,1989年)的"苗家爬山节"中有如下论述:

> 爬山节,是贵州少数民族节日活动之一。几乎各地的民族节日集会都有爬山或与"爬山"有关的活动内容。据《贵州民族节日一览表》所载,各民族的爬山节有上百个。其中,仅黔东南州的苗族就有三月坡节、四月八坡节、六月十九爬香炉山节等。

在此节日里,唱歌是一项不可少的活动。①

关于云南、贵州地区所唱歌谣的状况,若检索更早的文献资料,则有清代方亨咸的《苗俗纪闻》(《檀几丛书》所收):

> (苗民)婚也无媒妁。男子壮而无室者,以每年六月六日,午将蹉,悉登山四望。吹树叶作呦呦声,则知为马郎(恋人)至矣。未字之女,群往从之,任自相择配。

这里同样记载了他们通过登山唱歌来选定配偶。陈鼎的《滇黔土司婚礼记》(《知不足斋丛书》所收)记载:

> 跳月为婚者,元夕立标于野,大会男女。男吹芦笙于前,女振金铎于后。盘旋跳舞,各有行列。讴歌互答,有洽于心即奔之。

"跳月"虽是在野外举行,但通过立标(在此"标"应是从天降临

---

① 藤井知昭所举例子中,其一为贵州凯里附近的香炉山每年六月十九日举行盛大的"爬坡节"。其详情,可参铃木正崇、金丸良子《西南中国の少数民族》(古今书院,1985年)和铃木正崇《中国南部少数民族誌》(三和书房,1985年)。笔者曾于1991年8月赴凯里,远望香炉山,可见其顶上有巨大的岩石矗立,形状确实像香炉,由此推想正是这样一种异样的山容,给了当地人以圣山的印象。香炉山的爬坡节为农历六月十九日举行,这一天也是观音菩萨生日,汉族很多地方都举行庙会。关于这一点,前揭铃木、金丸著作指出:"观音通常被认为是女菩萨,香炉山爬坡节形成的基础是苗族土地神信仰、山岳崇拜、岩石信仰,同时也融合了汉族的民间信仰。"(第220页)

的神所依附的媒体)来划定神圣空间举行歌会这一点值得我们注意。赵翼《檐曝杂记》卷三"边郡风俗"记载:

> 粤西土民及滇、黔苗、倮风俗,大概皆淳朴,惟男女之事不甚有别(《礼记》郊特牲:"男女有别")。每春月趁墟场唱歌,男女各坐一边。其歌皆男女相悦之词。其不合者,亦有歌拒之,如你爱我、我不爱你之类。若两相悦,则歌毕辄携手就酒棚,并坐而饮,彼此各赠物以定情,订期相会,甚有酒后即潜入山洞中相眤者。

这里是说在墟场即集市上开展歌会。关于所唱内容,很明显是"男女相悦之词"。无论是在山上、原野、集市还是乡村广场,这类歌会都是在被赋予神圣性的空间举行,换言之,即必须在远离日常俗世秩序的公开空间。

其目的则在于择偶。黄石《苗人的跳月》(《民俗学集镌》第1辑,1931年)有如下一段:

> 跳月是苗人的乐事,可以说是民俗学上之所谓"春嬉"(Orgy)的一种,实际上也是他们的男女择配的盛会。……在他们是一个极重大的日期。举行的时间,以仲春季节居多,但也有在其他的春秋佳日举行的。会中青春的男女,酣歌狂舞,各选所欢,以成姻好。

在每年一度固定的集会上相识并许下终身,是他们所在的社会所公认的关系。此外陈鼎的《滇黔土司婚礼记》中称"必生子然后归夫家",即生子是正式的结婚条件,因此该集会所具有的重要意义自然不言而喻。

关于该活动举行的季节,黄石称多在春天,此或许是因为万物生机勃勃的春季,于人而言也同样是生命力最丰盈的时期,同时也会有预祝农作物丰收的意味(柳田国男亦有关于春天游山的论述,参《定本柳田国男集》卷十七)。甘肃的拉卜楞,也有在春天举行男女歌舞和赛歌会的习俗（参中根千枝编《LABRANG 李安宅调查报告》，东洋学文献中心丛刊别辑五，1982年）。

初次见面的异性互相对歌，然后幽会，在当时所具有的性解放的意味仅限于固定的时间、场所及集会，或曰一种神圣的背景。只有当神圣与世俗的天平更多地倾向神圣那一端时，这种活动才能开展。因此一旦彻底丧失了超越世俗秩序意识的神圣性，这类活动的实质意义也就不复存在，从而如前文所记述的莲花山花儿会一般，向着单纯的娱乐方向流变。

这类神圣性活动上所唱的歌曲，基本上是情歌，也涉及性的内容。此为它与娱乐性对歌活动所唱之歌所共有的性格。例如西藏的民歌中有如下这首（上山春平、佐佐木高明、中尾佐助《续·照叶树林文化》，中公新书1976年版，引西川一三《秘境西域八年之潜行（下）》，芙蓉书房1968年版）[①]：

　　请不要突然从口里进来啊
　　心脏好像要从口里飞出
　　心脏好像要从口里飞出……

　　请不要突然从口里拔出啊
　　比丧母更难受
　　比丧母更难受

此为女性第一人称歌唱的颇为大胆的歌曲。这类在神灵前所唱的歌却并不排斥性爱方面的内容，这一点很重要。此或为冯梦龙《山歌》所收歌之背景。

[①] 关于不丹，有丝永正之《不丹的"相闻歌"——通过交替唱歌进行的对面传达行动的预备研究》（《学習院大学東洋文化研究所 調査研究報告 二一 文化接触の諸相》Ⅱ，1986年）等。

"歌垣"场合的男女对歌,其作用之一就是获得对结婚对象的了解。在这种场合中,与对方相互即兴对唱,可以大致看出对方聪明机智与否。之前所列举的中国种种"山歌"中,关于广东粤歌的《广东新语》卷十二"粤歌"条云该地区盛行"歌试",其获胜者被尊称为"歌伯"。"歌伯"不仅歌唱水平超群,而且道德人格也都堪称楷模。①

　　对歌时所唱的歌,具有一定的形式。据菊田正信《从信天游到〈王贵与李香香〉》(东京都立大学《人文学报》180号,1986年),陕北民谣"信天游"的句式构成,具有前句出谜、后句应答这种对歌形式,"虽是山歌所具有的共同性质,但'信天游'最典型的性质也在类似'歌垣'等的活动中男女对歌的场面被唱"。这种对歌形式,在冯梦龙的《山歌》中也能看到。

　　以上以中国山区现存的民歌——山歌为材料,对它们与山区节日的关联、男女择偶对歌时所唱歌曲、歌词多含有性的内容等诸点进行了考证。②

　　这种节日场合中唱的民歌,今日仅分布于山岳地带,但在古时,亦存在于生活在中原的汉民族之间。《诗经》中所见的歌谣就是这一类。这些歌谣被奉为儒家经典之一,历来不乏伦理方面的解释;而法国的葛兰言(Marcel Granet)指出,《诗经》特别是其中"国风"诸篇,为古代社会农民的季节性祭礼中青年男女的恋爱歌曲。葛兰言在《支那古代的祭礼与歌谣》(内田智雄译,弘文堂书店,1938年)第一编《诗经的恋歌　四　山川的歌谣》中,对《诗经》诗篇歌唱的场域——山岳、河川有如下叙述:

---

　　① 柳田国男《民谣札记》(《定本柳田国男集》第17卷)之《山歌等札记》中,亦认为男女对歌是"了解或被了解各人的聪明才智的机会"。
　　② 金田纯一郎《关于唱和方式的婚俗(上、中、下)》(《京都女子大学纪要》十三、十四、十六,1956、1957、1958年)中,主要从"无媒婚"这种结婚方式的视点出发考察从《诗经》至今日的对歌,本书参考了其观点。

我通过对《诗经》歌谣的考证,认为在某个时期内,在祝圣场所,曾有举行田园大集会的习俗。

这种集会,常在河川沿岸或山上举行,有时也在海边或湖边,有时在浅滩或泉边,有时在二川合流处或低矮丘陵、树木繁茂的山岗或深谷等地方。男男女女都涌向那里。对若干国,我们能够知道此类集会在怎样的场所举行。即南方诸国的少女们曾游步的场所,为靠近注入汉水(扬子江)的河口之附近的水岸边的高树下。郑国的少女与游手好闲的青年再会的地点为靠近洧水与溱水合流处的洧水对岸的美丽草地上。陈国青年男女嬉戏的场所,为村东某个小丘的椐树下。卫国美丽的孟姜、美丽的孟弋、美丽的孟庸,以及令小伙子神迷的妇人们,在淇水河岸与情人幽会。在淇水岸边的河流拐角处,有茂密的竹林。它的旁边又有山丘。他们一起在那里幽会。鉴于歌谣往往同时提到山和川这些事实,他们相会的场所,为俯瞰河川的丘陵附近,或是小山一侧的水洼,又或是泉水的旁边。另外不难想象他们相会的场所通常还有低地上野草茂盛的牧场、郁郁苍苍的大树下等植物丰美的地方。

白川静氏的《诗经》研究,亦是从它与当时祭礼之关系的角度出发进行解读,从以山为舞台之歌、众人对歌之歌等视点解释《诗经》各篇。①

在阶级尚未分化的古代社会,这种对歌祭礼是相当普遍的。但是,其后随着社会状况的变化,这一习俗也发生了变质。松本雅明氏着眼于《诗经》所用的"兴"的质变,认为《诗经》编成

---

① 参白川静《詩経研究 通論篇》(朋友书店,1981年)、《詩経——中国の古代歌謡》(中央公论社,1970年)等。

的公元前6世纪左右为中国古代歌谣的变质期：

> 如果这类祭礼对青年男女来说具有婚约意味的话，那么随着村落的阶层化，农奴的儿子向领主的女儿求婚也就变得不可能，祭礼的机能也就失去了一半。这种祭礼的场所，中国称之为"社"，而随着领主的强大，社举行的村祭也逐渐变为领主的"家祭"。农奴们畅饮领主款待的酒，村落的老人也出来祝贺。如此这般，社祭渐渐形式化，对歌也随之衰落。于是野外的舞蹈歌被室内的酒宴歌所取代。奔放的律动的歌谣，在情调上渐渐变得哀伤。（《冲绳的历史与文化》，近藤出版社，1971年）

由社会发展而导致的阶层分化，使对歌祭礼失去了其机能；因而所唱的歌谣，也从民谣的风，向贵族、宫廷音乐——雅、颂变化。笔者在前文已经述及，对歌场合的神圣性要高于世俗性。而后来世俗性加强、向着娱乐化的方向发展，大概与阶层分化这一缘由是分不开的。

另一方面，若从女性地位的角度看，她们通过对歌的机会自己选择和决定配偶，这意味着在社会上女性的地位是相对较高的。这我们可以在中国的一些少数民族中见到，同时它也是一个和婚姻制度的差异相关联的问题。之前所述的《诗经》歌谣的变质等，既和阶层分化问题有关，同时也和父系社会、母系社会的问题有关。汉民族在相当早的时期就确立了父系社会，这亦是对歌活动衰落的不容忽视的原因之一。

铃木修次在《郑、卫的女性像——从〈诗经〉出发》（石川忠久编《中国文学的女性像》，汲古书院，1982年）中，指出《诗经》的"郑风""卫风"等所收的为"自由恋爱"之歌，"在其他国风中不可见的奔放的女性登场，发出了大胆的呼声"，这是"殷代母权中心社会的遗习"（郑、卫是在殷王朝故地所建之国）。这些郑、卫歌谣之所以可被贴上"淫风"的标签，或许根源于殷的母权中心社会与周的父权中心社会之间的差异。①

汉民族也曾在过去的某个时期以对歌来决定婚姻。这可以从《诗经·国风》（尤其是本节所论及的"郑风""卫风"）诸篇以及《周礼》"地官司徒媒氏"的下列记述中看出来：

> 媒氏掌万民之判。……中春之月，令会男女，于是时也，奔者不禁。

然而，居住于中原的汉民族早在公元前6世纪就走出了这个阶段。与之相对，现在所留存的对歌祭礼之歌谣，是那些居住于山区、阶层分化比较迟缓的民族的。《诗经·国风》无论是从功能看，还是从内容看，都和现在所谓的山歌是同一之物，但它们却不能被称为山歌。也就是说，冠以"山"字的山歌这一称呼，是从较早脱离于古代社会的汉民族的立场，对居住于山区的人们所唱歌谣的一种叫法。

关于"山歌"一语的定义，北京大学歌谣研究会会刊《歌谣》中亦曾有文章论及这个问题。民国二十六年（1937）1月9日的《歌谣》第二卷第三十二期上刊载了寿生的《我所知的山歌的分类》一文，该文有如下记述：

> "山歌"的"山"字实在是"山野"的意思；与什么"山人"、"野老"、"村夫"的山野村的含义相同。山歌不是专说"在山上唱的歌"，正如山人不是专指"在山上住的人"，而

---

① 关于同一问题，白川静《詩経研究 通論篇》第一章"国风的地域性与诗篇的特质"三"郑、桧、王"中指出，郑国领地为殷的故地，是中原诸地中最先进的地域，"由于古老文化的传统和宗国的灭亡，承当单一行业的氏族内部进行的民众解放，孕育了此地极其自由的、都市性的气氛"，"郑风"中"女子的引诱诗很多"也正是反映了该地烂熟的社会状况。

>有放浪不拘的意思。

他认为山歌的"山"字并非单指实际意义上的山,而是与"野""村"等同义。极端一点来说,"山"指民间,即文化、文明欠缺的一种样态。不论是广义还是狭义,"山歌"一词的深层都包含这一意味。

虽然该文中述及现在中原的汉民族社会,在很久以前,对歌、奔放的恋爱歌谣就已经衰退,但这只是汉民族上层社会留下文字记录的阶层的状况;而在民间,尤其是南方的民间,与古代的《诗经·国风》一脉相承的祭礼及歌谣,在其后仍有流传。有不少主动引诱男性的女性登场的冯梦龙的《山歌》(毋庸赘言,山歌是南方歌谣)等,从深层意义来说与古代歌谣世界是紧密关联的。

二、长江流域的祭礼及歌谣

前文主要概观了居住着少数民族的中国山区现在所留存的歌谣(山歌)及与此相关的一些习俗,亦简要言及了古代歌谣(《诗经》)的性格。接着,将考察与冯梦龙《山歌》直接关联的江南地区以及范围稍广的长江流域的歌谣状况。

段宝林《中国民间文学概要》(北京大学出版社,1981 年)中,曾提到"这(山歌)是我国南方各省对民歌的总称。流传在西南、中南、江南等广大地区"(第 122 页)。也就是说,"山歌"从地域来讲,是与中国南方紧密相关的。这一点是确凿无疑的。

朱自清的《中国歌谣》(作家出版社,1957 年)亦对"山歌"进行了界定:"此处所谓山歌,是就其狭义而言,七言四句是它的基本形式。"(第 96 页)具体来说,有:(一)竹枝词、(二)五代至宋代的吴歌、(三)粤歌、(四)西南民族的歌谣,均为南方地区的产物。本来冯梦龙的《山歌》毫无疑问亦属其中之一理应被列举,但由于朱自清该书的原本主要为1929年在清华大学的"歌谣"讲义,也就是说在冯梦龙的《山歌》被发现之前,因而他对《山歌》没有言及。

正如古代《诗经·国风》所表现出的特征那样的赖以求偶的歌谣与祭礼,在中原很早就消亡了;但在中国南方特别是长江流域,六朝时代的吴歌等歌谣,在时间相隔久远的唐代、宋代乃至最近,依然可见其形迹。

"山歌"二字的最早用例,或许是在中唐诗人李益(749～827)的《送人南归》(《全唐诗》卷二八三)一诗中:

> 人言下江疾,君道下江迟。五月江路恶,南风惊浪时。应知近家喜,还有异乡悲。无奈孤舟夕,山歌闻竹枝。

因为诗中写到江路险恶,而且提到巴渝的民歌竹枝,所以我们知道此人下三峡,要南归故乡。也许李益任邠州(甘肃省)节度使幕客时,送别了经剑阁入四川,而从此坐船下长江的友人。此诗或许是送此友人而作。"山歌闻竹枝"一句,是因考虑平仄关系而如此措辞,实际上等同于"闻竹枝山歌"。这里的"山歌"指广义上的南方的一般民谣,而竹枝是特指巴渝地区的民歌。船上孑然一身的孤独旅人,傍晚听到竹枝山歌,必定心情凄惨。李益如此体察南归的朋友的心情。

在李益此诗之后可见"山歌"一语的,是白居易(772～846)的几首诗。这些诗均作于他元和十年(815)左迁江州(江西省九江)司马之际的临长江之地。其中之一是以"浔阳江头夜送客,枫叶荻花秋瑟瑟"开头的广为人知的《琵琶行》(《全唐诗》卷四三五),其结尾为:

> 春江花朝秋月夜,往往取酒还独倾。岂无山歌与村笛,呕哑嘲哳难为听。今夜闻君琵琶语,如听仙乐耳暂明。

大意是说作者常常举杯独酌,在只有山歌与村笛之地,听到从京城流落至此的艺妓所弹之琵琶声,如闻仙乐一般。这里"山歌"与"村笛"并用,虽然将之理解为单纯的"乡土之歌"也未尝不可,但由于这个故事的舞台是临长江的九江,因此它特指南方长江流域特有的"山歌"。下面这首《江楼偶宴赠同座》(《全唐诗》卷四三八)中,亦可见"山歌"一语:

> 南浦闲行罢,西楼小宴时。望湖凭槛久,待月放杯迟。
> 江果尝卢橘,山歌听竹枝。相逢且同乐,何必旧相知。

该诗亦作于江州。诗中云虽与宴席上邂逅的人并无前缘,但仍然很快乐。快乐的理由,便是这里水果有卢橘,还能听到竹枝山歌。此外,在描写此江西景致的长篇诗作《东南行一百韵,寄通州元九侍御、澧州李十一舍人、果州崔二十二使君、开州韦大员外、庾三十二补阙、杜十四拾遗、李二十助经员外、窦七校书》(《全唐诗》卷四三九)中有如下几句:

> 见果皆卢橘,闻禽悉鹧鸪。山歌猿独叫,野哭鸟相呼。

这里将猿猴的孤鸣比作山歌。或许对于此际南下江西、与当地人语言不通的白居易来说,山歌与猿啼是别无二致的。

以上简要看了中唐诗人李益和白居易的诗中所见的"山歌"。它们均是指南方长江流域所唱的歌谣,这一点是值得我们注意的。另外在作者生卒年不可考、诗集真伪亦难辨的寒山诗中,有如下几句(《全唐诗》卷八〇六):

> 寒山栖隐处,绝得杂人过。时逢林内鸟,相共唱山歌。

如果这里的"山歌"指特定的山歌的话,其传唱地点同样是南方地区的浙江天台山。晚唐苏州诗人陆龟蒙的《顷自桐江得一钓车,以袭美乐烟波之思,因出以为玩。俄辱三篇,复抒酬答》(《全唐诗》卷六二五)中亦有句云:

> 相呼野饭依芳草,迭和山歌逗远林。

毫无疑问,这指的是唐代苏州的山歌。

前文所举的李益、白居易之例,皆云"山歌闻竹枝""山歌听竹枝"之类,是将山歌与竹枝一起描写的。朱自清也认为"竹枝"为"山歌"之一种。竹枝原本是长江上游四川巴渝地区的民歌。唐肃宗至德年间(756~758)的进士顾况有《竹枝》,后来刘禹锡根据竹枝民歌拟作了《竹枝新辞九章》,比前者更为人们所熟知。然而,这种民歌在为中唐诗人知晓以前就已传唱,例如盛唐诗人杜甫的《夔州歌十首》(《杜诗详注》卷十五),清代杨伦《杜诗镜诠》卷十三解释说"十首亦竹枝词体"(《杜诗镜诠》卷十三眉批),认为它们亦是竹枝。的确,无论是从七言四句的体式,还是从四川临长江的夔州这一地域来看,这种可能性是相当高的。

刘禹锡(772~842)于贞元九年(793)中进士,贞元十三年(797)又博学宏词科及第,开始了风生水起的仕宦生涯。然而之后随着扶持他的王叔文的倒台,他也被贬为连州(广东)刺史,尚未到任时又贬为朗州(湖南)司马,在此地度过了十年之久。其后他先后任连州(广东)、夔州(四川)、和州(安徽)刺史,太和元年(827)回到都城。刘禹锡《竹枝》(《全唐诗》卷三六五)之自序云:

> 四方之歌,异音而同乐。岁正月,余来建平。里中儿联歌竹枝,吹短笛击鼓以赴节。歌者扬袂睢舞,以曲多为贤。聆其音,中黄钟之羽,卒章激讦如吴声。虽伦儜不可分,而含思宛转,有淇澳之艳音。昔屈原居沅湘间,其民迎神,词多鄙陋,乃为作《九歌》。到于今荆楚歌舞之。故余亦作竹枝九篇。俾善歌者扬之,附于末。后之聆巴歈,知变风之自焉。

可见其地点为建平(四川省建平)。关于"岁正月",据卞孝萱

《刘禹锡年谱》考证,指他任夔州刺史的长庆二年(822)。刘禹锡在此地见到的,是正月举行的竹枝歌谣比赛。另一方面,《旧唐书》卷一六〇本传云:

> 禹锡在朗州十年,唯以文章吟咏,陶冶情性。蛮俗好巫,每淫祠鼓舞,必歌俚辞。禹锡或从事于其间,乃依骚人之作,为新辞以教巫祝。故武陵溪洞间夷歌,率多禹锡之辞也。

同样,《新唐书》卷一六八本传曰:

> 宪宗立,叔文等败,禹锡贬连州刺史。未至,斥朗州司马。州接夜郎诸夷,风俗陋甚。家喜巫鬼,每祠,歌竹枝,鼓吹裴回,其声伧儜。禹锡谓屈原居沅湘间作《九歌》,使楚人以迎送神,乃倚其声,作竹枝辞十余篇。于是武陵夷俚悉歌之。

也就是说,该诗并非作于他的夔州刺史任上,而是在更早任朗州司马之际。如此,正如郭茂倩《乐府诗集》卷八十一"近代曲辞·竹枝"所云"竹枝本出于巴渝。唐贞元中,刘禹锡在沅湘,以俚歌鄙陋,乃依骚人《九歌》作竹枝新辞九章,教里中儿歌之。由是盛于贞元、元和之间",贞元、元和年间李益、白居易写"山歌闻竹枝",本身即是受到刘禹锡的《竹枝》刺激。总而言之,据新、旧《唐书》的记述来看,该竹枝原本是朗州(陶渊明的桃花源附近)之地用于巫祝仪式上的迎神歌曲。

任二北《唐声诗》下编第十三卷"竹枝二"写道:

> 竹枝之歌唱显分两种,曰野唱与精唱。野唱在民间,或祠神,或应节令,或闲情踏月,集体竞赛,"女唱驿"之地名,由此而得。精唱则向在朝市,入教坊,乃女伎专长,其人谓之"竹枝娘",亦染竞赛风,赵燕奴所为,其最著者。他

> 如士大夫之唱,有张旭、刘禹锡例。

他总结了唱竹枝的各种场域,从中可见这种民间歌谣从街市传入妓楼、再到文人模仿的过程。其后的"竹枝",则演变为西湖竹枝等歌咏各地风物的类型。关于这里提及的赵燕奴,在五代蜀杜光庭的《录异记》卷二中亦有记述:

> 每斗船驱傩,及歌竹枝词较胜,必为首冠。

在划船竞技以及驱傩活动上有唱竹枝比赛,她常常夺得桂冠。

此外清代秦嘉谟的《月令粹编》卷四正月初七日"鸡子卜"条引《玉烛宝典》亦谈到竹枝:

> 《玉烛宝典》:蜀中乡市士女以人日击小鼓,唱竹枝歌,作鸡子卜。

白居易《听竹枝赠李侍御》诗(《全唐诗》卷四四一)云:

> 巴童巫女竹枝歌,懊恼何人怨咽多。暂听遣君犹怅望,长闻教我复如何。

据此可以想见男女歌唱竹枝时的场景,亦可知其内容为恋歌。后世宋代《太平寰宇记》卷一三七"山南西道五·开州·风俗"记载:

> 巴之风俗皆重田神。春则刻木虔祈,冬则用牲报赛。邪巫击鼓以为淫祀。男女皆唱竹枝。

同书卷一四九"山南东道八·万州·风俗"也说:

> 正月七日,乡市士女渡江南峨眉碛上,作鸡子卜。击小鼓唱竹枝歌。

由此可以肯定,竹枝是在集体歌唱的场域中所唱之歌谣。

关于竹枝之名称,任二北《唐声诗》认为"其始或手持竹枝以舞,故名"。日本能乐的狂女节目,演员手持"狂笹"以表现狂女已成定规,而"其本来的机能,是招来神灵的媒介"(守屋毅《"狂"与艺能——中世之诸相》,收于梅棹忠夫监修、守屋毅编《祭祀是神仙的表演》,力富书房,1987年)。另外,在贵州香炉山的爬坡节上,"登山者中,有人手持竹根挥舞着长长的竹子。问其原因,虽然他们说只是一种装饰,但这在过去肯定具有某种意义。因为在苗族人看来,竹是联结天地之物"(铃木正崇《中国南部少数民族志》,第197页)。竹枝本来具有招神降临的灵媒作用,在祭祀中是不可或缺的。《华阳国志》卷四"南中志"记载,一个女子在河边浣衣时,三节很大的竹子向她的脚边漂来。竹子中隐约传出哭泣之声,她剖开一看,里面竟有一个男孩,这就是夜郎国竹王的诞生故事。它和日本的赫夜姬、桃太郎的故事颇为相似,显示了竹子和生命诞生的密切联系。

以上探讨了长江流域从四川到湖南、湖北乃至江西一带这个范围内流行的竹枝与山歌具有亲缘关系,我们已经大致了解其歌唱状况。

也有长江中下游地区节令性的集体歌舞祭礼(类似于日本古代的"歌垣")的相关记录。宋代范致明《岳阳风土记》(《古今逸史》所收)记载:

> 荆湖民俗,岁时会集或祷祠,多击鼓,令男女踏歌,谓之歌场。

其中出现了"歌场"一词。这种踏歌的记录,也见于《宣和书谱》(《津逮秘书》所收)卷五"女仙吴彩鸾"条:

> 南方风俗,中秋夜,妇人相持踏歌。婆娑月影中,最为盛集。

可见它是南方常见的一种风俗。此吴彩鸾故事的舞台是鄱阳湖边的江西钟陵。更详细的故事见于《新编古今事文类聚》前集卷十一"天时部·中秋·遇吴彩鸾"引《传奇》：

> 钟陵西山有游帷观。每至中秋，车马喧阗数十里，若闤阓。豪杰多召名姝善讴者，夜与丈夫间立，握臂连踏而唱，对答敏捷者胜。太和末有书生文箫，往观睹一姝甚丽。其词曰："若能相伴陟仙坛，应得文箫驾彩鸾。自有绣襦并甲帐，琼台不怕雪霜寒。"生意其神仙，植足不去，姝亦相盼。歌罢，独秉烛穿大松。径将尽，陟山扪石，冒险而升，生蹑其踪。姝曰："莫是文箫耶？"相引至一顶坦然之地。后忽风雨裂帷覆机。俄有仙童持天判曰："吴彩鸾以私欲泄天机，谪为民妻一纪。"姝乃与生下山，归钟陵。

通过这段记述可以看出，众人聚集于西山的游帷观，"握臂连踏而唱，对答敏捷者胜"，进行对歌比赛。文箫和吴彩鸾的初次邂逅之地，可以说是在这次对歌比赛上。同样的故事也见于《道藏》正乙部"设"上《三洞群仙录》卷十一"王母灵凤文彩妻彩鸾"引《仙传拾遗》，其开头为：

> 文箫寓洪州许真君宅游帷观。八月十五日上升之辰，士女云集，连袂踏歌，谓之酬愿。

此外，苏轼在元丰二年（1079）由于乌台诗案而谪居湖北黄州之时，留下了这样一段记录（《东坡志林》卷二）：

> 余来黄州，闻黄人二三月皆群聚讴歌。其词固不可解，而其音亦不中律吕。但宛转其声，高下往返，如鸡唱尔。与朝堂中所闻鸡人传漏，微有所似，但极鄙野尔。……今余所闻，岂亦鸡鸣之遗声乎？今士人谓之山歌云。

这同样是春季祭礼的集体歌会。

据宋代王禹偁(954～1001)在滁州时所作的《唱山歌》(《小畜集》卷五),可知安徽亦有此类祭礼:

> 滁民带楚俗,下里同巴音。岁稔又时安,春来恣歌吟。接臂转若环,聚首丛如林。男女互相调,其词事奢淫。修教不易俗,吾也不之禁。夜阑尚未阕,其乐何愔愔。用此散楚兵,子房谋计深。乃知国家事,成败因人心。

春天,男男女女聚集到一起,手拉手转圈跳舞,互相唱着调笑奢淫的歌,至夜不休。此可以看作是一种对歌祭礼及其所唱歌谣。"其词事奢淫",遗憾的是这些歌词没有流传下来,但不难想象是大胆直白的恋歌。

关于长江中下游地区对歌性质的山歌会,北宋释文莹《湘山野录》卷中记载了五代吴越王钱镠衣锦还乡、召父老乡亲设宴时,唱山歌的情景:

> 镠起,执爵于席,自唱还乡歌以娱宾曰:……时父老虽闻歌进酒,都不之晓,武肃觉其欢意不甚浃洽。再酹酒,高揭吴喉唱山歌以见意,词曰:"你辈见侬底欢喜,别是一般滋味子,永在我侬心子里。"歌阕,合声赓赞,叫笑振席,欢感闾里,今山民尚有能歌者。

父老们刚开始不能理解钱镠所唱的歌词(文言)。于是他改用吴语歌唱,酒席一下子热闹起来。这是用吴语记载山歌歌词的最早记录。① 同样的故事也见于南宋人袁褧的《枫窗小牍》卷上:

---

① "别是一般滋味子,永在我侬心子里",类似的表现,也见于李煜的《乌夜啼》"剪不断,理还乱,是离愁。别是一般滋味在心头"。或可说明此歌在当时的江南地区甚为流行。

> 武肃王还临安,与父老饮。有三节还乡之歌。父老多不解。王乃高揭吴音以歌曰:"你辈见侬底欢喜,别是一般滋味子,长在我侬心子里。"至今狂童游女,借为奔期问答之歌。呼其宴处,为"欢喜地"。

这段记录末尾的"至今狂童游女,借为奔期问答之歌。呼其宴处,为'欢喜地'"几句,颇引人注目。天鹰(姜彬)编《山歌集》(上海文化出版社,1955年)中收录了瑶族民歌《赛歌》,而其注云:"赛歌会在每年旧历正月和八月的十六、十七、十八这三天的晚上举行。这三天瑶族又称之为'欢喜节',是他们的未婚青年男女挑选对象的日子。"其中对宋代吴中和瑶族习俗的记述,无论是名称还是内容都出奇地一致。

这里钱镠所唱的歌,的确可以说是抒发衣锦还乡时的喜悦之情的,但也不妨可以理解为是男女相会之歌。《湘山野录》《枫窗小牍》皆云此歌是从钱镠唱后开始流传,是一首民间歌谣;但实际上那个时候钱镠唱的极有可能是当地对歌祭礼上广为流传的卑俗的山歌。曾经是乡里无赖的钱镠,对此类歌曲得心应手,他一唱,大家就齐声合唱,一起嬉笑,气氛十分欢快热烈。这或许是父老们不假思索地就回想起了年轻时候唱的人人都耳熟能详的歌,所以格外高兴。奔期问答及其间所唱的歌谣,已见于上述记录中,故而钱镠极有可能唱的是这类歌。由这些记述也可看出,宋代的江浙地区也仍然保留着与山歌相伴随的对歌仪式的传统。

将以上所见的唐、宋时代的对歌仪式的举行场所在地图上标注的话,我们可以得到图3。从图上可以很清楚地看到,它们主要分布于从四川东部到湖北、湖南、江西、安徽等长江中游地区,以及长江下游的浙江一带。特别是长江中游地区山比较多,从四川到湖南一带所居住的苗族等少数民族现在还有举行歌会的习俗。

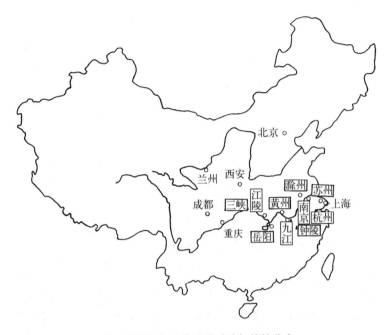

图3　长江中下游流域对歌祭礼的分布

　　正如王禹偁的《唱山歌》中"滁民带楚俗"所述，尤其是湖南、湖北一带，为古代楚国所占领的地盘。楚地如《楚辞》所展示的，为巫术盛行之地，《旧唐书·刘禹锡传》中亦有曰"蛮俗好巫，每淫祠鼓舞，必歌俚辞"，可见与巫术有关的祭礼颇为流行。小南一郎《楚辞》（筑摩书房，1973年，第29页）指出"由楚辞可见的巫觋之特色，为通过与神建立恋爱关系而将神引到自己身上"，并引用了朱熹《楚辞辩证》的"（楚地的民间祭祀）或以阴巫下阳神，以阳主接阴鬼，则其辞之亵慢淫荒，当有不可道者"，认为"这就是说，招引男神的是女巫，招引女神的是男巫，因而沟通巫觋和神灵的祭祀之歌多为淫词"。

　　闻一多指出，巫山神女也是将生殖能力视作宗教的原始时代祭祀的重要神灵，而到宋玉的《高唐赋》开始，才堕落为单纯的淫荡之女(《高唐神女传说之分析》,见《全集》第一卷)。此可为古代与生殖有关的信仰、祭礼的一条旁证。

此地也是六朝乐府的一个重要的中心。郭茂倩《乐府诗集》的"清商曲辞",主要由吴声歌和西曲两部分组成。根据王运熙《吴声、西曲的产生地域》(《六朝乐府与民歌》,上海文艺联合出版社,1955年)的研究,"吴声歌曲产生于吴地,而以当时的京城建业为中心地区;西曲产生于长江流域中部和汉水流域,而以江陵为中心地区"。即《乐府诗集·清商曲辞》所收的西曲为长江中游的歌谣,吴歌为更下游、即笔者本书最终所论的吴中地区的歌谣。吴中自古以来就有左思《吴都赋》中所记的"吴歈""越吟"等歌谣,但当时不过是一个地区的民谣而已。直到南朝定都南京,民间所唱的地方性歌谣才为上层所吸收,并以文字记录下来。于是,这些本来在被歌唱的同时消失的歌谣,虽然在文字化阶段被人为地进行加工,但最后以《乐府诗集》所收录的那种形式留存下来的。

《乐府诗集》中虽然仅保留了歌词,但其中的吴声歌曲有自身的独有特色。第一是它们使用双关语(参本书第一章第一节);第二是它们是男女赠答之歌,例如《子夜歌》(《乐府诗集》卷四十四)开头的两首:

> 落日出前门,瞻瞩见子度。冶容多姿鬓,芳香已盈路。
> 芳是香所为,冶容不敢当。天不夺人愿,故使侬见郎。

第一首是男子向女子传情之歌,第二首是女子应答之歌。关于这一点,余冠英先生在论文《谈吴声歌曲里的男女赠答》(《文艺复兴》中国文学研究号上卷,1948年)中已经有所指摘,但他仅仅指出吴歌为男女赠答之歌,并未论及其民俗背景。其实正如前文所见,这类歌谣的背景是男女对歌祭礼这一民间习俗。

以上先考察了现在中国山区地带仍然举行的歌会与祭礼,接着又根据过去的资料考察了中国南方的歌会与祭礼。下面将再对上述材料重新作一整理,以冀描画出中国的歌会与祭礼的时间、空间图景。

作为结婚手段的对歌祭礼以及在此场合所唱的奔放的恋爱歌谣,正如我们从《诗经·国风》中看到的一鳞半爪那样,它们在占据中原的汉民族社会中过去就存在。但汉民族社会发展的速度较快,很早就走过了这一阶段。因而随着时代变迁,这类祭礼和歌谣仅留存于居住在华南的一些少数民族之间。《史记·五帝本纪》记载"三苗在江淮荆州数为乱",这里的"苗"殆指苗族,由此可见从长江至北边的淮河流域都有非汉族居住。战国时代(公元前5世纪后半叶至前221年),以会稽(绍兴)为中心的越、以苏州为中心的吴和以湖北为中心的楚等国势力雄厚,然而吴有文身的习俗,楚被称为"荆蛮"等,均与中原民族系统有异。如此这般,吴越及楚文化以长江中下游地区为中心,广泛覆盖了中国南方地区,有着对歌祭礼、歌谣等习俗。从《楚辞》中我们就可以看到这类祭礼和歌谣的鳞爪。《后汉书》卷二十一《李忠传》记载:

> 忠以丹阳越俗不好学,嫁娶礼仪,衰于中国,乃为起学校,习礼容,春秋乡饮,选用明经。

如上所示,直到东汉时,丹阳(即今南京一带)仍然有着与"中国"不同的婚姻制度。这种与"中国"不同的婚姻制度,或即利用对歌的机会来挑选自己的意中人。于是与此祭礼相应的歌谣就被人们所传唱。《后汉书》中的这段资料,也讲述了这一结婚习俗后来慢慢被"中国"的习俗取而代之的情况。

接着从三国时代开始,由于被北方其他民族驱赶的汉民族的南迁,江南得以真正地开发。而此前生活于华南地区的非汉族,有的被汉族同化,有的被汉族驱赶至更南、条件更恶劣的沼泽和山岳地带。从东至西,即从华中平原到贵州、云南的苗族的迁移故事,反映这样的历史事实。一石激起千层浪,吴越、楚地的民族与文化,也波及南方的山岳地带。直至现在,对歌祭礼及歌谣之所以仍在贵州、云南等山岳地带广泛分布,也正是由于这一原因。然而,正如退潮后海边会留下闪闪发光的贝壳一样,长江中下游有不少地区皆留存了古代的祭礼和歌谣的习俗。在当时的汉族看来,它们是山间蛮族的鄙俗之物,因此唐代以降的资料中,皆以"山歌"来称呼它们(同时也含有这样的意味:山歌在知识人看来是庶民之歌)。而吴中的这一祭礼和歌谣传统,一直延续至明末冯梦龙的《山歌》,甚至直到今日吴中山歌仍在一脉相传。

三、农村的劳动之歌

接下来考察农村唱山歌的另一场域——农业劳动。

"山歌"并非大雅之物,而是带着泥土气息;同时,它的沃土并非在都市,而是在农村。正如前文所见,农村歌谣最初是在祭礼场合歌唱;而后来它们逐渐与祭礼相分离,进入到日常劳动等其他场域,在耕种、除草等集体劳动时大家也会唱歌。大致与冯梦龙同时代的江苏太仓人陆世仪(1611~1672)的《陆桴亭思辨录辑要》(《正谊堂全书》所收)卷十一"修齐类"中有如下一段:

> 种田唱歌最妙。盖田众群聚,人多口杂,非闲话即互谑。虽严禁之,不可止。惟歌声一发,则群嚣寂然,应节赴工,力齐事速。但歌辞淫秽,殊坏风俗。拟效吴歈体,撰歌辞数十首。一本人情,发挥风雅。凡田家作苦,孝弟力行以及种植事宜,家常工课与夫较晴量雨,赛社祈年之类,俱入之歌中,以教农民。似亦于风教有裨。

这一段讲述了在田间耕作时,人们说着闲话劳动,但一旦有人开始歌唱,众人便也齐声合唱,一边唱歌一边劳动。内容则"歌辞淫秽,殊坏风俗",与冯梦龙《山歌》的内容是一样的。

散曲集《太霞新奏》卷十一所收的王无功《咏戽水妇》,描写了踏水车的农家妇女的形象,其中有如下数句:

> 听吴歌,杂渔歌。市谷声相和,娇痴喘吁吁。

这亦是一则农人在劳动之际唱歌(吴歌)的资料。

关于农业劳动时唱歌的记录,并不仅限于江南地区。唐代刘禹锡的《插田家》(《全唐诗》卷三五四)云:

> 齐唱田中歌,嘤儜如竹枝。但闻怨响音,不辨俚语词。
> 时时一大笑,此必相嘲嗤。

从该诗之序可知,这首作品写于刘禹锡赴任连州(广东)刺史之时。这里所说的"田中歌",很明显是插秧歌;"时时一大笑",或许指含有性内容的歌谣引起了众人的笑声。宋代王禹偁的《畲田词》五首(《小畜集》卷八)为淳化二年(991)前后,他任陕西商州团练副使时在商州的山区看到罕见的烧田之际作的诗。其序中写道,在集体劳动时,拿着大鼓槌的男子领唱。第一首如下:

> 大家齐力斸屠颜,耳听田歌手莫闲。各愿种成千百索,豆萁禾穗满青山。

由"耳听田歌"一语,可知有专门的人在领唱。元代王祯的《农器图谱》集之四记录了"薅鼓"这种农具(图4)。从图上可以看出,有专门的人负责敲大鼓。

清水盛光《中国乡村社会论》(岩波书店,1951年)第三篇第一章"相互援助的通力合作"中,列举了诸多资料,譬如清代道光《巴州直隶志》卷一"风俗":

图 4 薅鼓

> 春田栽秧,选歌郎二人,击鼓鸣钲,于陇上曼声而歌,更唱迭和,纚纚可听。使耕者忘其疲,以齐功力,有古秧歌之遗。夏芸亦如之。

诸如此类等。他通过这些列举的资料,论述了农民在插秧、除草时,一边唱"秧歌""田歌""山歌"等,一边进行集体劳动。资料中除了陕西秧歌外,也有很多关于四川、湖南、湖北、江西等地的记录,与我们通过历史的考察看到的举行歌谣祭礼的地域分布是重合的。

笔者曾于 1987 年 4 月 25 日,在上海市青浦县练塘乡以及青浦县赵巷乡,听了农民在农业劳动时所唱的山歌。

在练塘乡,五名民歌手(三男二女,农民,40～63 岁)唱了插秧歌"落秧歌"和耕地歌"大头歌"这两种。"落秧歌"为歌咏十二生肖的数数歌《十二样生肖》。"大头歌"为咏唱一年十二个月的花的《十二月花名》。这类歌因其歌唱方法,被称作"邀卖山歌",分成"头歌""撩歌""卖歌"各部分,以对唱的形式进行。歌唱者中最重要的要数领歌(领歌先生),据说在集体劳动时他们受雇于地主。《巴州直隶志》中的"歌郎"或许就是指的这类人。虽是集体的歌谣,但已产生了一种专职歌唱者(此将在第四章第二节详述)。

笔者在青浦县赵巷乡听了六名民歌手(二男四女,农民,43～77岁)唱的《十二月花名·五姑娘》。这同样也是农歌。和练塘乡的农歌相比,它的歌唱更为复杂,分为"领歌"(一人)、"前卖"(一人)、"前撩"(二人)、"拔长声"(一人)、"赶野鸭"(全体)、"后卖"(二人)、"后撩"(二人)、"息声"(二人)等诸多部分,反复轮流歌唱。

另外还有在上海市松江县张泽乡采集的"田山歌"之《四面风》(《上海松江张泽民间文学集成(故事、歌谣、谚语卷)》,1990年版所收),歌词如下:

> 东南风吹来心里凉,网船上阿姐搭梢棚。搭得高来桥要碰,搭得低来不风凉。搭得不高不低真有样,那末叠乱风吹来借风凉。那末她十指尖尖肉手弯弯脱落件生丝内衣甩拉梢棚,那末沿官塘两滩闻着奶花香。

"东南风吹"这一开头与冯梦龙《山歌》中的相关歌谣颇为相似,内容亦和《山歌》有相通之处。这类作品确实是农村劳动时所唱的歌谣。

四、山歌的集体性性格

正如前文所述,山歌原是乡村祭礼或农业劳动时所唱之歌。这些歌唱场域的一个共同重要特征,即是集体性。这种集体性性格,同样也见于冯梦龙《山歌》所收的歌谣中。其形式上的特征之一为男女对唱,另一则是歌谣开头的惯用语句。

首先来考察男女对唱的情况。例如卷二的《花蝴蝶》:

> 身靠妆台手托腮,思量情意得场呆。姐道郎呀,你好像后园中一个花蝴蝶,采子花心便弗来。
>
> 郎道姐儿呀,我也弗是采子花心便弗来,南边咦有一枝开。我今正是花蝴蝶,处处花开等我来。

此歌第一首为女子向男子所唱之歌,第二首为男子对女子的应答之歌。以下分别是卷三的《冷》和卷二的《偷》:

冷

> 姐道郎呀,我当初结识你哈里好像宝和珍,郎间郎了你冷如冰。我好像裱褙店里个蛀虫吃子别人多少画,新妆塑个天尊受子多少金。
>
> 郎道姐儿呀,我当初结识你哈里真当宝和珍,郎间果系冷如冰。吃你好像煎退个药渣拦路倒,月里个孩童弗拣人。

这同样是互诉哀怨的男女对歌。前后两首分别以"姐道郎呀""郎道姐儿呀"开头,明示了分别是女子之歌、男子之歌。

偷

> 东南风起响愁愁,郎道十六七岁个娇娘郎亨偷。百沸滚汤下弗得手,散线无针难入头。
>
> 姐儿听得说道弗要愁,趁我后生正好偷。僬了弗捉滚汤侵杓水,拈线穿针便入头。

此歌最初为男子之歌,其后为女子之歌,有"姐儿听得说道"的说明。

男女对唱形式的歌,还有卷四的《阿姨》(第二首)、《补肩头》等。首先值得注意的是,这类形式的对歌仅出现于冯梦龙《山歌》的卷一至卷四,卷五以降是没有的。

冯梦龙《山歌》中收录的对歌,虽然不能断定是祭礼场合的歌谣,但至少可以肯定的是,这种形式和古时就有的祭礼场合的对歌有一定的联系。

台湾"中央研究院"历史语言研究所傅斯年图书馆收藏了包含山歌在内的诸多俗曲、唱本。其中苏州恒志书社刊《男女对唱山歌》记录了最单纯朴素的对唱歌谣。它的开头为:

啥个圆圆天浪天?啥个圆圆水浮面?啥个圆圆人人用?啥个圆圆绣闺中?

月华圆圆天浪天,荷叶圆圆水浮面。碗盏圆圆人人用,手镜圆圆绣闺中。

"男女对唱"体现在最初四句为男子或女子所唱谜面,接下来四句为对方的应答。这是一首民国时期的苏州民歌。施聂姐(Schimmelpenninck)在《中国的民歌和民歌手》(第74页)中,关于"对歌"作了如下说明,并记录了吴县胜浦前戴村的金文胤氏唱的"啥个圆圆天上天"这首歌:

对话歌(对歌)通常表现为在邻近的田地里劳动的集体间竞争的形式。各集体每次出一个人担任歌手,轮流交替。歌词有比如猜谜等,遵从一定的形式。集体中的其他歌手在一定时间加入合唱,提议最合适的应答。如果某个男的或女的歌手的地位受到大家的广泛认可,此人就可以独唱者的身份在集团中行动。一般来说,各个集体中都有一个因歌唱和即兴才能出众而担当领头作用的人物。在此举一首具有单纯的反复结构的对唱猜谜歌,这类歌可以被无限地创作出来:

是啥个圆圆天上天？啥个圆圆水浮面？啥个圆圆人人用？啥个圆圆常伴姐身边？
　　我说月亮圆圆天上天，荷叶儿圆圆水浮面。洋钿圆圆人人用，镜子圆圆常伴姐身边。
　　是啥个尖尖天上天？啥个尖尖水浮面？啥个尖尖文人用？啥个尖尖常伴姐身边？
　　西北风尖尖天上天，菱角尖尖水浮面。毛笔尖尖文人用，绣花针尖尖常伴姐身边。

可见最近也有跟民国时期的《男女对唱山歌》几乎一样的歌谣被传唱，作为"男女对唱"之范例记录。施聂姐（Schimmelpenninck）指出，虽然此记录的是金文胤一人独唱的歌，但它在过去是集体唱的歌，任何人都能自由地唱出这首对歌的一部分。

这首实际上很可能是男女对唱的苏州民歌，并没有"男唱""女答"等标识性文字。假如它真的是男女对唱的话，那么确实无必要特意标注这里是女子唱的、那里是男子唱的。有标识必要的，是那些本是集体歌唱后来变成一人独唱的歌；或者歌词以文字形式记录下来时，也会在这个阶段加上歌者的身份标识。

接下来考察山歌开头的文句。《山歌》歌谣开头的第一句，有不少都是相同的。例如《山歌》开篇第一首《笑》：

　　东风南起打斜来，好朵鲜花叶上开。后生娘子家没要嘻嘻笑，多少私情笑里来。

它以"东南风起"四字开头。《山歌》中与其开头相同的，有如下数例：

骚
　　东南风起发跑跑，个星新结识个私情打搬得乔。栽帽上簇花毡卖悄，外江船装货满风捎。（卷一）

姥童

东南风起白迷迷,郎哩献姥个家公瞒过子妻。世界翻腾人改变,婆娘家倒要做乌龟。(卷五)

还有卷二的《偷》:

东南风起响愁愁,郎道十六七岁个娇娘郎亨偷。

近年来采集的歌谣中,除了先前所举的松江县张泽乡的歌外,上海市奉贤县采集的长篇山歌《严家私情》(《民间文艺集刊》第三集)的开头同样是:

东南风吹来急吞吞,金盆楼后面沈家村。

《中国民间歌曲集成·江苏卷》上册收录了南通市采集的《东南风起暖洋洋》(第454页),可见"东南风起"这个开头直到现在也仍然在歌谣中被沿用。东南风(即春风)开始吹拂,营造出一种恋爱预感的气氛。

除了"东南风起"以外,以"栀子花开"开头的歌谣也不少,例如:

等

栀子花开六瓣头,情哥郎约我黄昏头。日长遥遥难得过,双手扳窗看日头。(卷一)

《吴歌乙集》下3有与之类似的歌谣:

栀子花开六瓣头,养媳妇并亲今夜头。日长遥遥正难过,推开纱窗望日头。

这首歌直至民国时代仍然被传唱。

乌龟

栀子花开心里香,乌龟也要养婆娘。卖子馄饨买面吃,猪肝白肠郎亨生。(卷五)

卷七的《约》亦以"栀子花开心里香,情哥郎约我到秋凉"开头。无论是幽会,还是结婚,还是外遇,"栀子花开"的开头都用于表示对即将发生的事情的期待。其他"栀子花开"的例子为近年南通采集的长篇山歌《魏二郎》(《民间文艺集刊》第六集),开头为:

  栀子的花开啊白秀秀哎。

每一段的开头皆采用"栀子花开"一语。另外《南通纺织工人歌谣选》(江苏人民出版社,1982年)收录的《上夜班》开头为:

  栀子花开十六瓣,三厂工人上夜班。

《南通民间歌谣选》(中国民间文学出版社,1989年)收录了八首以"栀子花开"开头的歌谣,《中国歌谣集成·江苏卷》上册收录了"栀子花儿六瓣开"(第283页,扬州市)、"栀子开花头靠头"(第288页,宝应县)、"栀子开花心又黄"(第320页,宝应县)等歌,《中国民间歌曲集成》收录了"栀子花开叶子青"(第267页,通州市)、"栀子花儿靠墙栽"(第592页,宜兴市)等歌。

  这些歌谣第一句所具有的功能,可以概括为《诗经·国风》的"兴"。松本雅明《诗经国风篇研究》(《著作集》一)序说云"兴是正文前的情绪象征或气氛描写",接着又说道:

  "兴"的使用的最素朴和原始的形态可以追溯到"国风",此外"反复"也是"国风"中的典型手法。"国风"中的很多作品如后文所述,是民间歌谣。若考察这些民谣在古代的歌唱场域,则多是农业祭礼或收获庆祝仪式等。此外这些歌谣并不仅仅是飨宴歌,也有祭礼歌舞活动中的对歌。这种特殊的"兴"的发想,也正和对歌有关。我相信这正是对歌的一种方法,即有一歌手唱眼前或生活中的自然形象,另一歌手唱与其有关的人事。也就是说同一首歌谣前半和后半的歌唱者不同,由两个部分组成一首歌曲。

例如卷一《笑》的"东南风起打斜来,好朵鲜花叶上开"这一首的前半和后半,就分别可以概括为"眼前或生活中的自然形象"和"人事"。

与松本此说见解不同的白川静则有这样的疑问:"'兴'本原的意味是不是发自修辞上的要求的情绪象征?"(《诗经研究 通论篇》第38页)认为"兴"原本的背景是预祝的习俗,兴是"预祝的咒语"。

要考察现在山歌开头处固定文句的习俗背景并非易事(虽然"东南风起"或许与《诗经》中常见的"南有嘉鱼""南有乔木"等起兴手法有关)。之所以拥有相同开头的歌谣为数不少,或许不无两种可能性:一是这些歌谣是在众人参与的歌唱比赛的场合中唱的,二或者是本来就具有这种背景的歌谣又被人拟作后进行歌唱。

与冯梦龙《山歌》作品开头相同的文句,在近年采集的江南地区的民谣中也可以看到;而不仅开头文句相同,与冯梦龙《山歌》内容也相同的歌谣,在至今传唱的江南各地农村及都市的歌谣中也有存在。例如,苏州市文学艺术界联合会、江苏省民间文学工作者协会苏州市分会编《吴歌》(中国民间文艺出版社,1984年,第83页)中就收录了《绣花针落地寻勿到》(无锡、苏州)这首歌:

新打龙船塘河里行,小奴奴楼上绣鸳鸯。姐窥郎来针戳手,郎窥姐来船打横。

船打横,芦扉飘,小奴奴楼上脚脚跳。娘问女儿跳啥格脚,绣花针落地寻勿到。

它与冯梦龙《山歌》卷一的《看》可谓异曲同工:

姐儿窗下绣鸳鸯,薄福样郎君摇船正出浜。姐看子郎君针掮子手,郎看子娇娘船也横。

另外如《吴歌》(第87页)的《小妹妹推窗望星星》(吴县):

> 小妹妹推窗望星星,姆妈一口说我有私情。姆妈为啥都晓得,莫非姆妈也是过来人。

这与《山歌》卷一的《看星》内容几乎一致:

> 小阿奴奴推窗只做看个天上星,阿娘就说道结私情。便是肚里个蛔虫无介得知得快,想阿娘也是过来人。

《吴歌》(第97页)有一首《结识私情讲讲开》(吴县):

> 结识私情讲讲开,碰到落雨勿要来。场上踏仔脚印娘要骂,闲言闲语我难理睬。

> 结识私情讲讲开,就是落雨我也来。三个铜钿买双蒲鞋颠倒着,只看见过去不看见来。

这首歌前半由女子歌唱,后半由男子歌唱,是一首对歌。它与《山歌》卷一的《瞒人》颇为相似:

> 搭识子私情雪里来,屋边头个脚迹有人猜。三个铜钱买双草鞋我里情哥郎颠倒着,只猜去子弗猜来。

《吴歌》(第101页)《约郎约到月上时》(苏州、吴县):

> 约郎约到月上时,看看等到月蹉西。不知奴处山低月出早,还是郎处山高月出迟。

它与《山歌》卷一《月上》相同:

> 约郎约到月上时,耶了月上子山头弗见渠。咦弗知奴处山低月上得早,咦弗知郎处山高月上得迟。

明代王世贞的《艺苑卮言》卷七也引用了这首歌。

《吴歌》(第114页)《弗来弗往弗思量》(吴县):

> 弗来弗往弗思量,来来往往挂肝肠。好似黄柏皮做仔

酒儿呷来腹中阴落落里格苦,生吞蟛蜞蟹爬肠。

《山歌》卷三《思量》：

弗来弗往弗思量,来来往往挂肝肠。好似黄柏皮做子酒儿呷来腹中阴落落里介苦,生吞蟛蜞蟹爬肠。

这两首作品仅两处文字有异,内容几乎完全相同。此外《吴歌》(第 93 页)中《结识私情隔条河》(苏州、江阴、常熟)为：

结识私情隔条河,手攀杨柳望哥哥。娘问女儿你勒浪望啥个,我望水面浪穿条能梗多。

结识私情隔条河,手攀楝树望哥哥。娘问女儿你勒浪望啥个,我望楝树头顶上花结果。

与之具有相似开头的是《山歌》卷二的《隔》：

结识私情隔条浜,湾湾走转两三更。小阿奴奴要拔只金钗银钗造条私情路,咦怕私情弗久长。

与此歌开头相同的歌谣还可见于《海门山歌选》和《南通民间歌谣选》中。例如《南通民间歌谣选》第 80 页的《结识姐儿隔条街》(市区)：

结识姐儿隔条街,郎哥不去姐踏来。快嘴嫂嫂嚼舌头,鹞鹰抓鸡满天嗨。

可见这首歌传唱于南通城市中。此外还有例如《海门山歌选》第 58 页的《结识私情隔一条浜》：

结识私情隔一条河,转过浜来二三更。姐末叫声嗯郎,钦天监里监官格种吭道理,只有闰年闰月吭得闰五更。

虽然开头不同,但它的内容与《山歌》卷二的《五更头》基本一致：

姐听情哥郎正在床上哼喽喽,忽然鸡叫咦是五更头。

世上官员只有钦天监第一无见识,你做闰年闰月郝了正弗闰子介个五更头。

此外,如《南通民间歌谣选》第52页《天上星多月不明》(市区):

天上星多月不明,河里鱼多水不清。城里官多闹成了反,姐儿郎多闹花了心。

它与《山歌》卷四的《多》相似:

天上星多月弗明,池里鱼多水弗清。朝里官多乱子法,阿姐郎多乱子心。

与之相似的还有《歌谣周刊》四九(1924)收录的以下这首作品:

天上星多月不明,河里鱼多水不清。朝里官多乱成了反,小姐郎多闹欢了心。

另外,《中国民间歌曲集成·江苏卷》(第488页)中收录的与冯梦龙《山歌》卷一开头的《笑》歌词完全相同的歌谣采集于宜兴市,尽管歌唱者的姓名不明,但其乐谱被记录了下来(图5):

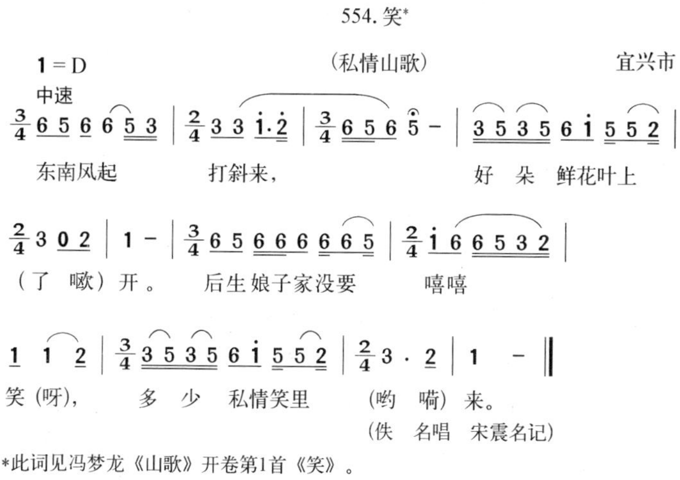

554. 笑[*]

(私情山歌) 宜兴市

1=D 中速

$\frac{3}{4}$ 6 5 6 6 5 3 | $\frac{2}{4}$ 3 3 1.2 | $\frac{3}{4}$ 6 5 6 5 - | 3 5 3 5 6 1 5 5 2
东南风起 打斜来, 好 朵 鲜花叶上

$\frac{2}{4}$ 3 0 2 | 1 - | $\frac{3}{4}$ 6 5 6 6 6 6 5 | $\frac{2}{4}$ 1 6 6 5 3 2
(了 嗷)开。 后生娘子家没要 嘻嘻

1 1 2 | $\frac{3}{4}$ 3 5 3 5 6 1 5 5 2 | $\frac{2}{4}$ 3.2 | 1 - ‖
笑(呀), 多 少 私情笑里 (哟 嗬) 来。

(佚 名唱 宋震名记)

[*]此词见冯梦龙《山歌》开卷第1首《笑》。

图5 现宜兴市所唱《笑》的乐谱

虽然这些歌谣只记录了采集地点,至于它们是城市之歌还是乡村之歌(即其歌唱场域)等相关信息完全没有记载,但由《吴歌》《南通民间歌谣选》等收录的作品可知,尽管字句有稍许差异,然冯梦龙《山歌》中的很多歌谣至今仍在苏州及其周边地区传唱。当然不能否定冯梦龙《山歌》收录的歌谣之后在民间流传,而它们流传至今的可能性,但冯梦龙《山歌》所收的一些歌在冯梦龙搜集而收录在《山歌》以前已经在民间被唱这想法比为文人读者而编的冯梦龙《山歌》中的歌流传到民间这想法更近于实际情况。在此顺便指出:现在也被唱的歌的大部分都是收在冯梦龙《山歌》的卷一至卷四的歌。

第二节 都市之歌

山歌原本是居住在农村的人唱的歌。在苏州地区,山歌从古至今一直未尝断绝。而在冯梦龙生活的明末,正如陈宏绪《寒夜录》卷上所述:

> 友人卓珂月曰:"我明诗让唐,词让宋,曲又让元。庶几吴歌、挂枝儿、罗江怨、打枣竿、银铰丝之类,为我明一绝耳。"卓名人月,杭州人。

吴歌(即山歌)与都市的其他俗曲平起平坐,受到极高的好评,也诞生了像冯梦龙那样的致力于收集并刊行山歌者。可见对于苏州的山歌而言,明末是一个特殊的时代。

这种现象的背后,既有对山歌抱持着关心、想留下些许记录的文人方面的认识变化(此将在本书末章论及),也有山歌向都市流入、都市中山歌也随处可闻,以及山歌也传唱于妓楼、传入文人之耳的机会增多这种歌唱之"场"本身的变化的因素在内。

显然，冯梦龙《山歌》不仅收录了农村之歌，也收录了咏唱都市风情的山歌。农村的山歌，在明末当时全中国经济最繁荣、生机勃勃地走在时代最前端的城市——苏州出现，可以说是一种奇妙的现象。而这正是我们考虑冯梦龙《山歌》之地位时最重要的一个关键点。

我们可以从文献资料中看到明末清初时代都市举行山歌会的记录。山歌中之所以会出现与都市风俗相关的内容，固然与山歌流入都市并广泛流行是分不开的，而都市中举行的山歌会，或许亦是山歌的歌声能飘荡于都市的重要契机之一。

关于都市中举行的山歌会，现存最丰富的记录是苏州府吴江县盛泽镇的相关资料。① 盛泽镇在明初是个仅有五六十户人家的村落，然成化年间以后，作为丝织品的集散地而不断发展，至明末天启年间，已有千百家牙行。其蓬勃发展的原因，在乾隆《吴江县志》卷三十八"生业"中有记载：

> 绫䌷之业，宋元以前惟郡人为之。至明熙、宣间，民始渐事机丝，犹往往雇郡人织挽。成弘以后，土人亦有精其业者，相沿成俗。于是，盛泽、黄溪四五十里间居民乃尽逐绫绸之利，有力者雇人织挽，贫者皆自织。

可见盛泽镇的发展契机为随着周边农村家庭手工业的发达而逐渐形成丝织品的集散地。为了求购盛泽绸缎，全国的客商皆

---

① 关于盛泽镇的状况，本文参考了田中正俊《中国地方都市的手工业——以江南的制丝、绢织物业为中心》(《中世史講座》3《中世の都市》，学生社，1982年)、周德华《盛泽的会馆和公所》(未刊资料)及《明清时期的吴江丝绸》(未刊资料)。另外横山英《中国的商工业劳动者的发展及作用》(《歷史学研究》第160号，1952年)亦言及盛泽镇的山歌会。

集聚于此。于是,为了将产品卖给批发商和购买纺织原料,都市和其近郊居住的农民之间的交流极为密切。长此以往,有不少农民离开农村移居到城市,成为纺织业的专业劳动者。

关于盛泽镇举行的山歌会,顺治《盛湖志》、乾隆《盛湖志》卷下"风俗"、乾隆《吴江县志》卷三十九"节序"及同治《盛湖志》卷三"风俗"皆有记载。顺治《盛湖志》云:

> 中元夜,四乡佣织多人,及俗称曳花者,约数千计,汇聚东庙、西庙并昇明桥,赌唱山歌。编成新调,喧阗达旦。①

乾隆《盛湖志》的记述与此基本相同,相异之处为举行场所是"东庙并昇明桥"。同治《盛湖志》记载:

> 十四日谓之接韦驮。是夜,佣织少年与拽花儿集于夜。船汇夹岸放棹,赌唱山歌。此唱彼和,达旦乃止。

乾隆《吴江县志》有如下记述:

> 八月十五日,旧志云,谓之中秋。是夕,有人家赏月之燕,或携榼长桥垂虹亭,联袂踏歌,与白日无异。今盛泽镇有好事者,是夕群集白漾饮欢。竹肉并奏,往往彻晓而罢。至垂虹之游,不逮昔年远矣。

四则资料之间虽然多少有些差异,但如果互相补充来看,则不难窥见山歌会的大致情形。山歌会举行的时节,《盛湖志》说是每年中元节前后,《吴江县志》说是八月十五日中秋节。虽然不无这两个时间均举行或者时期并非固定的可能性,然而本书之后将引用的仲孙樊的《山歌行》亦云为中秋节,因此"中元"可能为"中秋"之误。关于举行场所,资料中说是东庙、西庙或昇明桥。其位置可以根据同治《盛湖志》的地图画出略图

---

① 顺治《盛湖志》今未见。转引自前注《明清时期的吴江丝绸》。

（图6）。东庙又称利济侯祠，供奉着金元七；^①西庙又称宁济侯祠，供奉着金元七的侄子金宁一。观音也被供奉于其间，中元节赛观音会时，东西两庙的观音大士像就被抬往街上游行。东西庙的山歌会，与此迎神赛会是密切相关的。资料中说同治三年（1864）的兵火（指太平天国运动）中，东庙的庙门和戏台化为灰烬，可见那里也有戏台。昇明桥位于街道东侧，据说为明代崇祯十四年（1641）所建。乾隆《盛湖志》中无西庙之记载，同治《盛湖志》中无东庙之记载，仲孙樊的《山歌行》记述的也是昇明桥的山歌会。这或许是因为禁令等原因本来在东西庙举行的山歌会衰落，而只有城外昇明桥的山歌会尚留存下来。

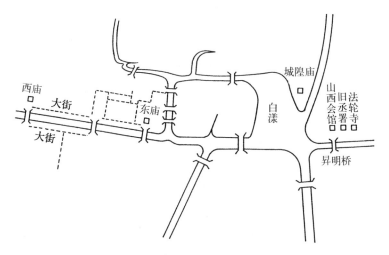

图6　盛泽镇略图（据同治《盛湖志》）

---

① 金元七见于冯梦龙所编笑话集《笑府》卷四《巫》。日语版翻译者松枝茂夫于其后附有如下注释（《笑府（上）》，岩波文库，1983年）："金元七总管之事迹见于清代王应奎《柳南续笔》四、俞樾《茶香室三钞》十九等资料。长洲（苏州）人。元代时任扬州、杭州的达鲁花赤（相当知府的地方长官），因广施善政、造福乡民而被祀为神。其名曰利济侯，庙名曰总管庙，多在运河岸边，作为水神、漕运之神而广为民众所信仰。"盛泽镇的利济侯祠，确实也在水路沿岸。关于总管庙，详参滨岛敦俊《総管信仰　近世江南農村社会と民間信仰》（研文出版，2001年）。

那么山歌会主要是由哪些人参与呢？关于这一问题，顺治《盛湖志》云"四乡佣织多人，及俗称曳花者，约数千计"，同治《盛湖志》云"佣织少年与拽花儿"。所谓"四乡佣织"，指居住于盛泽镇周边农村的纺织劳动者。关于"曳花"，褚华《木绵谱》云"以一手摇轮，一手拽棉条而成一缕"，因此它大概是指纺丝作业或从事该劳动者（多为女工）。经由这些佣织和曳花，山歌也流入到了都市。此外，这些山歌会参与者非常众多，并且彻夜举行，因此不难想象是相当大规模的祭典。在某种意义上，这可以说是农村山歌会都市化的开端。

仲孙樊的长篇歌行《山歌行》（见同治《盛湖志》卷三"风俗"）中描述了这类山歌会的情形：

> 白洋湖头秋月过，月色满湖湖不波。游人夹岸纷何多，旁观借问云听歌。一人植几鹄而立，画然两岸嚣争绝。知是河西旧善讴，子弟班中推第一。轩轩昂首作新声，声声远逐东风行。风吹歌声入湖水，湖中有客歌重起。阿侬生居雁荡滨，能歌自谓时无比。此歌乍唱彼歌连，有意无意声缠绵。回波故放余音袅，脱口时翻别调便。缠绵几度往而复，肉声不用挽丝竹。红窗儿女语喁喁，碧玉情人心曲曲。相呼半杂郎欢名，赠答犹存尔汝俗。众中似有知音人，却将工拙为人论。无端一调初逢半，换羽移宫别是春。月影西斜不言倦，忽焉群起如为乱。郢中巴里和千人，垓下楚声来四面。繁弦急管方喧咙，前街钲鼓闻铮玱。回头不见湖心月，日气曈昽上晓窗。此时星散分手去，各各中怀未肯降。吴歈自古闻天下，六代风流存子夜。江南曲谱莲叶新，木兰舟怨菱花谢。古风迢递千年间，榜客渔娃时往还。新调能歌花蒴蒴，旧词解唱月弯弯。即今菱渡听歌会，已作吴江故事传。一从泽国横潦逐，连岁污邪愁不足。水车声里杂秧歌，心酸无奈歌如哭。昔日山歌同伴邀，可

怜饥走太无聊。临风歌板腔全换,半学门前偈高唱。湖头明月年年满,听歌无奈人心懒。岂无联襟诸少年,愁肠难得声舒缓。淑气旋从大地周,俄然今岁旧观留。邨歌纵混香山耳,吴咏难忘杜老舟。识得民惟今日蜡,何妨市有醉人游。引吭莫道无腔谱,一片承平天籁浮。

开头的"白洋"即地图上的白漾,可见这首诗写的是昇明桥的山歌会。中秋之夜,满月当空,湖面波光粼粼。人们三三两两地聚集到水边,等待山歌会的开始。突然一名男子站到台上,喧闹的人群立刻安静下来。他是这里的当红歌手。诗中云该男子是"子弟班"中之人,又能"作新声",所以他大概是都市里的俗曲歌手。他一开嗓,歌声就随风飘到湖面上,湖中有人闻而和之。"阿侬生居雁荡滨",可见这位和者是农村的山歌歌手。他们一唱一和,"红窗儿女语喁喁,碧玉情人心曲曲"是形容歌唱恋情的都市俗曲,"赠答犹存尔汝俗"则指农村山歌男女的对唱("尔汝歌"为见于《世说新语·排调篇》的魏晋时的南方民歌)。最后曲调突然变化,在场者开始一起合唱。和者达千人的郢中之曲,让人如同置身于垓下的四面楚歌中。沉醉其间的众人忘记了时间的流逝,直至东方天空泛白,才意犹未尽地离去。后半提到"新调能歌花藚藚,旧词解唱月弯弯",可见此次山歌会上既唱了《月子弯弯》等古老的山歌,也唱了《藚藚花》等比较新颖的俗曲。据泽田瑞穗《清代歌谣杂考(四)》(《天理大学学报》第五十八辑,后又收入《中国的庶民文艺》)考证,《藚藚花》为清朝乾隆时代流行的小曲。前文已提到有一类山歌的内容是咏唱都市风俗,或许与如此这般的山歌与都市俗曲之接触不无关系。

仲孙樊是此盛泽镇人氏,道光二十五年(1845)进士及第。此日他看到人们纷纷聚集过来,起初不知他们何为,而歌唱开始后,他与众人一起听得如痴如醉,直至拂晓。看来他对山歌会的印象很深刻,因此甚至作这一首长诗,这山歌会确实是如其结尾所说那样的"一片承平天籁浮"的盛事。

乾隆志记载之末尾曰"他镇所无",即其他地方无山歌会。然而实际上山歌会还存在于江南地区的其他几个地方。例如,孟森《唱山歌之清史料》(《歌谣》第二卷第十期,1936年)记载的常州举行的山歌会:

> 吾乡(常州——笔者注)小南门德安桥每年七月三十日晚,必有唱山歌之会。会分两派,各推善唱者比赛。始而各自夸其山歌之美富,继而诮对方山歌之不能敌己,又其后则成互相谩骂之歌。此其人皆胸中富有旧歌,又能临时编造刻毒之语为歌,则渐至无本可据。而一造有不敌,则以殴打终焉。此亦非年年必有之事,但其势必至于此,经劝解得力,则以作势而止耳。又幸吴俗人柔,相殴亦不甚毒,且不至如边地之械斗成俗。

此处所说的山歌会于七月三十日举行确实为珍贵的资料。然笔者在走访常州老人时,听闻德安桥的山歌会乃于六月十九日所谓"观音生日"这一天举行。德安桥位于常州城南的德安门外,是京杭大运河上的交通要冲。它以前在城外,现在在常州市内,已扩建并更名。

根据孟森的记述,该地的山歌会首先分组进行比赛,各组唱自己拿手的歌,然后一起合唱。这或许是根据每个人出身的村落按地域来进行分组的。这篇文章中他还说到农村的山歌会是某个村落与隔河的其他村落之间举行的。孟森提到村落和村落之间的武斗——械斗,山歌会的社会基础确实跟械斗的基础一样。

无论是盛泽镇还是常州,其共同点是山歌会举行的场所皆为城外的桥上。这或许是因为桥是水路和陆路的交会点,附近有热闹的街市,联结着都市和农村。

以上概观了江南各城市山歌会的情况。然而问题在于,冯梦龙当时所生活的苏州是否也有山歌会呢?王穉登(1535～1612)的《吴社篇》中记录了冯梦龙那时苏州社祭的盛况。我们已看了盛泽镇的山歌会和迎神赛会结合在一起,《吴社篇》中有一条记录迎神巡游时的节目:

> 杂剧则……游赤壁。虎丘赤壁,画小舫令壮夫舁之。舟中苏公二客及两长年,并皆屛稚。歌喉清妙,而长年能唱竹枝,玲珑袅袅,有破烟出峡之声。

这里用了多个故事为蓝本,其中包括苏东坡的赤壁之游。船中载有扮演东坡、客人以及船夫的孩童,扮演船夫的孩童能用美妙的歌喉唱竹枝。此处所谓的竹枝,实际殆指苏州的山歌。

苏州与歌谣相伴随的民间祭礼中,八月十五日的虎丘昆曲会颇为著名,袁宏道、张岱等人都留下了相关文字记录。张岱《陶庵梦忆》卷五"虎丘中秋夜"云:

> 虎丘八月半,土著流寓、士夫眷属、女乐声伎、曲中名妓戏婆、民间少妇好女、崽子娈童及游冶恶少、清客帮闲、傒僮走空之辈,无不鳞集。……
>
> 天暝月上,鼓吹十百处,大吹大擂,十番铙钹,渔阳掺挝,动地翻天,雷轰鼎沸,呼叫不闻。……
>
> 三鼓,月孤气肃,人皆寂阒,不杂蚊虻。一夫登场,高座石上,不箫不拍,声出如丝,裂石穿云,串席抑扬,一字一刻。听者寻入针芥,心血为枯,不敢击节,惟有点头。然此时雁比而座者,犹存百十人焉。使非苏州,焉讨识者。

可见这是规模宏大的盛会。与盛泽镇的山歌会相比,苏州竞技的并非山歌而是昆曲,其参加者并非织工而是士人;此外相对于山歌会的俗,昆曲会可以说是雅会。然而,虽然两者的竞技内容不同,但它们都是在祭礼场合进行歌唱比赛,作为习俗而言它们的性质是一致的。也就是说,它们都本与本章开头提及的歌唱比赛有关。并且正如张岱记述的那样,虎丘昆曲会上也有民间少女、游冶恶少等的身影,可见它在不断地俗化,与山歌会越来越接近。

时间稍晚的清末时期,顾禄所作的苏州岁时记《清嘉录》卷八"八月"条记录了中秋之夜妇女盛装出游"走月亮"之事。它还引用了《苏州府志》"中秋,倾城士女出游虎丘,笙歌彻夜"、《吴县志》"作腹会,各据胜地,延名优清客,打十番,争胜负。十二三日始,十五止"、邵长蘅《冶游》诗"中秋千人石,听歌细如发"等资料,曰:

> 今虎丘踏月听歌之俗,固不逮昔年,而画舫妖姬,征歌赌酒,前后半月,殆无虚夕。

由此我们不难想象清末时虎丘山歌比赛的情景。

明末的苏州可以说是中国最大的工商业城市。前文述及的盛泽镇,其城市机能有赖于周边农村的家庭手工业所形成的产品市场。然而,像苏州这样的大都市,城市本身就已经工业化,有众多雇佣的专业劳动者。他们从农村移居到都市,万历二十九年(1601)爆发的所谓织佣之变的有关记录中,说失业的染工、织工分别有数千人,由此可以推测当时手工业劳动者的人数之众。徐一夔《始丰稿》卷一《织工对》记述了织工唱歌的情形:

> 余僦居钱塘之相安里。有饶于财者,率居工以织。每夜至二鼓,一唱众和,其声雠然。盖织工也。余叹曰:"乐哉!"旦过其处见老屋,将压杼机四五具南北向列,工十数人,手提足蹴,皆苍然无神色。

虽然此文描写的是明初杭州的景象,但我们可以看出白天劳动时无精打采的织工们,一到夜里就纵声歌唱,尽情享乐。①

苏州的纺织业在当时就已经形成劳动的专门分化。康熙《长洲县志》卷三"风俗"记载,每天清晨,缎工集于花桥,纱工集于广化寺桥,车匠集于濂溪坊,俨然形成了劳动市场,百十人聚集于一处等待雇佣。此外,康熙五十九年(1720)的《长洲吴县踹匠条约碑》(《明清苏州工商业碑刻选集》,江苏人民出版社,1981年)记载:

> 兼有一班流棍,寄迹寺院,隐现踹坊。或称同乡,或认亲戚,煽惑众匠,齐行增价,代告扣克,科敛讼费,再索酬金。……如有拐布盗逃、赌博行奸斗殴、聚众插盟、停工科敛、闲闯花鼓、纠众不法者,坊长报明包头,会同甲长,填簿交坊总,申明拿究。

这里颇引人注目的是在苏州的踹布业中,同乡、亲戚聚集在一起,他们在寺院等场所表演"花鼓",十分热闹。正如本书第四章所见,"花鼓"也是山歌之一种。

中国人重乡情,每迁移到一个地方时,必定会去投靠同乡人,因此某一职业往往会成为同乡人的帮会。②

综合以上这些材料,苏州纺织业劳动者的职业分化,也反映出了他们出身地的差异。那些农村出身的劳动者们每天早晨十人百人地成群结队,聚集于桥畔或寺院,常常热闹地唱着山歌。

众所周知,苏州是当时中国首屈一指的大都市。苏州的工业化,有赖于从其周边农村流入的劳动人口,苏州城市里农村

---

① 参藤井宏《中国史上的新与旧——围绕〈织工对〉分析的诸问题》(《東洋文化》9,1952年)。

② 参寺田隆信《苏州踹布业的经营形态》(《東北大学文学部研究年報》第18号,1967年)。

出身者比比皆是。正是他们,把农村的山歌带入了都市。于是城市中也可闻得本来飘荡于农村的山歌之声。另外,由于它们与都市的俗曲等接触碰撞,农村山歌的形式中遂融入了都市俗曲的内容,一种都市化的山歌因此诞生。山歌的都市化进程与都市中山歌的流行,正是同一现象的表里两个层面。①

第三节 船 歌

一、"月子弯弯"歌

山歌歌唱的场域,还有重要的一种——船。不妨以《月子弯弯》歌为例,来考察船与山歌的关系。

首先来看既是冯梦龙《山歌》收录、在山歌中历史亦最为悠久的《月子弯弯》之歌,它从很遥远的年代开始就作为吴中的船歌被传唱:

> 月子弯弯照九州,几家欢乐几家愁。几家夫妇同罗帐,几家飘散在他州。

这首被收录于《山歌》卷五"杂歌四句"、题为《月子弯弯》的山歌,正如下文所述,是山歌作品群中文献初出时代较早、流传范围广泛、最为脍炙人口的作品。②

它所描写的季节是秋天。澄澈的夜空中月光皎洁,辉映着大地。八月十五的中秋节又被称为团圆节,满月是那些离散的

---

① 日本民谣变成像现在这样兴盛,其背景中也有大正、昭和时期农村人口向都市移动这一要素(参竹内勉《民谣》,角川选书,1981年)。

② 关于《月子弯弯》歌,秋山撰有《月子弯弯歌字句异同考》(《东方杂志》第26卷第20号,1929年),谭全基撰有《民歌〈月儿弯弯照九州〉的古今演变》(《民间文学》1961年第10期),本书参考了这些研究成果。

人们团圆的象征。然而今日,它是一轮残月。这自然会令我们联想起那些飘零他乡、形影相吊的游子,他们在这秋夜一定会感到彻骨的孤寂吧。

这首山歌可作多种解释,其歌唱的主体是男性还是女性亦颇难定论。《词林摘艳》卷一无名氏小令《两头蛮·四季闺怨》曾引用其中的一句:

> 一似那行了他,不见则个游。怕登则个楼,月儿湾湾照九州。

这首小令的作者将"月儿弯弯"与深闺女性联系在一起,因此它的主题为一般的闺怨思妇。

笔者据末句"飘散"二字,倾向于认为这首《月子弯弯》为男性所唱之歌。另外歌中提到"九州"(即整个中国),其联想视域非常开阔。这种联想殆非发自某地的定居者,而是那些背井离乡的人们。

冯梦龙编的《警世通言》卷十二《范鳅儿双镜重圆》中有如下一段:

> 帘卷水西楼。一曲新腔唱打油。宿雨眠云年少梦,休讴。且尽生前酒一瓯。 明日又登舟。却指今宵是旧游。同是他乡沦落客,休愁。月子弯弯照几州。

这首词末句,乃借用吴歌成语。吴歌云:

> 月子弯弯照几州,几家欢乐几家愁。几家夫妇同罗帐,几家飘散在他州。

此歌出自南宋建炎年间,述民间离乱之苦,只为宣和失政奸佞专权,延至靖康,金虏凌城,虏了徽钦二帝北去。康王泥马渡江,弃了汴京,偏安一隅,改元建炎。其时东京一路百姓,惧怕鞑虏,都跟随车驾南渡,又被虏骑追赶。兵火之际,东逃西躲,不知拆散了几多骨肉。往往父子夫妻,终身不复相见。

小说中交代了这首吴歌以南北宋之交的凄惨现实为背景。据田汝成《西湖游览志余》卷二十五记载,此"帘卷水西楼"一词,是瞿佑听了《月子弯弯》歌之后的戏作(同样的故事又见于褚人获《坚瓠集》庚集卷二"山歌翻词"条)。冯梦龙大概是根据《西湖游览志余》而将这首词置于《范鳅儿双镜重圆》的开头(《志余》中,并没有南北宋之交云云的说明)。然而,《警世通言》中《月子弯弯》歌的文字并非本自《志余》,而更接近于《山歌》所收。或许是冯梦龙在《警世通言》中收录此歌时,结合《山歌》所收而进行了文字上的改变;或者亦有可能该段说明本身即是冯梦龙所加。但总而言之,《警世通言》该段说明本身,就证明了这首歌构想规模之大。

如果依据《警世通言》的说明,这首歌诞生于南宋初年。而关于这首《月子弯弯》歌现存的最早的零碎资料,也正好是在这个时期。丘崈(1135～1209)的《诉衷情》词(《全宋词》第三册)题下有"癸未(隆兴元年,1163)团司归舟中作"之注,以下为其下阕:

思往事,耿无眠。掩屏山。夜深人静,何处一声,月子弯弯。

这几句描写了在阒寂的深夜,舟中的不眠之人听到不知从何处飘来的《月子弯弯》之歌。这不外是行驶于江南水路的往临安的归船上。再看杨万里作于淳熙十六年(1189)的《竹枝歌》(《诚斋集》卷二十八),序云:

晚发丹阳馆下,五更至丹阳县。舟人及牵夫终夕有声,盖讴吟啸谑以相其劳者。其辞亦略可辨。有云"张歌歌,李歌歌,大家着力齐一拖"。又云"一休休,二休休,月子弯弯照几州"。其声凄婉,一唱众和。因檃括之为竹枝歌云。

其第六首为：

> 月子弯弯照几州，几家欢乐几家愁。愁杀人来关月事，得休休处且休休。

附有开禧二年(1206)序的赵彦卫之《云麓漫钞》卷九曰：

> 彭祭酒学校驰声，善破经义。每有难题，人多请破之，无不曲当。后在两省，同寮尝戏之，请破"月子弯弯照几州，几家欢乐几家愁"。彭停思久之，云："运于上者无远近之殊，形于下者有悲欢之异。"人益叹伏。此两句乃吴中舟师之歌，每于更阑月夜，操舟荡桨，抑遏其词而歌之，声甚凄怨。唐人有诗云："徙倚仙居凭翠楼，分明宫漏静兼秋。长安一夜家家月，几处笙歌几处愁。"盛行于时，具载《辇下岁时记》，云是章孝标制，与此意同。

此序中亦提及吴中的船夫在月夜一边荡桨摇橹，一边唱着这首歌。

以下为明初叶盛(1420～1474)《水东日记》卷五"山歌"条的记载：

> 吴人耕作或舟行之劳，多作讴歌以自遣，名唱山歌，中亦多可为警劝者，谩记一二。

他记录了《月子弯弯》歌和以"南山头上鹁鸪啼"开头的一首山歌。然《月子弯弯》之第四句作"多少漂零在外头"。这里叶盛也说是"耕作或舟行"之际唱这首歌。褚人获《坚瓠集》巳集卷三"田家乐"条所收沈周的《田家乐词》中有这样一句：

> 有时一曲才堪听，月子弯弯照九洲。

褚人获把这首歌归为"田家"之歌，即农村歌谣。王世贞

(1526~1590)《艺苑卮言》卷七有如下记述：

> 唯吴中人棹歌，虽俚字乡语，不能离俗，而得古风人遗意。其辞亦有可采者。如陆文量所记"月子弯弯照九州，几家欢乐几家愁。几人夫妇同罗帐，几人飘散在他州"，又所闻"约郎约到月上时，只见月上东方不见渠。不知奴处山低月上早，不知郎处山高月上迟"，即使子建、太白降为俚调，恐亦不能过也。然田畯红女作劳之歌，长年樵青山泽相和，入城市间，愧汗塞吻矣。

"约郎约到月上时"这首歌亦收于《山歌》卷一《月上》。它除了是"吴中人棹歌"即船歌外，也被"田畯"（地主）、"红女"（纺织女）、"长年"（船夫）、"樵青"（樵夫）传唱。此外这里值得注意的是它也流行于都市中，在都市里被认为是"愧汗塞吻矣"的歌谣。王世贞云此乃"陆文量所记"。明陆容《菽园杂记》卷一确实有以"吴中乡村唱山歌，大率多道男女情致而已"开头的关于山歌的记述，但这里仅有"南山脚下一缸油"一首，并非《月子弯弯》歌。此或许是源自叶盛《水东日记》之误。

关于都市所唱山歌的资料，上文在谈到瞿佑之词时已提及的田汝成《西湖游览志余》卷二十五有如下记载：

> 吴歌惟苏州为佳，杭人近有作者，往往得诗人之体。如云"月子弯弯照几州，几人欢乐几人愁。几人高楼行好酒，几人飘蓬在外头"，此赋体也。而瞿宗吉往嘉兴，听故妓歌之，遂翻以为词，云：
>
> 帘卷水西楼。一曲新腔唱打油。宿雨眠云年少梦，休讴。且尽生前酒一瓯。　明日又登舟。却指今宵是旧游。同是他乡沦落客，休愁。月子弯弯照几州。

被置于《范鳅儿双镜重圆》开头的"帘卷水西楼"一词，在田汝成笔下为嘉兴水边妓楼的妓女所唱之歌。

比冯梦龙《山歌》时代更晚的清代梁绍壬的《两般秋雨盦随笔》卷四"山歌"条有如下一段：

> 吴船山歌云："月子弯弯照九州，几家欢乐几家愁。几家夫妇同罗帐，几个飘散在外头。"音调悲惋，闻之令人动羁旅之感。

梁绍壬亦云此歌是吴中之船歌，主题思想是"羁旅之感"。此外，近人曹元忠（君直）《云颠公笔记》曰：

> 君直自谓：某年秋，游浙中，道出石门，夜闻邻舟歌"月子弯弯"者，此唱彼和，荡气回肠。①

可见民国时期在浙江石门（嘉兴附近）还能听到这首歌。王翼之编《吴歌乙集》（国立中山大学语言历史学研究所，1928年）卷下也收录了这首歌：

> 月子弯弯照九洲，几家欢乐几家愁。几家夫妇同罗帐，几家飘零在外头。

可见它也在苏州被传唱。

以上所列举的资料中，可知的歌唱地点有苏州、嘉兴、石门、杭州等的船上，皆为苏州至杭州大运河沿岸的地区。然而除此以外，1928年进行调查的刘兆吉《西南采风录》（上海商务印书馆，1946年）中有一首采集自贵州安顺的歌谣：

> 月亮弯弯照九州，几家欢乐几家愁。几家夫婿同罗帐，几个飘零在外头。

同书还有一首采集自云南沾益的歌谣：

---

① 《云颠公笔记》未见。此处所引，据秋山《月子弯弯歌字句异同考》（《东方杂志》第26卷第20号，1929年）。

　　　　月亮弯弯照九州,几家欢乐几家愁。几家夫妻同罗帐,几家飘落在外头。

刘万章编《广州儿歌甲集》(1928)中亦有如下一首:

　　　　一个月光照九州,有人快活有人愁。有人楼上吹箫鼓,有人地下叹风流。

可以看出,这首歌也传播到了遥远的云南、贵州、岭南等地。1947年的电影《一江春水向东流》中,也有在夜上海的大街上,年幼的女儿合着老人拉的胡琴拍子,唱这首《月子弯弯》歌的镜头。

正如以上所见,这首《月子弯弯》歌的流传范围相当广泛,其歌唱者以船夫为主。这些让我们联想起唐代文献中"山歌"的用例,均指水边歌唱的歌。若考虑这首《月子弯弯》为远离故乡、漂泊在外的船夫所唱,它寄托了"飘散在他州"之意,移动于相当广泛范围的船夫才能唱出这种覆盖全中国规模的歌。另外,这首歌之所以能由北向南直至广东在如此广阔的范围中传播,与他们的媒介作用是分不开的。还有它之所以能以文字形式记录留存下来,也正是由于它常常为乘船的文人所听闻之故。

南宋初年胡仔的《苕溪渔隐丛话》后集卷十二"刘梦得"条记载:

　　　　苕溪渔隐曰:竹枝歌云"杨柳青青江水平,闻郎江上唱歌声。东边日出西边雨,道是无情也有情",予尝舟行苕溪,夜闻舟人唱吴歌,歌中有此后两句,余皆杂以俚语。岂非梦得之歌自巴渝流传至此乎?

据此可知,本是巴渝民歌的竹枝,正是通过船夫才传播到了江南。同样生活于宋代的谈钥所纂《嘉泰吴兴志》卷十八《事物杂

志》之"吴歌"条引用了《苕溪渔隐丛话》的这段文字,续云:

> 今舟人樵子,往往能歌,俗谓之山歌,即吴歌也。

他指出该地船夫的歌被称为"山歌"。清代戴延年的《吴语》则曰:

> 棹歌以吴江为第一。大约不出男女相慕悦之词,发乎情,止乎义,好色不淫,颇得风人之旨。夜程水驿,月落篷窗,每柔橹一声与相问答人,动人乡思,凄其欲绝。

前文提及的举行大规模山歌会的盛泽镇,就是属于吴江县。近人周振鹤的《苏州风俗》(国立中山大学语言历史研究所《民俗学会丛书》之一,1928年)之"琐记"亦曰:

> 吴人善讴,而榜娘尤善。每当月白风清之夜,歌声袅袅,断续悠扬,有"人间那得几回闻"之慨。

二、船与歌谣

那么,船夫的歌为何被称作"山歌"呢?要解答这一问题,就必须考察当时船夫的出身。关于这一点,斯波义信《宋代商业史研究》(风间书房,1968年)第二章"宋元时代交通运输的发达"指出:"船夫大部分出身于由于灾荒或经济压迫而不得不逃离农村的贫困农民,以及由于山村经济的变貌而积极从事非农业的副业的落后山村的农民。"(第104页)该书对这一观点的论证材料,其中之一为元代袁桷(1266~1327)《清容居士集》卷八《吴船行》:

> 吴船团团如缩龟,终岁浮家船不归。茅檐旧业已漂没,一去直北才无饥。……不忧江南云气多,止畏淮南风雨作。

可见吴中农村食不果腹的农民拖家带口,用船从事运输业,以此维持生计。从"茅檐旧业已漂没"一句可以看出,他们原来的家可能遭遇了水灾。这艘船大概是沿着大运河到淮南一带从事运输。这是一家人都住在船上,可是只有男人外出打工的例子。再看斯波氏《宋代商业史研究》所引方回(1227~1306)《桐江续集》卷十三《听航船歌》。《听航船歌》正如其标题所示,是关于唱船歌的资料。该诗前后则收录了《过崇德县》《过石门》《泊皂林》《过秀州城东》等诗,可见它是方回乘船过嘉兴时所作。其第一首如下:

> 北来南去雁还飞,四十年间万事非。惟有航船歌不改,夜深老泪欲沾衣。

失意落魄的人生中,唯一没有变改的是吴音唱的船歌。夜深时分听到,让人不禁泪湿衣襟。他们唱的如果是《月子弯弯》歌,那么与方回当时的眼前之景、心中之情是多么契合。听歌的地点是大运河沿岸的嘉兴。以下为第三首:

> 家住斜塘大户边,时荒米贵欠他钱。从此驾船归不得,无钱且驾小航船。

由于天灾导致米价暴涨,这位船夫负债累累,难以维持生计,因此只好租赁了一条小船,在水上从事运输业。以下为第五首:

> 十千债要廿千偿,债主仍须数倍强。定是还家被官缚,且将贯百寄妻娘。

他借了高利贷,债主又极为苛酷,他一时无力偿还。怕回家被官府抓去,于是他把手头的一点钱寄给了妻娘。从寄钱这一行为来看,这位船夫定是远离家乡与亲人的。他有家而不得归,只能漂泊在外,心中的离愁可想而知。以下为第十首:

> 船头船尾唱歌声,苏秀湖杭总弟兄。喝拢喝开不相照,阿牛贼狗便无情。

他们在船头船尾唱着歌,船随着歌声的调子向前航行。苏州、秀水(嘉兴)、湖州(吴兴)、杭州等大运河沿岸的都市是他们的活动范围,均为吴方言地区。听到这些同一方言之歌,顿时大家觉得彼此亲如兄弟。

吴中的山歌多由船夫歌唱,而这些船夫原本多为生活于农村的农民,后来才改行。这一状况,可由满铁调查部编的苏州地区近代漕运业的调查报告《中支的民船业——苏州民船实态调查报告》(博文馆,1943年)得以确证。该书第二章第一节第三部分"船夫的出身阶层"中,举出了具体的统计数据,证明了船夫的出身阶层多为贫农,并论述了他们为何离开农村而转职为漕运劳动者。

这些船夫将本是农村中唱的歌(山歌)带到了船上,正如这首《月子弯弯》歌那样,在农村的旋律中融进了船夫的情感。另外从《西湖游览志余》所记述的码头附近妓楼的妓女唱《月子弯弯》歌这一现象可以推测,船夫由于装卸货物的需要而必须去往都市的港口,因而在农村歌谣向都市的流入过程中起到了重要的媒介作用。在考察歌谣从农村到都市、又从都市到都市的传播过程中,船夫所起的作用不容忽视。

冯梦龙的《山歌》中,收录了多首不同形式的与船有关的歌谣。其中可以明确断定为是船夫所作的,是卷五《乡下人》之后评中的一首:

> 莫道乡下人定愚,尽有极聪明处。余犹记丙申年间,一乡人棹小船放歌而回。暮夜误触某节推舟,节推曰:"汝能即事作歌,当释汝。"乡人放声歌曰:"天昏日落黑湫湫,小船头砑子大船头。小人是乡下麦嘴弗知世事了撞子个样无头祸,求个青天爷爷千万没落子我个头。"节推大喜,更以壶酒劳而遣之。(旁批:此节推亦不俗。)

船夫的这首歌中,"无头祸"与"落子我个头"颇为精彩。这是一条丙申年间(万历二十四年,1596)的材料,乡人(并不一定是专业的船夫,有可能是从农村划船到都市来的农民)放歌弄棹时,误撞了一位官员的大船。他唱了一首颇合官员心意的歌,不仅免除了责罚,还受到了奖赏。这个农民大概本来就是歌唱名手,所以能如此随机应变,轻而易举地渡过难关。

三、船上的娼妓

在考察船与山歌的关系时,还有一点值得注意。这就是正如特佩尔曼(Töpelmann)提示的那样,娼妓常常住在船上,这些船本身就变成了妓楼。其中较为著名的是浙江省严州府建德县一带的"九姓渔户"[①]。

清末戴槃《九姓渔船考》(《裁严郡九姓渔课录》所收)中有如下记载:

> 严郡之建德县有所谓九姓渔船者。不知所自始,相传陈友谅明初抗师,其子孙九族贬入舟居,以渔为生,改而业船。九姓则陈、钱、林、李、袁、孙、叶、许、何。原编伏、仁、义、礼、智、信、捕七字号。大小船只二千三十一号,男每丁征银五分,妇每口征银四分一厘,建德县收其赋。道光咸丰年间,尚存船一千数百只。其船有头亭、茭白两种。其家属随船皆习丝弦大小曲,以侑觞荐寝。船有同年嫂、同年妹之称,其实嫂妹皆雇觅桐庐严州人为之,世人误桐严为同年,故有此称。船只名为江山,而实非真江山船也。真江山船甚小,并无女子。或在浅滩拨货,或搭肩挑过客。

[①] 关于九姓渔户,可参傅衣凌《〈王阳明集〉中的江西九姓渔户》(《厦门大学学报》1963 年第 1 期)、经君健《清代社会的贱民等级》一书之《九姓渔户》(浙江人民出版社,1993 年)、曹志耘《浙江的九姓渔民》(《中国文化研究》1997 年秋之卷,总第 17 期)。

又有船名芦鸟,系义乌人所业。形制宽敞,同于茭白,惟无窗棂,殆不欲自同于九姓船也。由钱江而上,至衢州,号为八省通衢,福建之茶纸、江西之磁纸、广东之洋货、宁波之海货,来往必由。富商大贾非头亭、茭白不坐,豪宦亦然。沉溺倾覆,迷而不悟。耗费资财,诚不可以数计。观其妇女,并无珠翠锦绣之饰。花粉所资,半耗于衙前之需索,半耗于舟中縻费。水脚较寻常舟只已加一倍,而登舟后,无计可引绝不与妇女通一语者。杂派各费,又加一倍。其扰害行旅、败坏风俗,未有甚于此者。

清末同治年间任严州府知府的戴槃,对于这些渔户为了代偿男子每人银五分、女子每人银四分一厘、合计每年九十四两五钱五分八厘的渔业课税而公然在船上卖春,使行人深受其害的行为颇为担忧,于是向上级官署进言中止渔业课税。戴槃的建议得到了采纳,渔业课税由是中止(此事件相关文书,集于《裁严郡九姓渔课录》)。然而后来那些卖春行为又死灰复燃。清末光绪年间,清朝宗室宝廷在赴任福建乡试考官途中,因娶渔船(江山船)上的妓女为妾而受到了弹劾,不得不辞官。黄遵宪作了讽刺此事的《九姓渔船曲》(《人境庐诗草》卷四)。此外徐珂的《清稗类抄·娼妓类》"杭州之妓"条亦述及九姓渔船之事,其中记录有清末宣统年间的娼妓费用,可知当时那种色情行为仍然存在。

不只是严州的九姓渔船,以船为卖春场所的例子还有很多。王书奴《中国娼妓史》第 266 页就记录了浮于广州珠江上的花舫。《吴歌甲集》有下列歌谣:

苏州城里佘一只荡湖舟,小小的圈棚水面上浮。单绢托绫绸,茉莉花篮挂舱头。有一位姑娘座拉朗后梢头,白纱衫,圆领头。香珠挂胸头,茉莉花球两边有。手里拿把

> 鸡毛扇，嘴里唱只夜夜游。
>
> 有位大爷们下船来，要叫姑娘敬杯酒。大爷拉开子瓶袋口，小小圆四擢只手，送拉姑娘打一双小镯头。

作者在第一句的"荡湖舟"下，有"'荡湖舟'，即'荡湖船'。荡湖船，游湖之船也。从前必有一种游湖之船由女子把桨者。……此歌写娼妓生活而云'荡湖舟'，则当即今所谓'花船'也"之注。花船为娼妓乘坐的船。

接着看冯梦龙《山歌》卷四《比》后所附歌谣：

> 有舟妇制《劝郎歌》颇佳。因附此。
>
> 劝郎莫爱溪曲曲。一棹沿洄，失却清如玉。奴有秋波湛湛明，觑郎无转瞩。
>
> 劝郎莫爱两重山。帆转山回，霎时云雾间。奴有春山眉黛小，凭郎朝夜看。
>
> 劝郎莫爱杏遮枷。雨余红褪，点点逐春潮。郎试清歌奴小饮，腮边红晕饶。
>
> 劝郎莫爱樯乌啼。乌啼哑哑，何曾心向谁。奴为郎啼郎弗信，验取旧青衣。
>
> 劝郎莫爱维船柳。飐乱飞花，故扑行人首。奴把心情紧紧拴，为郎端的守。
>
> 劝郎莫爱湖心月。短桨轻桡，搅得圆还缺。奴愿团圞到白头，不作些时别。
>
> 劝郎莫爱汀洲雁。一篙打起，嚓呖惊飞散。纵有风波突地邪，奴心终不变。

这是以女性口吻向意中人倾诉自己忠贞不渝的组歌。所谓"舟妇"，从内容来看，很有可能是花船上的娼妓。另外，卷七有一首并非四句的山歌《船艄婆》：

> 船艄里打铺船舱里齐，船艄婆一夜忒顽皮。吃个船舱

里客人听得子,朝晨头侪对子我笑嘻嘻。笑嘻嘻,笑嘻嘻,
亏你昨夜郍忍得到晓鸡啼。小阿奴奴私房本事侪吃你听
会子去,只怕你搭家婆到弗得我介会顽皮。

这首歌很显然是描写船上的娼女。且从娼女和其他客人同乘一船这一点来看,此并非"花船"之类专供客人眠花宿柳的豪华游船。因此这首歌描写的是一般客船上向客人卖身的下等娼妇。冯梦龙的《山歌》中,与船上娼妓有关的歌谣不在少数。

第四节　妓楼之歌

前文论述了从农村流入都市的山歌在都市化的大规模山歌会上被歌唱,并与当时苏州的都市风俗相结合,以"都市山歌"的面貌出现。接下来将考察山歌成为妓楼的游宴歌的情况。

山歌在妓楼被歌唱,已见于前文述及《月子弯弯》歌时所引《西湖游览志余》记载的瞿佑的故事。瞿佑(1341～1427)为明初人,可见在当时山歌就已然在风月场所被传唱了。在嘉兴水边的高楼上,瞿佑听到了故妓唱山歌,这些歌或许是往来于大运河上的船夫们传来的。而《月子弯弯》歌从很早开始就曾为文人听闻和熟知,从某种意义上说具有一定的特殊性。

但是到了冯梦龙出生和青春时代的明代万历年间,情况多少有些变化——这一时期,是都市俗曲的全盛时代。为了考察都市中的山歌,有必要先简单看一下俗曲的状况。

都市的妓楼常有歌声飘荡自然不必多说,一般的都市居民之间也自古就有歌谣传唱,例如柳永作的词就在井水处被歌唱(《避暑录话》卷下)。而到了明末时期,唱歌的范围有所扩大,

新生的曲调也不断增多,总之与之前的情况殊异。关于这一点,沈德符《万历野获编》卷二十五"时尚小曲"条有如下记述:

> 元人小令,行于燕赵。后浸淫日盛。自宣、正至成、弘后,中原又行"锁南枝""傍妆台""山坡羊"之属。李崆峒先生初自庆阳徙居汴梁,闻之以为可继"国风"之后。何大复继至,亦酷爱之。今所传"泥捏人"及"鞋打卦""熬鬏髻"三阕,为三牌名之冠。故不虚也。自兹以后,又有"耍孩儿""驻云飞""醉太平"诸曲,然不如三曲之盛。嘉、隆间,乃兴"闹五更""寄生草""罗江怨""哭皇天""干荷叶""粉红莲""桐城歌""银纽丝"之属。自两淮以至江南,渐与词曲相远,不过写淫媟情态,略具抑扬而已。比年以来,又有"打枣竿""挂枝儿"二曲。其腔调约略相似,则不问南北,不问男女,不问老幼贵贱,人人习之,亦人人喜听之。以至刊布成帙,举世传诵,沁入心腑,其谱不知从何来,真可骇叹。

此处提及的曲子,见于唐圭璋《元人小令格律》(上海古籍出版社,1981年)的曲牌仅"醉太平""寄生草""山坡羊""干荷叶"四种而已,其余大抵是后来新创。沈德符将流行歌谣的变迁大致概括为由北向南;北方流行的歌谣,起初近于"雅"的词曲,传到南方后,渐渐脱离了词曲的外衣,向着描写淫亵情态的方向演进。虽然这里并没有明确指出,但其演进的极致殆非《山歌》莫属。

正如这般,新创的曲子在男女老幼间流行,无异于一波波地震。而这种流行的震源地,是妓楼的歌筵酒席。王骥德《曲律》卷三"杂论上"曰:

> 北人尚余天巧,今所流传"打枣竿"诸小曲,有妙入神品者,南人苦学之,决不能入。盖北之"打枣竿",与吴人之山歌,不必文士,皆北里之侠或闺阃之秀,以无意得之,犹

《诗》郑、卫诸风,修大雅者反不能作也。

范濂《云间据目钞》卷二"记风俗"则曰:

> 歌谣词曲自古有之。惟吾松近年特甚。……里中恶少燕间,必群唱"银绞丝""干荷叶""打枣竿"。竟不知此风从何而起也。

这里叙述了包括山歌在内的俗曲为"里中恶少"在宴席上歌唱的情形。

关于冯梦龙《山歌》卷二所收《采花》,同样是冯梦龙编纂的《挂枝儿》卷四《送别》后评有云:

> 后一篇,名妓冯喜生所传也。喜美容止,善谐谑,与余称好友。将适人之前一夕,招余话别。夜半,余且去,问喜曰:"子尚有不了语否?"喜曰:"儿犹记'打草竿'及吴歌各一,所未语若者独此耳。"因为余歌之。'打草竿'即此。其吴歌云:"隔河看见野花开,寄声情哥郎替我采朵来。姐道我郎呀,你采子花来,小阿奴奴原捉花谢子你,决弗教郎白采来。"呜呼!人面桃花,已成梦境。每阅二词,依稀绕梁声在耳畔也。佳人难再,千古同怜。伤哉!

可见它是冯梦龙亲自从名妓冯喜生那里直接听闻而得。此歌也被收录于清代王端淑编的女诗人诗集《名媛诗纬初编》(北京大学图书馆藏)卷三十九杂集《打草竿》中。王端淑也许是读到了冯梦龙的《挂枝儿》,尔后收录了这首歌。

《海门山歌选》第53页收录了"隔沟看见野花红"歌:

> 隔沟看见野花红,郎要采伊路勿通。等到路通花要谢,路通花谢一场空。

虽然两者的内容不同,但开头部分的语句是相似的,此外它们都把女性比喻为花。刘兆吉《西南采风录》收录了采集于湖南

益阳的歌谣,其第一首为:

> 隔河望见牡丹开,一朵鲜花不过来。只望老天快下雨,风吹牡丹过河来。

该书收录了不少以"隔河望见"开头的歌,这也是民间广为传唱的歌谣中的一类。《吴歌甲集》66(第72页)有:

> 结识私情东海东,路程遥远信难通。刚要路通花要谢,路通花谢一场空。

这些歌的后半部分是相似的。《山歌》《挂枝儿》中收录的"采花"歌等,正是民间的流行歌曲为妓女所歌唱的例证。

冯梦龙《山歌》卷七的《笃痒》:

> 姐儿笃痒无药医,跑到东边跑到西。梅香道姐儿拾了弗烧杓热汤来豁豁,姐道梅香呀,你是晓得个热汤只豁得外头皮。
>
> ※此歌闻之松江傅四,傅亦名姝也。松人谓阴为笃。

据其后评,此显然是一首妓楼传唱的歌。此外《山歌》卷五集中收录的《嫖》《瘦妓》《壮妓》《大脚妓》《拣孤老》等以妓女、妓楼为主题的歌谣,实际上也是妓楼所唱的山歌。它们都是以性为主题的典型的艳笑歌谣。

关于妓楼所唱歌谣的状况,我们可以从冯梦龙在《山歌》之前编的《挂枝儿》十卷窥测出更具体的情形。《挂枝儿》虽与冯梦龙编的赌博指导用书《叶子新斗谱》因扰乱社会风纪而一起受到非难(钮琇《觚賸续编》卷二"英雄举动"),但它在当时仍然十分流行。除了之前所举的《送别》(卷四)外,《挂枝儿》中还收录了其他从妓女处听闻的歌谣:

> 琵琶妇阿圆,能为新声,兼善清讴。余所极赏。闻余

广《挂枝儿》刻,诣余请之,亦出此篇赠余。(卷三《帐》)

此篇闻之旧院董四。(卷八《船》)

以下为卷八的《船》:

> 新打的船儿其实妙。下了篙,搭上了跳,把客招。上船时落在他圈套。舵儿拿得稳,橹儿慢慢摇。叫一声弯腰的,腰弯腰还要往前跑。

这是一首以船夫的动作比喻性行为的相当露骨的歌。妓楼的歌原本就多与性爱有关,因此如此卑猥的山歌在妓楼歌唱,也是极为自然的事情。山歌本来就包含猥杂的内容,这类歌与妓楼场结合在一起后,其猥亵的性质更加明显。

除了以上所举外,《挂枝儿》中还有以下这些咏唱妓楼、妓女的歌:

卷二:《愿嫁》《妓馆》

卷五:《嗔妓》

卷六:《从良》

卷九:《鸨儿》《鸨妓问答》《耆妓》

卷十:《妓客问答》《夜客》《妓》

其中《耆妓》为:

> 小大姐模样儿生得尽妙。也聪明,也伶俐,可恨妆乔,一时喜怒人难料。一时甜如蜜,一时辣似椒。没定准的冤家也,看你耆到何时了。

它与《山歌》中的一些歌咏妓女的歌谣(例如卷五《拣孤老》等)是相似的。而《挂枝儿》卷二欢部《妓馆》为:

> 虽则是路头妻,也是前缘宿世。歇一宵,百夜思,了却相思。要长情,便和你说个山海盟誓。你此后休忘我,我此后也不忘你。再来若晓得你另搭好个新人也,我也另结

识个新人起。

虽然末尾部分表现了女性的强势,但总体上仍是一首向男性献媚的歌。

再看以往的词曲,例如收于明代成化七年(1471)北京刊行的《新编四季五更驻云飞》的一首作品:

> 昨夜黄昏,点上银灯独自寝。暗骂他薄幸,交我成孤零。嗏!一旦冷清清。问东君,不与平安信。欲要相逢,奈不关山近。一夜思量,叫我自伤心。

"暗骂他薄幸"的"骂"等文字,在以往描写女性的作品中确实不多见,刻画出了该女子性格的刚烈,然而最终表现的仍是独守空闺痴痴等待男子音信的被动的女性形象。"驻云飞""挂枝儿"等这些妓楼歌唱的俗曲的中心主题,正是"等待男子的思妇"或"被动的女性"。冯梦龙的《山歌》,尤其是卷六的咏物歌中出现的这类女性形象,即是受了妓楼俗曲的影响。

然而从全体来看,与较文雅的俗曲相较,后来传入妓楼的那些山歌,艳笑歌谣的性质十分强烈,甚至包含了一些有悖道德的内容,山歌七言四句的形式也颇单纯,因此它给明末的苏州人带来了新鲜的刺激。

万历二十一年(1587)左右金山人侯继高所撰的《日本考》中,收集了当时有关日本的信息。其中关于日本诗歌的部分,他将和歌称为"歌谣",当时的小歌、端歌之类称为"山歌",对它们进行了介绍。① 卷五"山歌"的《月夜私情》为:

> 切意:十五夜月明,一更时上云,五更复光华,好送有

---

① 参渡边三男《訳注日本考》(大东出版社,1943年;后又题作《新修訳注日本考》,新典社,1985年)和大友信一《〈日本风土记〉山歌考》(日本文艺研究会《文芸研究》第40集,1961年)。

情人。

同卷《青春叹世》为：

> 切意：十七八时，难算二世；好比枯木残花，霎时又是一世。

虽然这些是日本小歌，但内容与中国的山歌是相似的。侯继高将日本的宴席歌称为"山歌"，这或许也是山歌在侯继高的观念中已然是宴席歌的一个证据。

妓楼里山歌之所以流行，与喜欢听歌的顾客层的变化也不无关联。万历三十八年(1610)刊行的戏曲散齣集《鼎镌精选增补滚调时兴歌令玉谷新簧》卷一中段收录了一组《时兴各处讥妓耍孩儿歌》，它也是妓楼唱的歌。其中有一首为：

> 临清姐儿赛莺莺，十分窈窕十分清。若还见了张君瑞，搂抱深深不做声。好轻轻，喜不胜，手段从来多惯经。①

这组《时兴各处讥妓耍孩儿歌》的内容为描写全国各地妓女的诡计，而竟然落于淫亵的情态，在这一点上与《山歌》颇有渊源。关于戏剧脚本《玉谷新簧》之性格，田仲一成《中国祭祀演剧研究》(东京大学东洋文化研究所，1981年)第二篇第三章第三节"商人、贫下层民系市场地演剧脚本(徽本、弋本、方言本)的形成"指出，这种《西厢记》的版本含有暗示红娘和张生的男女关系的内容，这些《西厢记》是反映"包括妓院在内的猥杂的环境下的市场地戏剧"的淫戏，而它就最合适于有财力而离开远在家乡的妻子的客商和接待他们的牙行的趣味。这样奢淫的妓楼气氛使得《时兴各处讥妓耍孩儿歌》等各种俗曲蔚为兴盛，给那些具有强烈的性意味的山歌开辟了进入妓楼的

---

① 关于这首《耍孩儿》，冈崎由美《各处青楼解语花》(《節令》第7期，1986年)中有介绍。

道路。如此，山歌得到了与现实秩序相隔离的温柔乡——妓楼这一特殊场域，在形形色色的男女关系中，专注于性爱关系，甚至热衷到了病态的地步。上文所引的王世贞《艺苑卮言》，一方面认同吴歌（山歌）本身的价值，但对其进入都市又不无诟病之词。这或许正是由于男女纯情的恋歌向性爱歌谣发生转变之故。

以上所见的山歌进入妓楼的现象，并非歌谣世界所独有，当时的戏剧界亦有类似情形。关于这一点，岩城秀夫《南戏中吴语的功能》(《日本中国学会报》第五集，1953年；后又收入《中国戏曲演剧研究》)以明代的《六十种曲》、清代的《醉怡情》《缀白裘》为主要材料，分析了南戏中所用吴语的样态和功能。据其研究，舞台上用吴语念白的，必定是丑、净、副末这些丑角，"明代万历年间，大家感兴趣的主要是吴地民谣，不过，后来他们的兴趣渐渐转移到纯粹的对话形式，到了清代乾隆年间，已经变为像相声那样的形态"。出场人物（船夫、牧童等）在剧中唱山歌，大约就是始于万历年间。此亦是当时苏州的山歌传入并流行的表现之一。冯梦龙自己所作的戏曲《双雄记》(附有万历三十八年序的吕天成之《曲品》中，可见该作品名，因此它当作成于此之前)第六折《灯前订盟》中，船夫在出场时，唱了如下一首山歌：

> 生长湖船三十年，因为姓胡小名就叫子胡船。今日两位官人城里去，要我胡缠便去缠一缠。（按，"胡缠"指胡搅蛮缠。苏州话中"船"与"缠"同音。）

此外山歌也出现于小说中。冯梦龙编纂的"三言"中，譬如《古今小说》卷十二《众名姬春风吊柳七》写到采莲船上的人们唱"吴歌"，卷二十一《临安里钱婆留发迹》写到钱镠衣锦还乡时在父老面前唱吴歌（前文已有论述）。《警世通言》卷十二中也可见前文论及的《月子弯弯》歌。另外《济颠罗汉净慈寺显圣记》(收于据称是冯梦龙所编的《三教偶拈》)写到破戒僧济颠在酒楼喝酒唱山歌的场面。

附有明末崇祯十三年(1640)序的西湖渔隐主人的《欢喜冤家》第八回《铁念三激怒诛淫妇》中，有"淫妇"香姐与其丈夫的同僚念三欢爱的场景：

> 念三说："你只为痒得紧，故此想弄，何不烧些热汤，泡洗他一泡洗？"香姐笑道："有支吴歌儿单指热汤泡洗此物：'姐儿介星痒来没药医，跑过东来跑过西。要介弗要烧杓热汤来豁豁，热汤只豁得外头皮。'"念三笑了道："我与你猜一杯，不可吃这闷酒。"被香姐赢了一拳道："猜拳也有一个吴歌：'郎和姐来把拳猜，郎问娇娘有几个来。只得郎一个，若还两个你先开。'"念三大喜，把香姐亲个嘴道："骚肉儿，我与你两人如此，也有一支歌儿么？"香姐说："有。'古人说话不中听，哪有一个娇娘生许嫁一个人。若得武则天，世人那敢捉奸情。'"念三听罢道："真骚得有趣。"也等不得到晚，忙忙把他推倒。香姐急忙解开裙带。

此处所引的吴歌，皆可见于冯梦龙的《山歌》：第一首为卷七的《笃痒》，第二首为卷十桐城歌的《猜拳》，第三首是卷一的《捉奸》。《欢喜冤家》的作者显然是读了冯梦龙的《山歌》，而后在小说中引用的。《欢喜冤家》是在《金瓶梅》的强烈影响下写就的小说作品，二十四篇故事皆为不伦、私通的主题。它不仅是我们窥视《山歌》影响的好资料，也反映出这类作品在明末层出不穷的时代样相。

清初小说《绣屏缘》第五回中，也有一首或许是从冯梦龙《山歌》(卷一《失窃》)中引用的"昨夜同郎说话长"的"苏州山歌"。

第五节　文人之戏作

上一节考察了妓楼中俗曲流行以及山歌传入妓楼的情况，而试图从喜欢奢华的客商的动向分析。但是，妓楼客人并非全是商人，士人才是更重要的客人群。不待举出唐代与薛涛、李冶等名妓诗文唱酬的诗人们之韵事，妓楼自古以来就是文学的重要舞台，明代也同样如此。万历四十四年（1616）刊行的《青楼韵语》辑录了历代180位妓女的诗词作品，而其中明代的妓女占到了110余名之多。

从冯梦龙编的散曲集《太霞新奏》，我们可以看到妓楼是冶游之客文学享受的场所，也是他们进行文学创作的重要之地。该书卷七有龙子犹（冯梦龙的笔名）的《怨离词·为侯慧卿》，其所附静啸斋的后评曰：

> 静啸斋评云：子犹自失慧卿，遂绝青楼之好，有《怨离诗》三十首。同社和者甚多，总名曰《郁陶集》。如此曲，直是至情迫出，绝无一相思套语。至今读之，犹可令人下泪。

冯梦龙原本有寻花问柳之好，与名妓侯慧卿关系甚为亲密。有一天突然有人为侯慧卿赎身，冯梦龙痛失情人，于是作了"《怨离诗》三十首"。同社的人又纷纷和韵，最后辑为《郁陶集》。[①]此正是妓楼中文人们文学交游的具体事例。

明代文人结社蔚为风尚，而其地点往往是在妓楼（例如《桃花扇》等）。他们在妓楼以妓女为题材作散曲，《太霞新奏》中收录的作品大半为赠妓女之歌、咏妓女之歌等，总而言之都与妓

---

① 关于冯梦龙与妓女，请参拙作《冯梦龙与妓女》（《广岛大学文学部纪要》第48号，1989年）。此外《散曲丛刊》中收录了吴梅作的《郁陶集》辑佚。

女、妓楼有密切关系。正如田中谦二《元代散曲研究》(《东方学报(京都)》第四十册,1969年)所指出:"散曲最初与词一样,主要是在游兴场所,例如酒宴等场合被实际歌唱的。其中心为教坊,即官营的妓楼。"词和散曲从来就与妓楼密切相关。妓楼歌唱的词和散曲的基本性格,田中氏概括为"侧艳"和"嘲谑"。《全元散曲》中收录了王和卿的《越调小桃红·胖妓》(第44页):

> 夜深交颈效鸳鸯,锦被翻红浪。雨歇云收那情况。难当,一翻翻在人身上。偌长偌大,偌粗偌胖,压扁沈东阳。

这是一首几乎与《山歌》卷五《壮妓》同样的嘲谑妓女之歌。此外,《全元散曲》中如下面这首张可久《越调小桃红·赠琵琶妓王氏》(第792页)之类的赠与妓女之作比比皆是:

> 舞腰回雪脸舒霞,席上人如画。压柳欺梅旧声价。弄琵琶,风流不似明妃嫁。金樽翠斝,玉织罗帕,同醉凤城花。

明代冯惟敏的散曲集《海浮山堂词稿》之"杂曲"中,也收录了诸如《赠妓桂香》等赠与妓女的作品,以及《大鼻妓》《盹妓》《嘲妓葵仙》等很可能作于妓楼的嘲谑妓女之作品。《太霞新奏》中则有如卷三《咏美人红裈》等咏物散曲,虽然辞藻华美,却是以女性的内衣为主题,与《山歌》的基调如出一辙。

《山歌》卷五(后半)、卷六是以男女关系为主题的侧艳世界自然毋庸赘言,此外其描写的立场为嘲谑,这与元明散曲中的相关作品颇为相似,两者犹如孪生姐妹。

不仅不少散曲是文人们在妓楼所写作或歌唱,至明末时代,还出现了拟作"挂枝儿"之类的俗曲、甚至山歌的文人。冯梦龙编的《挂枝儿》中,有八首作品记录了是某某所作或作者姓名:

> 此赵承旨赠管夫人语。（卷二《泥人》）
> 此米农部仲诏作。（卷二《打》）
> 此篇乃董退周所作。（卷三《喷嚏》）
> 白石山主人又番案云。
> 楚人丘田叔亦寄余番案一篇。
> 田叔又自番二篇云。（卷四《送别》）
> 此黄季子方胤作。（卷五《是非》）
> 此金沙李元实作。（卷八《骰子》）
> 余亦有咏蚊六言云。（卷八《蚊子》）

赵承旨即赵孟𫖯，并非冯梦龙的同时代人。① 除了这一首以外，其余皆为冯梦龙自己或其友人所作，他们在妓楼令妓女侍宴，把酒交酹，这些俗曲是他们纵情享乐的见证。

《山歌》中亦有据其注记可明显看出是文人之拟作的歌谣。例如卷一《捉奸》第一首的后评中所收的两首歌：

> 弱者奉乡邻，强者骂乡邻，皆私情姐之为也。因制二歌歌之。
> 一云：姐儿有子私情忒忒能，无茶有水奉乡邻。巡盐个衙门单怕得渠管盐事（"盐事"通"闲事"），授记个梅香赔小心。
> 一云：惯说嘴个婆娘结识子人，防别人开口先去骂乡邻。六月里天光弗怕掀个冻疮痍，行凶取债再是讨银精（"银"通"淫"。讨银精，折磨他人的人）。

这两首都是冯梦龙自己的戏作。前者第三句表面意思是说管理盐政的官吏害怕别人插手盐务，实际上意指"单怕得渠管闲事"，即害怕别人管闲事。这是为了遮掩情事，谦逊态度的场

---

① 赵孟𫖯赠管夫人语云云，见徐一夔《尧山堂外纪》卷七十"赵孟𫖯"。

合。后者与前者恰好相反,为了遮掩情事,反而展开了猛烈的行动。除此以外,还有组诗《捉奸》的第三首:

> 古人说话弗中听,郴了一个娇娘只许嫁一个人。若得武则天娘娘改子个本大明律,世间啰敢捉奸情。
> 　※此余友苏子忠新作。子忠笃士,乃作此异想。文人之心,何所不有。

此亦是文人之戏作。在小说《如意君传》等作品中,武则天常常被明人描写成淫妇。这首歌中说,假如武后修改明朝的法律使一个女子能与多名男性结婚的话,那么世界上就不敢有人再做捉奸这样的事情了。冯梦龙虽然对这首歌赞不绝口,但感觉有点异想天开。"捉奸"这一主题,不少文人皆有戏作。此外,例如卷五《姥童》后评记载:

> 张伯起先生有所欢,既婚而瘦,赠以歌云:"个样新郎忒煞矬,看看面上肉无多。思量家公真难做,弗如依旧做家婆。"俊绝。一时诵之。

卷九所收的长篇山歌《山人》之后评云:

> 此歌为讥诮山人管闲事而作,故末有"放手""饶人"之句。或云张伯起先生作,非也,盖旧有此歌,而伯起复润色之耳。

可见这首山歌虽另有原作,却是由张伯起润色的。讥诮山人这一主题原本就是文人所好。张凤翼(1527～1613),字伯起,苏州长洲县人,曾作《红拂记》《灌园记》等戏曲,是苏州的著名文人。冯梦龙此处仅云张凤翼对原作进行了润色,而沈德符《万历野获编》卷二十三"山人歌"条中记录了张凤翼曾写过讽刺山人王穉登的《山人歌》,可见他确实作有与山人有关的歌谣,虽然我们不知《野获编》中所云《山人歌》是否即《山歌》中的此首作品。

如上所见,《山歌》中有明确注明作者的文人戏作,也包括冯梦龙自身的作品。此外《山歌》卷六咏物歌中所收的大部分作品虽然没有明记作者姓甚名谁,但极有可能是文人宴席上的游戏之作。王世贞《艺苑卮言》卷七记载:

> 正德间有伎女,失其名,于客所分咏,以骰子为题。伎应声曰:"一片寒微骨,翻成面面心。自从遭点污,抛掷到如今。"极清切,感慨可喜。

此诗又见于钱谦益的《列朝诗集》,清代王端淑《名媛诗纬初编》卷二十四艳集上云该妓女名为小兰。此明显是妓楼中"于客所分咏"之作。《挂枝儿》卷八、《山歌》卷六亦有以"骰子"为主题的作品。

前揭田中谦二《元代散曲研究》已指出咏物是散曲的基本特征之一。例如张可久的《双调沉醉东风·气球》(《全元散曲》第932页):

> 元气初包混沌,皮囊自喜囵囵。闲田地着此身,绝世虑萦方寸。圆满也不必烦人,一脚腾空上紫云,强似向红尘乱滚。

同样以球为主题的,还有《挂枝儿》卷八咏部的《戏毬》:

> 戏毬儿,我爱你一团和气。我爱你有分量知高识低,知轻知重如人意。人说你走滚其中都是虚,只这脚尖儿上的风情也,教人爱杀你。

《山歌》卷六亦有一首《毬》:

> 结识私情像气球,一团和气两边丢。姐道郎呀,我只爱你知轻识重随高下,缘何跟人走滚弄虚头。

正如这般,同一个主题自古以来就一直被描写和继承。"双陆""棋"等也是元代散曲中的常见主题。

《山歌》卷六所收者,开头大部分为"结识私情像××"或"姐儿生来像××"。前文已述及,民间歌唱的那些由固定样式开头的山歌,很有可能是产生于山歌比赛中。而卷六此类具有固定样式开头的咏物歌被集中在一起,反过来也表明它们或许是在共同场合中的竞作(在某种意义上,妓楼的竞作也可说是一种歌谣比赛)。

《山歌》卷六的咏物歌,以苏州商品的丰富及物品泛滥之现象为背景,种类极为繁多。它们各自选择吟咏之物,将主题定格为私情或女性,尽显比喻之妙。咏物歌的共同性格,或可概括为将吟咏的一切物品都与性的形象相结合。虽然有些病态,但当时的文人对创作这类歌谣热情很高。尽管自古以来酒宴离不开狂欢作乐,而狂欢作乐必需要春歌,然这种大家有组织地创作、并将作品汇集于一处,或许说是明末人的嗜好更为恰当。

但是,将咏物诗与女性结合起来,是自古就有的现象。例如《玉台新咏》卷五收录的刘宋时期柳恽的《咏席》:

　　照日汀洲际,摇风绿潭侧。虽无独茧轻,幸有青袍色。
　　罗袖少轻尘,象床多丽色。愿君阑夜饮,佳人时宴息。

它一边歌咏"席",同时又希望席上有佳人。这首诗虽然未将女性比喻成"席",但它同样是由物而联想到女性。另外,关于《玉台新咏》所收诗歌题中屡屡可见的"赋得……",斯波六郎《关于"赋得"的意义》(《中国文学报》三,1955年)指出,具有这类标题的诗,是在宴席上抽签分题之作。这与本节所探讨的《山歌》等的情形是一致的。

民国时期陈之锜的《钩心草诗草》,是自作的咏物诗集。其

序文有云:"托闺情咏物,且以枯窘题出之,乃诗人设难之戏作也。"例如这首《市招》:

爱就繁华厌冷清,争从蕊榜噪芳名。淡妆浓抹原无定,只要旁人着眼明。

集子中收录了诸如此类的诗作。这是一首将商店的招牌比作女性的诗。这种将咏物诗与女性相结合的传统,一直在承传着。

同样是冯梦龙编的《挂枝儿》卷八咏部和《山歌》卷六咏物歌相比,有共同主题的作品,有二十一种之多,全部列举如下:

《花》《扇子》《网巾》《消息子》《夜壶》《睡鞋》《香筒》《鼓》《风筝》(《山歌》中为《鹞子》)《撺踢》《戏毯》《火爆》(《山歌》中为《爆杖》)《骰子》《围棋》《双陆》《灯笼》《蜡烛》《厘等》《墨斗》《伞》《船》

除此以外,《挂枝儿》卷八歌咏的"木梳"也见于《山歌》卷八、十,"竹夫人"见于《山歌》卷八,"天平"见于《山歌》卷十。《挂枝儿》卷七歌咏的"月""鼠",卷九歌咏的"山人"等,亦在《山歌》中可见。

此或许是包括冯梦龙在内的文人群体,以某物为主题,某些人作挂枝儿、某些人作山歌,众人竞作之结果。褚人获《坚瓠集》癸集卷三收录了歌咏"烛""抹布""木套""撺踢""纸鸢""伞"等物的《江儿水》《黄莺儿》。这些物品也曾出现于《山歌》中,是相当常见的题材。此或可谓是以不同种类的俗曲歌咏相同题材的例证。

这类竞作的状况,也见于宛瑜子所撰的品第苏州妓女的《吴姬百媚》(万历四十五年序刊本)和为霖子所撰的品第南京妓女的《金陵百媚》(万历四十六年序刊本)。后者还附有冯梦龙的批点。这类书籍将妓女比作科举殿试考生,从状元开始按位次加以品第,并收录了歌咏她们的诗、词、散曲和"挂枝儿"等俗曲,其中也包括吴歌(山歌)。例如,《金陵百媚》中关于状元董年,收录了别人为她作的七言律诗、"清平乐"、"长相思"(此二者为词)、"吴歌"、"挂枝儿"及曲(散曲),虽然每首作品下并未记载作者姓名,但可以推测这是在举行花案(妓女选美比赛)之际的竞作。其中有一首"吴歌"如下:

> 姐儿生来好似一介丹桂花,几介好人折了又与偌人拿。姐道我介郎呀,花盛开时不与那众人采朵子去,那介人能采得几些些。

这是一首以丹桂花比喻妓女董年的咏物歌。因丹桂是许多细小的花集于一处盛开,故有这样的比喻。这些诗词曲或许也是冶游秦淮的客人在妓女(被歌唱的妓女本人)面前的竞作。接下来再看《金陵百媚》卷上"会魁八名　侯嫩　茉莉花"之"时腔·吴歌":

> 姐儿生来骨头轻,飞来上下象子介风筝。郎道姐呀,要上要下也随子渠罢,直怕你断子介线儿侬也随不成。

此可以解读为一个游人(郎)责备委身于他人(渠)的妓女(侯嫩)之歌。此外,《吴姬百媚》卷一"八名会魁　金湘　茉莉花"之"吴歌·时腔"有:

> 姐儿生来好像鹞子能,吹来吹去骨头轻。郎道姐儿呀,只怕一阵雨淋剩得一把骨,我好像鹞子断线放弗成。

最后两句是说妓女(金湘)与其他男子相好,于是自己断了与她交往之念。以上二首皆是将妓女比作风筝的咏物歌。《山歌》卷六有一首《鹞子》:

> 情哥郎瘦骨绫层好像鹞子能,生来薄幅独取尔个点有风情。姐道郎呀,邮你说子风情就要飞得起介去,我有介

> 条软蔴绳缠子了弗放你就番身。

这首歌同样是以风筝作喻,与前面两首不同的是用风筝比喻男子而非女子。再看《吴姬百媚》卷二"三甲七名　蔡乙　梅花"之"吴歌·时腔":

> 姐儿生来娇又娇,雪白个肌肤真个惹人嫖。郎道姐来呀,你个老鸨来后生我几乎错认个,渠个花心好采弗像你要水来浇。

妓女(蔡乙)的确肤白如雪,魅力十足。而妓楼的鸨母看起来也正值芳华,让人心动。这些歌显然歌咏了妓楼之事,展示了吴歌与妓楼,以及作这类歌的文人之间的关系。这位妓女及其鸨母之事,是局外人不懂,但圈中人都懂的事情。《吴姬百媚》卷一"六名会魁　刘寇　玉楼春"之"湖州山歌·时腔":

> 奴上床来郎上子介床,床载子介奴来奴载子个郎。被盖子介郎来郎盖子介我,席衬子介奴来奴衬子个郎。

它与《金陵百媚》卷上"会魁五名　傅五　杜鹃花"之"时腔·吴歌"颇为相似:

> 奴上床来郎上子介床,床载子介奴来奴载子个郎。被盖子介郎来郎盖子介我,席衬子介奴来奴衬子个郎。

冯梦龙《山歌》卷四《被蓆》亦与之类似:

> 红绫子被出松江,细心白蓆在山塘。被盖子郎来郎盖子我,席衬子奴来奴衬子郎。

《金陵百媚》的"吴歌"和冯梦龙《山歌》孰先孰后颇难定论,但《吴姬百媚》《金陵百媚》中也或许有并非新作而是既已传唱的歌谣。

第六节 小 结

以上主要以四句山歌为对象,考察了它们在苏州的歌唱之"场",主要结论可归结如下:

"山歌"本来是乡村祭礼场合所唱的歌谣,在劳动之际它们也被歌唱;而到了冯梦龙生活的明末时代,农村的不少乡民涌入苏州都市,农村山歌也随他们进入都市中,并形成了以山歌形式歌咏都市风俗的另一种山歌;此外,它也成了妓楼的游宴歌,许多文人都有戏作。这就是山歌流变的大致情况。冯梦龙编纂的《山歌》,可以说是捕捉到了处于当时时代最前端的潮流。山歌的歌唱之"场",其构造可以图7直观表示:

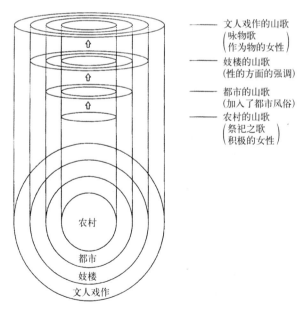

图7 山歌的歌唱之"场"

如图所示，山歌是从下层逐渐流向上层，在每个阶段都被赋予新的要素，深受俗曲影响的卷六所收咏物歌等即是例证。然而另一方面，也有譬如卷二的《采花》那样，既是农村歌谣、同时又在妓女口中歌唱的作品，即下层的歌在上层未加改造，被原封不动地歌唱。如此，本是以农村祭礼之场为背景、对恋爱积极大胆的女性第一人称之歌，也原封不动地收录于冯梦龙的《山歌》。

冯梦龙在《山歌》编纂之际，将歌谣分为"私情""杂歌""咏物"等若干类别。大致而言，卷一至卷四的"私情四句"为农村及都市市井由来的歌，卷五特别是其后半部分为妓楼之歌，卷六"咏物"为文人戏作。这是他编纂《山歌》的一种大概倾向。

第三章

卷七～卷九各卷所收中、长篇山歌

卷一至卷六各卷所收皆为所谓的"四句"山歌,而卷七为题作"私情杂体"的中篇山歌,卷八、卷九分别为题作"私情长歌"和"杂咏长歌"的长篇山歌。

第一节 卷七诸篇

首先从形式层面看卷七诸篇。正如以下所示,卷七所收的山歌,每一首题下均有关于歌谣形式的注记:

《笃痒》——"中带说白一句"

《田鸡》——"急口四句"

《上桥》——"急口八句"

《摆祠堂》——"以下俱八句"

《借个星》

《吃樱桃》

《船艄婆》

《约》——"以下中犯皂罗袍四句"

《咒骂》

《敲门》

《后庭心》

《钉鬼门》

《小囡儿》

《老阿姐》

《操琴》

《绰板》

《象棋》

《黄瓜》

《锯子》

《寂寞》——"中犯皂罗袍五句"

先看开头的《笃痒》:

笃痒(中带说白一句)

姐儿笃痒无药医,跑到东边跑到西。梅香道姐儿拾了弗烧杓热汤来豁豁,姐道梅香呀,你是晓得个热汤只豁得外头皮。

※此歌闻之松江傅四,傅亦名姝也。松人谓阴为笃。

"梅香道"一句是作为"说白"插入的部分。如果撇开这一句,那么它是一首韵脚为"医""西""皮"的四句山歌。这类歌虽然只比四句山歌多了一句说白,但与纯粹的四句山歌相比,更富于变化。婢女的说白部分或许是以其他声调来歌唱,又或许是由另一位歌手来唱,总之歌谣的立体感大大增强了。

"痒",既表示皮肤之痒,也含有性的欲求高涨之意。这首歌是《山歌》中明确记录来历的歌谣之一,是冯梦龙于妓楼采集的作品。可以想象这首歌在妓楼的宴席上歌唱之际,身边有侍女的大家闺秀以第一人称表示性的欲望,如此落差带来大家的笑。在描写大胆表白自己欲望的女性这一点上,它一方面继承了民间山歌的传统,另一方面它是妓楼中妓女在男性客人面前歌唱的,具有商业性质,较之女性的主体性,男性视角下的艳笑性更加明显。

摆祠堂(以下俱八句)

万苦千辛结识子个郎,我郎君命短见阎王。爹娘面前弗敢带重孝,短短头梳袖里藏。袖里藏,袖里藏,再来检妆里面摆祠堂。几遍梳头几遍哭,只见祠堂弗见郎。

根据题下的说明,它并非长篇山歌,而是由八句组成的山歌。从押韵情况看,其韵脚为"郎"、"王"、×、"藏",/"藏"、"堂"、×、"郎",即 AABA/AABA 的形式,通篇用同一种类的韵。在某种意义上,它可以说是两首四句山歌的重叠形式。记有"八句"的以下三首也有同样的形式,跟前半四句中末尾的韵字一样的字被用于后半第一句的韵字,如接龙一样。

这个女子悄悄爱着的男子死了。女性本来应该为男性服丧,但由于他们之间是一种秘密关系,所以她不敢在众目睽睽之下有什么举动。于是她只好把自己的化妆箱当成祠堂里祭祀的恋人牌位,对着它痛哭。梳头也正是模仿结婚的场景。这首歌中描述了多个画面,内容极为丰富,与四句山歌是不同的。它是一首以卷三的"女性之怨"或"男性之不在"为主题的歌。

借个星(个星,吴语,犹云这仲东西也)

郎听姐儿借个星,半个时辰弗做声。白绢汗衫掩子嘴唇迷迷里介笑,线扎羊毛笔定成。必定成,必定成,待奴奴归去禀娘声。娘道因儿呀,看子我老来无人要,你后生家及早做人情。

※好个令堂。○与一卷"二十去子廿一来"只同意。

女子将男子说的"借个星"理解成了他向自己要求发生性关系。不仅女子有如此误解,她的母亲也推波助澜。这首歌的结构为:开头是第三人称视角的对女儿行动的客观描写,接着是女儿的道白(第一人称),最后是母亲的叙述(第一人称)。前文所引《笃痒》亦与之类似,以对话构成的歌谣中,包含不同人的不同意见,结果与全体以一人称唱的歌谣相比,听者在与对象进一步拉开了距离的地方观察情况。与其说它是真挚的恋歌,不如说是一首谐谑的歌谣。"线札羊毛"与"笔定成"既是歇后语，又是双关语。

接下来这首《船艄婆》(本书第二章第三节已引用)是船上的娼妇之歌，其主题与卷五的歌有相同之处。

约（以下中犯皂罗袍四句）

栀子花开心里香，情哥郎约我到秋凉。梧桐叶乱，桂花又香。更更做梦，窨窨思量。姐道郎呀，你有口无心没许子我，教奴奴邮得介慢心肠。

此歌标题下有"中犯皂罗袍四句"的注记，其后还有十三首作品。这首《约》，从"梧桐叶乱"到"窨窨思量"四句为插入的《皂罗袍》，除此部分以外它是一首普通的四句山歌。其韵脚为"香"、"凉"、（×、"香"、×、"量"）×、"肠"，山歌部分与《皂罗袍》部分用了同样的韵。

这首歌咏唱了等候恋人的女子之思念，与"来弗来时回绝子我，省得我南窗夜夜开"这样的卷三的《哭》主题是相同的。然而，这首《约》的《皂罗袍》部分格调文雅，与前后的山歌部分意趣截然不同。或许从音乐上来说，山歌是没有乐器伴奏的徒歌，《皂罗袍》部分则有某些乐器伴奏，如此多样的歌组合在一起，音乐上颇为复杂和有趣。

紧接着《约》的《咒骂》是被男子抛弃的女子之怨歌，《敲门》是对许久不来的男子之怨言，它们都与卷三的"恋人之不在"主题是一致的。再看几首插入《皂罗袍》的歌：《后庭心》二首为鸡奸主题，与卷四《后庭》等相同；《小囡儿》《老阿姐》二首为各种不同的对象的歌，其主题与卷四、卷五集中收录的四句山歌相同。

老 阿 姐

老阿姐儿去寻人，寻来寻去寻着子一个小官人。千方百计骗他动情，脱裙解裤，抱他上身。姐道郎呀，好像冷水里洗疮杀弗得我个痒,月亮里灯笼空挂明。

这首歌以女性立场叙述了自己的性欲及其未满足的状态。但从整体来说,谐谑色彩也十分浓烈,是一首惹人发笑的艳笑性质的歌。接下来的《绰板》《象棋》《黄瓜》《锯子》则不用说很显然是卷六所收咏物歌的延伸:

绰　板

姐儿生来像个绰板能,逢着子我郎君会绰了就紧随身。做腔做调,忒杀好听,要紧要慢,随意称心。姐道郎呀,我取你个多记腰板生成点得好,你只没要打差子个迎头截板教我冷清清。

它的开头句为"像个××",其内容亦与卷六的咏物歌类似。它将女性比作物(这里具体来说是绰板),将男性比作绰板的演奏者。"做腔做调""要紧要慢""随意称心"几句是性行为的暗示。结尾是不要让绰板寂静无声(不要抛弃自己)的向男子之哀求,是以女性为被动一方的描述。

卷七所收作品从形式上看,是在四句山歌中插入若干念白或歌词。虽然它们篇幅略长,与四句山歌相比能表达更复杂的状况,但因为插入的部分比较少,所以基本上和卷一至卷六的四句歌没有多大的差异。从主题来看,它们亦是卷一至卷六所收歌谣之各种主题的再现。

第二节　卷八诸篇

卷八与卷九为长篇山歌。卷八收录了十二首、卷九收录了八首长歌。首先不妨通观其形式。卷八开头第一首作品之题

下有"以下俱兼说白"之注记,其六首作品结构如下:

《丢砖头》 山歌——白——山歌

《田》 山歌——白——山歌

《船》 山歌——白——山歌

《木梳》 山歌——白——山歌

《蒸笼》 山歌——白——山歌

《钻子》 山歌——白——山歌

全体结构,可概括为:

山歌(四句)——白——山歌(二句)

《山歌》中此处被称作"白"的部分,基本上皆与"山歌"部分押同样的韵。即这里所谓的"白",很可能是"韵白",较之完全是散文的散白,是将"念"即歌词的一部分(韵文)以一定的节奏朗诵。因而,尽管表面上看起来是"山歌——白——山歌",实际上可以理解为:全体均为山歌,而在演唱时有"有旋律的歌——念白——有旋律的歌"这样的歌法不同。但是另一方面,从内容来看,"山歌"部分的独立性很强,是揭示全篇趣旨的总论,"白"的部分则是具体的描写。很有可能是由于这个原因,而造成了"山歌"与"白"的分途,各自履行自己的功能。

《求老公》形式为:

山歌——白——山歌——皂罗袍

其结尾用了《皂罗袍》曲。这里"白"的部分亦押韵。下面的这首《竹夫人》篇幅颇长,题下有"兼说白。中犯排歌三句"之注记,其结构为:

山歌——白——排歌——山歌

在这首作品中,开头的山歌为四句,排歌为三句,末尾的山歌为二句。它之所以是长篇山歌,实际上是因为白的部分比较长。从《竹夫人》之后的《汤婆子竹夫人相骂》开始至卷九最后,是依"曲白间用"注记的作品。在此看其到卷九所有歌的形式,《汤婆子竹夫人相骂》题下有"以下俱曲白间用"之注记,开始的汤婆子的骂语,由"山歌——白——黄莺儿——白——歌(山歌)"构成,接下来竹夫人的应答与此相同,也是由"山歌——白——黄莺儿——白——歌"构成。其后四首结构如下:

《笼灯》 山歌——白——打枣歌——白——山歌

《老鼠》 山歌——白——黄莺儿——山歌

《睏弗着》 山歌——白——皂罗袍——白——桂南枝——白——山歌

《歪缠》 山歌——白——打枣歌——山歌——打枣歌——山歌

至此为卷八部分。卷九开篇的《陈妈妈》题下有"以下俱曲白间用"之注记。所收作品结构为:

《陈妈妈》 山歌——白——皂罗袍——山歌

《门神》 山歌——白——玉胞肚——山歌

《鞋子》 山歌——白——驻云飞——白——山歌

《镬子》 山歌——白——黄莺儿——山歌

《烧香娘娘》 山歌——白——猫儿坠——白——桂枝香——白——驻云飞——白——懒画眉——白——皂罗袍——白——香柳娘——白——山歌

《破骔帽歌》 山歌——白——驻云飞——白——山歌

《山人》 山歌——白——驻云飞——白——山歌

《鱼船妇打生人相骂》 山歌——白——山歌

关于卷八、卷九的山歌,将其字数分山歌、白、山歌以外的曲三部分计算的话,可以得到下表(第一行的序号表示各卷收录的山歌顺序)。它们的共通点在于,"白"与"山歌"部分押同样的韵:

表 4　山歌、白、山歌以外的曲的字数

卷八

	一	二	三	四	五	六	七	八	九	十	十一	十二	十三
山歌	64	52	65	49	67	75	60	58	132	51	63	74	76
白	82	84	62	64	124	64	121	350	623	328	298	223	866
山歌以外的曲							17	13	117	51	52	118	130

卷九

	一	二	三	四	五	六	七	八
山歌	38	44	58	62	57	48	31	50
白	478	349	811	516	1 087	1 005	727	741
山歌以外的曲	55	39	64	49	299	54	56	

篇幅最长的卷九的《烧香娘娘》，全篇达 1 443 字。然而即便是这首《烧香娘娘》，纯粹的山歌部分也只不过是 57 字而已。冯梦龙《山歌》中的长篇歌谣之所以长的理由，一是因为插入了山歌以外的俗曲，更大的理由则是所谓"白"的部分非常长。说是长篇山歌，其实并不是山歌的部分变长，被歌唱的山歌部分皆为四句。中长篇歌的形式与其来历紧密相关，此将在下一章详述。

以下看卷八的作品。卷八开头为《丢砖头》：

丢砖头（以下俱兼说白）

丢砖头了搬子场，弗曾听我情哥说一声。我郎间羹汤篮提子个糠虾来里眼泪出，升箩里坐子蚕茧细思量。（白）细思量，细思量，我里个情哥是个铁心肠。我搬来里子一个月日，你也弗直得来看看张张。料道弗离个苏松常镇卢凤淮扬。倷个来个铜关口外，远处他方。你弗见我又结识子别个依先快活，正弗知我歇歇思量。（歌）正是莲蓬梗打人拚子私情断，我是砻糠里劂鱼飘肚肠。

山歌部分，使用了不少如"羹汤篮提子个糠虾来里眼泪出""升箩里坐子蚕茧细思量""莲蓬梗打人拚子私情断""砻糠里劂鱼飘肚肠"等歇后语和双关语。

这首山歌以女性第一人称叙述自己搬家后，对从此杳无音信、从不来看望自己的男子之怨言。开头四句首先揭示了全篇的主题——自己搬家后，恋人一直未来看望，而自己对他日思夜想，望穿秋水。接下来"白"的部分，则详细叙述了女子搬家，两人相距并不远，但男子一直杳无音信，自己望眼欲穿等情况。

在这详细的状况说明中，新加的内容为"时间"。在他们最初相识时，男子对女子百般宠爱；然而女子搬家后，这个男子却从她的视线中消失了；而今女子仍然不能断绝对这个男子的想念。它包含了这样三层时间构造。

接着看《田》：

田

姐儿私房有个丘三角田，自小收拾在身边。忽朝一日无钱用，将田要典我郎钱。（白）郎道姐儿呀，我有个钱，典你个田，要还我四址明白，啰里连牵。姐道郎呀，我有个田，典你个钱，自然还你四址明白，啰里连牵。东址白膀湾，西址大腿边；南址三叉路口，北址肚家门前。又好插个光头糯，又好种个硬梗鲜。（歌）我个郎呀，你要日里拔秧夜里莳，凭你荒年没荒子奴个丘田。

这是一首将女性的私处比作田地的咏物歌。土地契约文书的形式，一般都是确定买卖的对象和土地的边界。例如《东洋文化研究所所藏　中国土地文书目录·解说（下）》（东京大学东洋文化研究所东洋学文献中心丛刊,第48辑)收录的《苏州文书的田土绝卖契》(第42页)中,就有"计开四址,东至毛姓,南至徐姓,西至毕姓,南至港"的内容。这首歌的文句本身就是谐谑地模仿了土地买卖的契约文书。此歌的关键是有趣的比拟,而"没荒子奴个丘田"这一句是讲女子对男性的希望。

接着是《蒸笼》:

蒸　笼

结识私情像蒸笼,要我肉面相逢弗放空。因为你会安排落来你个圈套里,未曾动火气冲冲。(白)气冲冲,气冲冲,思思切切在心中。我为你受子几呵头头脑脑尽阁在肚里,长长短短侪听你包容。我曾经九蒸三熯,弗是一窍弗通。你人门前捉我团团掤掤,我并弗曾恨穷。弄得我肚里有酿,我也只弗走风。那你常时在我面上淘气做身攦分,馒头倒大子蒸笼。思量更介弗好,到弗如傍热拆散子罢,省得后来冷气直冲。(歌)姐道郎呀,我只指望你火气退时侪还听你重相聚,啰得知后来原哄得我精空。

这是一首将女性比作蒸笼里的包子、男性比作做包子的工匠的咏物歌。将和面、包馅、揉圆、发酵等做包子的过程用来比喻男女关系,尤其是性爱关系。内容上,物化的女性、受虐的女性、被抛弃的女性这些方面,与卷六的四句咏物歌是共通的。但是在这首长篇山歌中,最初男子对女子甚为亲昵,虽然女子落入男子之手,但随着时间流逝,男子的态度变得冷淡,最终将女子无情抛弃。如果说四句咏物歌是捕捉物体一瞬间的照片,那么这些长篇山歌就是以时间线来记录物体样相的电影。卷八的《竹夫人》《汤婆子竹夫人相骂》《灯笼》、卷九的《门神》《鞋子》《镬子》等既都是将女性比作物的作品,又都有着相似的故事情节。

求老公（兼说白，结用皂罗袍三句）

来个姐儿上穿青，下穿红，手拿香盒过桥东。路上行人问道，姐儿你在啰里去？我到处烧香求老公。（白）别人家嫁个老公七伶俐、八玲珑，又长又大又充同。偏有小阿奴奴年灾月悔，命犯孤穷，嫁着子介个乌龟亡八，（眉批：亡八，俗云王霸。）生得又麻又瞎又痴又聋。上床好似背板绰，下床好似鸡踏雄。昨夜一更后，二更中，爬来小阿奴奴头边来学雄。髭须搠痛子奴个嘴，鼻涕流来累子奴个胸。惹得小阿奴奴心性发，一脚踢倒在里床东。（歌）只有五更头小阿奴奴熬弗得，捉渠仝装只一摸，好似烟熏萝卜火烧葱。（皂罗袍）这般模样，教我怎容。因此别寻一个好家公。

这是一首表达对丈夫性爱方面不满的女性之歌。同样表达对丈夫不满的，还有卷三的《老公小》。由于对丈夫不满而向神祈祷与其他男子发生关系（或更极端的是希望丈夫死）的，有卷二的《保佑》（夫妇二人一起去求神，妻子却祈祷情人的平安）、卷五的《孝》（穿上丧服觉得自己变美的女子，却在心底里诅咒丈夫）等。主题都是女性的欲望。它们都很好地描写了这些对丈夫的不满心理，是由于与其他女子所嫁对象的比较而引发的。这种描写，只有歌的长度变长了才有可能进行。

汤婆子竹夫人相骂（以下俱曲白间用）

姐儿馒团圞垃像汤婆，人门前稳重又温和，未到黄昏捉我捆了摸，拿我肚皮常滚得我急箍箍。（白）急箍箍，急箍箍，情哥郎派撅忒无徒。当初拿子小阿奴奴好似珍珠玛瑙，活宝珊瑚。道是我热闹闹介有趣，暖烘烘介对科，弗比薰笼介碍事，又强如火炭个脚炉。被里时常相会，席上弗住介揩磨。我指望搭你无个分开日脚，啰得知立子春来看看捉我冷疏。丢我来踏板上理也弗理,睬也弗睬。一夜子搭个家主婆睏在床上,说道会,郎了你弗欢喜子个汤家里个,再说道渠个年纪忒多。汤婆听得,眼泪直铺,官人呀!(黄莺儿)名色号汤婆,戌戌生,年不多,汤家还是我的亲生父。我只为热心肠似火,俏冤家爱我,苦怜我被窝中准夜如捱磨,一脚就碾开奴。到如今经风露水,你心上道如何。(白)说郎弗转,自跌个胸脯,恨我里个爷娘弄得我一点无个还覆,柱子你也来我个面上废子多少工夫。我邮间拨来别人介轻贱,算来长情倒弗如酒注茶壶。(歌)姐道郎呀,寒寒冷冷护你多少脚,邮间倒捉个竹夫人做子小家婆。竹夫人听得子气膨膨,出口就骂老惜春,你是冬来我是夏,缘何牵扰阿娘身。(白)阿娘身,阿娘身,惯要来个人前说别人。几次人前说我撇朴要睏。个是家主公欢喜我个风情,你未到黄昏就叛来个被里,我看你儕上头个点动紧。汤婆子说道,亏你羞也弗识,自道风情,我看你精赤洒洒,无介点趣向,弗如个老太婆包包扎扎有介两件衣身。竹夫人说道,杨梅干吃介两个,忒煞恶心,包包扎扎便是布头布脑,有耍绿袄红裙,吃个张官人噎落你个意利好像汁罐,吃个李大舍说你个气质就似汤瓶。汤婆子啯面一啐,你好像灯台弗照自身,我近看子你活像个炭箕个嘴脸,我还看子你好似蟹籪个粞形,阁子家主公多少个毛腿,听子家主婆几呵个风声。竹夫人便说道,我强如你吞个家主婆个双臭脚,强如你做个家主公帮丁。我生来眼目清爽,肚里一点小心,短弗局促,长弗伶仃,壮弗擂堆,瘦弗薄轻。汤婆子说道,我骨格重你两两,我价色多是你十分。凭你说我悭吝,强如你篾片个妖精,两个相争斗殴,搂子一个黄昏。啰道是个家主婆听得,喝骂高声,一个无介点大小,一个弗让介点卑尊。两个侪跪来搭,直到更尽夜深。汤婆子对子个竹夫人纽嘴纽面,竹夫人就说起前因。(黄莺儿)想起旧恩情,竹夫人浪得名。虽与他同床不得同衾枕,搂抱我在身,心儿里感承。谁知不久成孤另,悔初心,只为趋炎附热,如今落得冷清清。(白)啰道是个家主公听得,竹夫人说得伤心。(歌)家主公喝子竹夫人起来,你下遭再弗许你个样劈竹性,汤婆子,你弗许你热绰绰乱搂要温存。

这首歌的前一首《竹夫人》,是用只在夏日暑热时使用、到了秋天就被晾在一边的竹夫人来比喻女性,表达对主人(男子)的埋怨。这一首则是写夏日的床上用品竹夫人与冬天的床上用品汤婆子互相吵架的咏物歌。其结构类似于戏剧。它的背景是被男子抛弃的哀怨之情,而中心则是两个女子你一言我一语的对骂。长篇山歌中,其他还有卷八的《歪缠》、卷九的《烧香娘娘》《鱼船妇打生人相骂》等,都是威势凛凛的对骂作品。这些威风的女性,换句话说具有强烈自我主张的女性之描写,与咏物歌中所见的单纯物化立场上的女性形象是迥然不同的,在某种意义上与《金瓶梅》中登场的女性等有共通之处。

这首作品体现出的另一描写特征是"罗列",如:

情哥郎派擞忒无徒,当初拿子小阿奴奴好似珍珠玛瑙,活宝珊瑚。道是我热闹闹介有趣,暖烘烘介对科,弗比薰笼介碍事,又强如火炭个脚炉。被里时常相会,席上弗住介揩磨。

为了表现所受主人宠爱,它从多个不同角度和方向进行了描写。这种对事物的罗列性叙述,与古代的赋等文体中的描写方法是类似的。除了时间的要素,罗列的要素也是由篇幅之长来保证的长篇山歌表现手法上的一大特色。

老　鼠

郎儿生来好像老鼠一般般,夜里出去偷情日里闲。未到黄昏出来张了看,但等无人只一钻。(白)只一钻,只一钻,阿奴欢喜小尖酸。来去身松快便,两只眼睛谷碌碌会看会观。听得人声一躲,火光背后就缩做子一团。能会巴檐上屋,又会搛柱爬梁,也弗怕铜墙铁壁,也弗怕户闭门关。也弗怕竹签笆隔,也弗怕直楞窗盘。一夜子钻进子我个屋里,走到子我个房前。扯着子个房帘上金铃索声能介一响,(眉批:帘,音簾。)吓得我冷汗直钻。我里个阿爹慌忙咳嗽,我里个阿娘口里开谈。便话道阿因耍响,我明明里晓得你臭贼,做势瞩着弗敢开言。个个臭贼当时使一个计较,立地就用一个机关。口里谷谷声做介两声婆鸡叫活像,连连声数介两声铜钱。我里阿爹说道老阿妈,你小心些火烛。阿娘说道老老呀,没介傻个报应,明朝早些起来求介一条灵签。我里臭贼听得子一发胆大,连忙对子我被里一钻。就要搭小阿奴奴不三不四不四不三,一张嘴好似石块,一双脚好像冰团。(黄莺儿)两脚像冰团,被窝中快快钻。偷油手段把偷香按,虽然未安,得欢且欢。只愁五个更儿短,嘱付俏心肝。他老人家醒瞓,须是悄悄好遮瞒。(歌)姐道我郎呀,你没要爬爬懒懒介趁意利,惊动我里门角落里瞓猫团。

　　※一云,结识私情像老鼠一般般,未到黄昏各处去钻。倚墙圊壁,转过画栏,穿窗入户,到奴枕旁,奴的东西被你长偷惯。姐道老鼠阿哥呀,今后要来须是轻脚轻手介走,没要吓觉我里瞓猫团。

　　意略同。

这是一首写男子趁女子父母夜里沉睡之时去与她偷偷幽会的歌,与卷六的《鼠》主题是相同的,与卷一所收的写私通的歌也有类似之处。但是,同样是写私通,潜入房间、骗过睡觉的父母等一系列过程,需要一条较长的时间线,这只有在长篇山歌中才能实现。

接下来的《睏弗着》是写恋人迟迟不来,长期寂寞的女人那里她的情人重访,与卷三的《旧人》主题相同。卷八最后的《歪缠》,有个女子对纠缠她不休的男人骂得痛快淋漓,拒绝他的要求,托经过他们旁边的卖鱼的骂他,然后男人也托经过他们旁边的卖纸的骂她。虽然最后是以男子对女子的骂语作结,但作品的主人公是面对男性毫不畏怯的威势女子。

以上通观了卷八的歌谣,内容大致可以归结为幽会、自述哀怨的女性、被物化和抛弃的女性等,从主题来说基本上和卷一至卷六的作品是并行的。但是,在此骂得痛快淋漓、毫不怯弱的女性登场这一点是引人注目的。此外,卷八的长篇山歌在描写事物的时候,有时间的要素、具有故事化倾向,以及通过罗列手法多角度展现事物各个侧面等特点,与瞬间性捕捉事物某个单一侧面的四句山歌是不同的,这也是值得我们注意之处。

第三节　卷九诸篇

卷九题为"杂咏长歌"。它与卷八的"私情长歌"题目有异,那么其差异具体表现在什么地方呢?从形式上看,卷九所收歌谣正如前文所述,与卷八的《汤婆子竹夫人相骂》以下各首作品形式相同。在某种程度上可以说,与卷八所收歌均为表现男女关系相对,卷九所收八首长篇山歌中,前四首为跟前面所看的歌性质一样的咏物歌,最后四首中,《烧香娘娘》《鱼船妇打生人相骂》为女性登场的歌,而《破骔帽歌》《山人》这两首与女性毫无关系。或许正因为如此,标题才冠以"杂"字。

卷九第一首是《陈妈妈》。这是一首通过房事后擦拭阴部的布——陈妈妈回顾自己生涯的形式,来描写风月场中情景的歌。

接下来的《门神》《鞋子》《镜子》三首,均为托物以歌咏女性残酷命运的歌。

门　　神

　　结识私情像门神,恋新弃旧忒忘情。(白)记得去年大年三十夜,捉我千刷万刷,刷得我心悦诚服;千嘱万嘱,嘱得我一板个正经。我虽然图你糊口之计,你也敬得我介如神,我只望替你同家日活,撑立个门庭。有介一起轻薄后生捉我摸手摸脚,我只是声色弗动,并弗容介个闲神野鬼,上你搭个大门。我为你受子许多个烹风露水,带月披星。看破子几呵个檐头贼智,听得子几呵个壁缝里个风声。你当先见我颜色新鲜郍亨介喝彩,装扮得花噪加倍介奉承。郍间帖得筋皮力尽,磨得我头鬐蓬尘,弗上一年个光景。只思量别恋个新人,你看我弗像个士女,我也道是你弗是个善人,就要撵我出去,弗匡你起介一片个毒心,遇着介个残冬腊月,一刻也弗容我留停。你拿个冷水来泼我个身上,我还道是你取笑,拿个笎帚来支我,我也只弗做声。扯破子我个衣裳只是忍耐,撕破子我个面孔方才道是你认真,我吃你刮又刮得介测赖,铲又铲得介尽情。屈来,我吃你介场擦刮了去介,你做人忒弗长情。我有介曲子在里到唱来你听听。(玉胞肚)君心忒忍,恋新人浑忘旧人。想旧人昔日曾新,料新人未必常新。新人有日变初心,追悔当初弃旧人。(歌)姐道我个郎呀,郍间我看你搭大门前个前船就是后船眼,算来只好一年新。

这是一首将女性比作每年过年时张贴的门神、女性第一人称之歌。刚贴上去的时候的确很美,男子对此甚为青睐。而自己也好好服侍男子。然而随着时间流逝,由于风吹雨打门神渐渐变得破败不堪,男子的情意也随之浇薄;而到了岁末,又用新的门神替换旧的贴上。泼冷水、撕破等描写,暗喻了一种性虐待。

紧接着的《鞋子》与之类似,它将女性比作最初很美、甚得主人欢心而决意购买的鞋。她以为自己会成为正妻,不过,其实他还有四双鞋子(已有四个妾)。最初得主人欢心,穿它到处玩山游水,然而破了后,渐渐不被穿,它表示不满时,被卖给鞋店(比喻再婚)。

鞋　　子

……只见明朝叫住子介个镇江皮匠,打子四个凫子两个硬跟。拿我准来渠子,挑子我了行程,一搇搇我在箩头里子,我思量个一出去也无造化做个娘子夫人。跟子皮匠虽是肩挑步担,一夫一妇死也甘心。细皮薄切将就过子日子,只要匾担同心。啰得知个个臭贼囤子里贩卖,原来介出整旧如新。热汤捉我洗洗,也是个道理,冷水没头介一淋,石块能个介鞾头,对子我肚里一塞,硬板刷擦得我性命难存,连锤再锤锤得我介要紧。只苦得三尺藤绳,皮匠听得子我说又道是我怨命,倒转子鞾头一连七八击打得我消魂。(歌)奉劝姐儿没要自道是脚力大,就是拖脚蒲鞋还胜子左嫁人。

※吴语再醮曰左嫁人。左,俗音际。

它与《门神》类似,用修鞋的动作来比喻对女性施加的暴力行为,带有性虐待意味。在此看到《山歌》中一系列咏物歌的极点。从这些作品中,我们可以感受到歌者对受伤害的女性的惋惜与同情。

前文已叙述在四句山歌中,山歌从散曲等里面吸收了"嘲谑"的要素(参第二章第五节所揭田中谦二《元代散曲研究》),

进一步深究这种"谑"的侧面,甚至"虐"的地步就是这些歌。如此极端的虐待狂性质的歌谣多出现在长篇歌。这也是长篇歌的一种特征。

《烧香娘娘》是《山歌》中篇幅最长的歌。苏州的一位夫人因为心有所愿而想到苏州郊外的一处寺院烧香祷告。虽说是拜访寺院,实际上是想观光游山。她刚向丈夫提出要去烧香时,丈夫提起日子也难过而反对。不过,她大骂丈夫,向附近的大妈借了首饰,外出游山:

烧香娘娘

春二三月煖洋洋,姐儿打扮去烧香。(白)乡下人一味老实,城里人十分介轻狂。屋里精无一塌,硬三蛮极要行。便去央求对门知心妈妈,又央求隔壁着意个娘娘。请你来再无别事,有一句知心话替你商量。我从小许子穹崖山香愿,至今还弗曾去了偿。昨夜头偶然得介一梦,三茆菩萨派我灾殃。郎间我要还还个心愿,百无一有难行。头上少介两件首饰,身上要介几件衣裳。家公便道娘呀,目下无柴少米,做生意咦介无赚处个孔方。春季屋钱要紧,米钱又无偺抵当。烧香虽则是个好事,算来要费介二钱个放光。姐儿听得子个句说话,心火爆出子个太阳。天灾神祸骂子几句,乌龟亡八也骂子千万百声。枱儿胱凳只听得霹雳拍拉,碗盏壶瓶流水倾匡。(猫儿坠)天灾神祸,打你大巴掌,谁许你胡言乱主张。我今立意要烧香。无状,再开言,教你满身青胖。(白)姐儿凶似老虎,家公奔似山獐。吓倒子对门个妈妈,踏痛子隔壁个娘娘。两人百般介解劝,听我说个衷肠。玉帝也弗离个金殿,闺女也弗出个绣房。官人也是做人家个说话,并无半句派赖个肚肠。(桂枝香)听奴说诉。非奴之过,只因亡八无知,致使我心中发怒。把从前细数,从前细数。与他多年夫妇,几见他撑持门户。尽亏奴。若不去还香愿,非为女丈夫。(白)姐道娘呀,无奈何,头上嵌珠子天鹅绒云髻要借介一个,芙蓉锦绫子包头借介一方。兰花头玉簪要借一只,丁香环子借介一双。徐管家娘子有一个金镶玉观音押鬓,陈卖肉新妇有两只摘金桃个凤凰。张大姐有个涂金蝴蝶,李三阿妈借子点翠个螳螂。四个铜钱替我买条红头绳扎子个螺蛳,饶星鹿角菜来刷刷个鬓傍。讨一圆香圆肥皂打打身上,拆拽介两根安息香熏熏个衣裳。头上便是介个光景,身上郆亨商量。借介件绵绸衫桃红夹袄来衬里,外头个单衫,弗拘荸桃青或是柳黄。花绸连裙洒线披风各要一件,白地青镶靴头鞋对脚膝裤各要一双。再借一付洗白脚带,一发称副子个衣裳。两人听得吃生能介一笑,弗匡你介忒要风光。(驻云飞)上告娘行,借物虽多尽不妨。感你多情况,教我难推让。嗏,首饰共衣裳,管教停当。事事俱完,免挂心儿上,明日安心去进香。

开头部分说"城里人十分介轻狂",这位住在苏州的夫人虽然没有钱却爱慕虚荣,与丈夫周旋良久终于得以外出游山,描写颇为生动传神。她向附近的女人借了首饰精心打扮了一番,途中吸引了不少男子的目光。她在苏州郊外的名胜地盘桓,最后回到家里。然而就在她打算取下借来的首饰时,它们却被等待在那里的大妈们夺去,最后她又恢复到原来的装扮。结尾对她稍微冷酷。但,这一首很生动地描述了追求虚荣、活泼泼的夫人。她骂得痛快的描写,和卷九《鱼船妇打生人相骂》的渔船妇也一样。此外这首歌的主人公是居住在苏州城内的女性,歌中反映出当时城市居民的生活场景,因此它大概是一首诞生于苏州都市的歌。

《破骔帽歌》和《山人》这两首作品的主题与男女关系毫无关联。此外它们也可见于戏文集《山中一夕话》;《山歌》后评中，亦云《破骔帽歌》收于《游翰琐言》，以及《山人》乃张伯起先生所作。由此可以推想，它们很可能是文人之戏作。

《破骔帽歌》的梗概是：主人折磨破旧的帽子，而最后把它分解成夫人的扎额、牙刷等。故事情节跟《鞋子》《镬子》等一样，不过，在此帽子不一定被比拟为女人，而是对薄情的人世的一般性讽刺。

山　人

说山人，话山人，说着山人笑杀人。（白）身穿着僧弗僧俗弗俗个沿落厂袖，头带子方弗方圆弗圆个进士唐巾。弗肯闭门家里坐，肆多多在土地堂里去安身。土地菩萨看见子，连忙起身便来迎。土地道哑，出来，我只道是同僚下降，元来到是你个些光斯欣。（眉批：光斯欣，市语，犹言光棍。）咦弗知是文职武职，咦弗知是监生举人。咦弗知是粮长斗级，咦弗知是谒书老人。咦弗来里作揖画卯，咦弗来里放告投文。要了闹哄哄介挨肩了擦背，急逗逗介作揖了平身。轿夫个个侪做子朋友，皂隶个个侪扳子至亲。带累我土地也弗得安静，无早无晚介打户敲门。我弗知你为僚个事干，仔细替我说个元因。山人上前齐齐作揖，告诉我里的的亲亲个土地尊神。我哩个些人，道假咦弗假，道真咦弗真，做诗咦弗会嘲风弄月，写字咦弗会带草连真。只因为生意淡薄，无奈何进子法门。做买卖咦吃个本钱缺少，要教书咦吃个学堂难寻。要算命咦弗晓得个五行生克，要行医咦弗明白个六脉浮沉。天生子软冻冻介一个担轻弗得步重弗得个肩膊，又生个有劳劳介一张说人话人自害自身个嘴唇。算尽子个三十六策，只得投靠子个有名目个山人。陪子多少个蹲身小坐，吃子我哩几呵煮酒馄饨。方才通得一个名姓，领我见得个大大人。虽然弗指望扬名四海，且乐得荣耀一身。吓落子几呵亲眷，耸动子多少乡邻。因此上也要参参见佛，弗是我哩无事入公门。土地听得个班说话，就连声骂道个些窎说个猢狲。（眉批：窎，音吊。）你也忒杀胆大，你也忒杀恶心。廉耻咦介扫地，钻刺咦介通神。我见你一蜖进一蜖出，袖子里常有手本。一个上一个落，口里常说个人情。也有时节诈别人酒食，也有时节骗子白金。硬子嘴丫了说道恤孤了仗义，曲子肚肠了说表道兄了舍亲。做子几呵腰头㥳擦，（眉批：㥳，音悉；擦，音煞。）难道只要闹热个门庭。你个样瞒心昧己，郴瞒得灶界六神。若还弗信，待我唱只驻云飞来你听听。（驻云飞）笑杀山人，终日忙忙着处跟。头戴无些正，全靠虚帮衬。嗏，口里滴溜清，心肠墨锭。八句歪诗，尝搭公文进。今日胥门接某大人，明日阊门送某大人。（白）山人听子，冷汗淋身。便道土地，忒杀显灵，大家向前讨介一卦，看道阿能勾到底太平。先前得子一个圣筊，以后再打子两个翻身。土地说道在前还有青龙上卦，去后只怕白虎缠身。你也弗消求神请佛，你也弗消得去告斗详星。也弗消得念三官宝诰，也弗消得念救苦真经。（歌）我只劝你得放手时须放手，得饶人处且饶人。

※此歌为讥诮山人管闲事而作，故末有"放手""饶人"之句。或云张伯起先生作，非也。盖旧有此歌，而伯起复润色之耳。

明末时代，如这首歌里出现的下层读书人——"山人"颇为活跃。这首《山人》细致描绘了他们的生活状态。土地公祠来了一个打扮得莫名其妙的人。刚开始土地神以为有要人来访而出去迎接，得知是山人后，就历数其恶状，以漫骂相向。于是山人辩白说自己也是出于无奈才做这种职业，请求土地神宽恕。作者在这里对山人持批判和嘲笑的态度自不必说，不管怎样被叱责、被骂、被欺侮而要活下去的山人的主张有逼真的现实感。

以上分析了卷九收录的作品。它们基本是关于女性或男女之性的从各个方向进行的观察与描写。其中既有生机勃勃的女性，也有为残酷的命运悲泣的女性。它们都可以说是对女性抱着深切关怀和细致了解的作品。这种倾向，同样也反映在描写山人等的作品中。

第四节 小　　结

　　以上分别探讨了冯梦龙《山歌》卷七至卷九的中篇、长篇山歌。在此对其主题及表现上的特色作简要总结。

　　首先就主题而言，基本上从卷一至卷六的四句山歌的主题（女性的思念、哀怨、性欲、幽会、物化的女性等）在这些中、长篇山歌中都能找到。中、长篇山歌主题虽然不外乎四句山歌中的那些，但却有只能在中、长篇山歌里看到的歌（即下面的"其一"），或在四句山歌中看到，但其性质被强化到了极点（即下面的"另一"）。其一是《汤婆子竹夫人相骂》《歪缠》《烧香娘娘》《鱼船妇打生人相骂》等中所见的极具威势的女性。从上一段落至下一段落，通篇滔滔不绝的叙述，正是在长篇山歌中才能得以实现。另一则是《灯笼》《门神》《鞋子》《镬子》等既是咏物歌、又超越了玩笑与戏谑范畴的作品，它们将女性比作物的同时，又发展至表现对她们的极端的性虐待。这类作品中，女子的命运大致为刚开始为男子所宠爱，随后逐渐被男子厌恶，最终被无情抛弃。只有在长篇山歌中，才有可能表现这种与时间推移相伴随的状况变化。

　　关于中、长篇山歌的表现特征，从形式上来说，它们之所以篇幅长是因为附带了"皂罗袍"等俗曲，即主要是因为具有很长很长的"白"(韵白)的部分。如此诸多要素组合在一起,与仅有山歌的篇目相比,就能够实现它们多样化、立体化的表现。

由于作品的篇幅变长,中、长篇山歌增加了四句山歌所没有的新的表现要素:一是"时间",二是"罗列"。那些描写女性原本受到男子百般宠爱、之后逐渐被虐待和抛弃的咏物歌之类,正是因为具备时间的要素才可能形成这样的作品。此外,除了"时间"要素,还有一种情形是从多个侧面或者列举多个种类的罗列手法,亦是保证作品长度的必要手段。

长篇山歌与四句山歌相比较,更大的差异在于,长篇山歌更加客观。换言之,从中能看到对女性冷静、甚至有时酷薄的态度。四句山歌中的咏物歌,比起前半的抒情歌,更为客观地观察女性的性格。而长篇山歌不仅具有"咏物"主题,也具有以长篇的形式,对某一对象更冷静地长时间细细观察,从多个侧面去审视的倾向。在长篇山歌的卷末,也收录了《破骔帽歌》《山人》等描写女性以外对象的作品,在这类作品中,亦不难发现此冷峻观察眼之存在。

第四章

中、长篇山歌之来历

第一节 山歌与摊簧

冯梦龙《山歌》卷七、八、九所收的中、长篇山歌,尤其是具有"山歌+白(有韵)+山歌"或"山歌+白(有韵)+俗曲(皂罗袍等)+山歌"之结构的长篇山歌,其来历为何?

关于这一点,顾颉刚认为它们或许来源于"摊簧",特佩尔曼(Töpelmann)则认为它们"类似于散曲"(特佩尔曼著作第36页)。正如后文所述,清乾隆年间编成的《霓裳续谱》中收录了以若干首俗曲组合的歌谣。这些歌谣与《山歌》的中、长篇歌的结构最接近,可是它们并不是"山歌+白"或"山歌+俗曲"的组合。此外还有题为"山歌"的以长篇故事为内容的歌谣,但大体上全部都是七言齐言体,与冯梦龙《山歌》中的长篇歌谣构造上有差异。就目前的材料来看,在冯梦龙《山歌》以外,尚不能找到与之拥有相同构造的长篇山歌。

顾颉刚早在1935年的《山歌序》中就指出:

> 第八、九两卷则为长歌而且是乐歌。卷八《丢砖头》一首标题下注:"以下俱兼说白。"又《汤婆子竹夫人相骂》下面更注明:"以下俱曲白间用。"故无疑的,这些长歌全是合乐曲而唱的乐歌。我颇疑它与"摊簧"相似,不应叫做"山歌"。

这里他指出了山歌与"摊簧"这种说唱艺术文本的关系。摊簧是清末的一段时期流行于江南各地的说唱艺术(民间小戏),例如在上海等地,最后发展为真正具有戏剧形态的沪剧。本节将探讨较冯梦龙《山歌》时代较晚的、以上海为中心的摊簧之发展过程及其文本之性格,以更广阔的视角来观察长篇山歌,并对冯梦龙《山歌》中的中、长篇山歌的性格及其地位作初步分析。

虽然顾颉刚将"山歌"与"摊簧"视为两种不同的文艺,但实际上在无锡地区流传着这样的歌谣:

  民谣民歌是老祖宗,民调民曲是亲弟兄。亲弟兄家飞出金凤凰,金凤凰就是老摊簧。

正如其所言,摊簧与山歌(民谣民歌)之间原本就有不可分割的关联。据《中国大百科全书·戏曲、曲艺》"摊簧"条,摊簧分为从昆曲演变出的"前摊"和从民间小曲演变出的"后摊"两个种类,本节将专门探讨后者的相关问题。

余治《得一录》卷五《翼化堂禁止花鼓串客戏议》云:

  近日民间恶俗,其最足以导淫伤化者,莫如花鼓淫戏。(吴俗名摊簧,楚中名对对戏,宁波名串客班,江西名三脚班。)所演者,类皆钻穴逾墙之事,言词粗秽,煽动尤多。

"摊簧"这种艺术在苏州地区更广泛的叫法是"花鼓"。其内容多为"钻穴逾墙之事",即偷偷地钻洞翻墙与情人私通的"淫戏"。顾颉刚为苏州人。

关于花鼓,青浦人诸联所编的附有嘉庆十六年(1811)陈琮之序的《明斋小识》卷九"花鼓戏"一条中,记录了其成立期的一个场景:

  花鼓戏传未卅年,而变者屡矣。始以男,继以女。始以日,继以夜。始于乡野,继于镇市。始盛于村俗农甿,继沿于纨袴子弟。胡琴弦子,俨号官商;淫妇奸夫,居然脚色。戏场中演出怪怪奇奇之阵。而海滨逐臭之夫,或集诗歌相赠,假日多情,斯文扫地矣。

假如从该序的嘉庆十六年开始算起,往前推三十年,即乾隆四十六年(1781)左右,这种所谓的花鼓戏在青浦一带出现。这条资料值得注意的是,花鼓首先是在农村举行,后来又扩展到市镇。这说明它从农村娱乐的阶段,随着专业艺人的出现而进入作为种种伎艺之市场而人口密集的市镇。其演出的内容,同样是淫妇奸夫一类的私情故事,由此可见它与山歌的关联。关于这一时期的花鼓,杨光辅《淞南乐府》之《淞南好,官禁役生财》一首中有"村优花鼓妇淫媒,革俗待谁来"一句,其注云:

> 男敲锣,妇打两头鼓,和以胡琴、笛、板,所唱皆淫秽之词,宾白亦用土语,村愚悉能通晓,曰花鼓戏。演必以夜,邻村男女键户往观。

他详细记述了花鼓上演的方式。持铜锣和大鼓的男女两人组对(以笛、胡琴、拍板伴奏)这种表演形式,是由山歌的对唱发展而来,内容也就自然倾向于"淫秽之词"。正因为"宾白亦用土语",即用当地方言演唱,所以出现了"村愚悉能通晓"的盛况。在这个阶段它又被称作"对子戏"。

关于花鼓,光绪《南汇县志》卷二十《风俗志》有如下记载:

> 乡鄙有演唱淫词者。或杂以妇人,曰花鼓戏。或在茶肆,或在野间开场聚众,最足伤风败俗。近因官司严禁暂息。

光绪《川沙厅志》卷一《疆域·风俗》亦载:

> 各团路秋成时,间有外来男女演唱淫词,曰花鼓戏。每十日为一排,赌藏开场。及官司访究,又逸往别路口矣。此最足伤风败俗。

另光绪三十四年秦荣光《上海县竹枝词》之《风俗》(嘉道时)曰:

> 花鼓淫词盅少孀,村台淫戏诱乡郎。安排种种迷魂阵,坏尽人心决大防。

> 最坏者,花鼓淫戏。村台淫戏,引诱子弟,游荡废业。

民国八年倪绳中的《南汇县竹枝词》之《风俗》写道:

> 淫祠演唱俚鄙多,茶肆柴场闹海滨。影戏更连花鼓戏,伤风败俗害乡邻。
>
> 乡鄙有演唱淫词者,或杂以妇人,曰花鼓戏。又有影戏,起于浙之海盐。近复沿及浦东,伤坏风俗,莫此为甚。

这种花鼓摊簧在苏州也有举行。位于苏州城中心的玄妙观里所立的石碑(《江苏布政司禁止玄妙观内各茶坊演唱摊簧碑》),记述了同治六年(1867),花鼓摊簧被布政使禁止之事:

> 花鼓摊簧,多系男女亵狎情事。忘廉丧耻,长恶导淫,尤为风俗人心大害。节经示谕严禁不许演唱在案,乃访得玄妙观内各茶坊,仍多杂唱摊簧淫曲,男女环听,哄动多人。
>
> (江苏省博物馆编《江苏省明清以来碑刻资料选集》,生活·读书·新知三联书店,1959年,第275页)

关于花鼓的内容,所有资料的记录中均指出多为淫荡猥亵,而可视为其唱本者,见于清末的禁书目录。同治七年(1868)江苏巡抚丁日昌的禁书目《小本淫词唱片目》(王利器《元明清三代禁毁小说戏曲史料》增订本,上海古籍出版社,1981年版引用)中可见如下条目:

> 如何山歌 采茶山歌 薛六郎偷阿姨山歌 杨邱大山歌 赵圣关山歌 小红郎山歌 来福唱山歌 沈七哥山歌 小翟冈山歌 手巾山歌 断私情 结私情

另余治《得一录》卷五《收毁淫书,劝收毁小本淫词唱片目》之《各种小本淫亵摊头唱片名目单》(田仲一成编《清代地方剧资料集》二《华中·华南篇》,东洋学文献中心丛刊第三辑,1968

年版引用)有：

  荡河船山歌　来富唱山歌　赵圣关山歌全传

由此可以看出当时已经出版了记录歌词的书籍——所谓的"唱本"。① 余治《得一录》卷五《收毁淫书局章程·劝收毁小本淫词唱片启》(田仲一成编《清代地方剧资料集》二《华中·华南篇》，东洋学文献中心丛刊第三辑，1968年版引)：

  近时又有一种山歌小调，摊簧时调，多系男女苟合之事，有识者不值一笑，而辗转刊板，各处风行，价值无多，货卖最易，几于家有是书，少年子弟，略识数字，即能唱说，乡间男女杂处，狂荡之徒，即藉此为勾引之具，甚至闺门秀媛，亦乐闻之，廉耻尽丧。

由此可见唱本广泛流行的情况。此处提及的《赵圣关山歌》，收藏于东京大学东洋文化研究所双红堂文库(民国二十七年，上海沈鹤记书店排印本)。例如"眉眼流清"一段，为楼上的林家小姐对因行商而乘船而过的主人公——赵圣关这个十八岁的青年男子一见钟情的场面：

  姣娘楼上绣鸳鸯，鸳鸯对对绣成双。看见船中俏后生，看见船中俏后生，姣娘肚里便思量。鸳鸯对对绣成双，潘安宋玉再还阳。看见青春少年郎，小娘肚里好凄惶。好似仙子无二样，不知何年何月遇文王。青春年少俊后生，小娘肚里便思量。好似太公钓鱼渭水上，专等张生跳粉墙。

从形式来看，它多以七言句式铺排，以讲故事的形式进行叙述，

---

① 这类唱本均为数页的小册子，而据刘兆吉《西南采风录》(商务印书馆，1946年)，当时在湖南省常德，通过印刷或者抄写在世上流传的歌谣唱本，每年达三万册之多。

确实为长篇山歌。从表现手法看,这个女子在楼上绣鸳鸯时偶然瞥见乘船的年轻男子的场面,与《山歌》卷一的《看》颇为相似。另外,附有乾隆六十年(1795)序的《霓裳续谱》卷八《南词弹黄调》收录了《昨宵同梦到天台》,同样也基本是七言齐言体:

  (南词弹黄调)昨宵同梦到天台,今晚冤家还未来。风弄竹声归晓院,月移花影上瑶阶。莲步稳,立妆台,迢迢长夜实难挨。壶中漏滴更将尽,案上灯残门半开。郎嘎,你莫非别恋着闲花草,莫不是先生严禁在书斋。早难道被人识破了机关事,因此上阻住蓝桥未得来。教奴这一猜,那一猜,多因是你薄幸不成才。明宵若得重相会,我要问问你,会少离多该不该。休要在我的跟前再卖乖。(清江引)一夜无眠,多情不在,寂寞好难挨。今晚等他来,同解香罗带,今宵勾却昨宵的债。

从形式来讲,它与冯梦龙《山歌》中的长篇歌未必相同,但如果仅就内容和文字运用而言,不愧题为山歌,可以确认花鼓摊簧确实为山歌之承续。

第二节 山 歌 之 歌 手

  长篇山歌或从农村歌谣发展而来的摊簧,由什么样的人歌唱呢?如果是四句以及篇幅并不长的中篇山歌,可能谁都会唱。但是,具有某种程度的故事情节的长歌之歌唱,就需要具有高超技术的那些人。

  前文已列举了农村中山歌歌唱的场域之一——农业劳动,这种进行插秧等集体劳动时,所雇领唱者有半职业的歌手。前文所见的当时的青浦县,据当地人说,他们不仅在劳动时唱歌,也在夏日夜晚齐聚在桥边唱歌,所唱者有《私情山歌》《嫂捉奸》《切不断》等长篇山歌(《嫂捉奸》又名《严家私情》,《民间文艺集刊》第三集收录了这首传唱于当时的奉贤县的歌)。《切不断》正如其标题所示,篇幅相当长,须连着唱七夜,像章回小说那样,唱到精彩处停下,请听众明日继续来听。唱这类长篇山歌的,多为领唱集体性山歌的领歌先生。一般而言,领歌先生虽然自己也一边劳动一边唱歌,但一旦拥有了一定的能力,就不再从事农业劳动,而变为专职歌唱的半专业歌手。这些半专业歌手将身边的故事加以歌唱,吸引大家来听,他们在娱乐匮乏的农村社会应当是一种重要的存在。

即便是农村的歌谣,也并非每个人都拥有同样的歌唱水平,而是以那些某种程度上的专业歌手或名人为中心。

江苏省南通传唱的长篇叙事山歌《红娘子》,则由名叫缪二银的民间艺人在公交车站台唱这首歌的时候,被民歌收集者贾佩峰发现。这位缪二银,或即所谓"半农半艺"的歌手之一。①

笔者1995年4月3日在上海市松江县张泽镇进行调查之际,听了张金松老人唱的山歌。上海松江县民间文学艺术集成编辑室编《松江县民歌集成》(上海松江县民间文学艺术集成编辑委员会,1993年)中有张金松老人的传记如下:

> 张金松生于一九一八年,家有一间破房,租种六亩破田,一家人难以度日。父亲靠打佃发卖艺赚点小钱,母亲靠帮佣补贴家用,他不满十岁,就给人家放牛割草。尽管

---

① 贾佩峰《〈红娘子〉的挖掘和记录》(《红娘子》,中国民间文艺出版社,1987年版所收)。另请参拙作《关于中国民间的说话文本〈红娘子〉》(《伝承文学研究》第37号,1989年)。

人人劳作,仍落个吃不饱穿不暖的困境,张金松的父亲决定让十二岁的儿子学些手艺。

如此努力的结果,是张金松成了一名身怀多种伎艺的艺人。虽然他也从事农业劳动,但不可否认他和普通农民多少有些差异。"打佃发"为一种门口卖艺(沿门唱书),"敬大人"等为祝贺名门大户繁荣的内容。近年采集的各地山歌中,例如《海门山歌选》(中国民间文艺出版社,1989年)开头的歌中有这样一句:

我唱山歌千千万来万万千。

这句歌的含义是自己能唱为数众多的山歌而感到骄傲。这些歌可以理解为由这种特别的专家唱的歌。山歌经由这些人而得以传承下来,也正是自然而然的事。

张金松老人唱的《栀子花开六瓣头》歌词中有如下一段:

栀子花开六瓣头,姐在园里采石榴,郎在外面丢砖头。(女)郎呀郎,要吃石榴采个去,想我私情磕个头。不识头啊不识头,哪有男子磕女子头。(男)姐啊,四方棺材买一个,四方棺材里有个七寸头。摆里借你梳妆台,早搬饭,夜搬酒,你哭我三声亲阿哥。(女)我不识头啊不识头,我手里捏把切菜刀,劈脱你个七寸头。劈脱你个七寸头,马桶里面丢一丢。(男)马桶里镜子多好看,大小姐蹲马桶,撩开裤子雪白屁股脱开来,尿拉下来七寸头好像游码头。

这首通篇由张老一人唱完的山歌,实际上形式为男女对唱,由双方轮流唱四句。在这首男女对唱歌中,正如冯梦龙《山歌》那样,出现了性格强势的女性形象,内容上亦有猥亵之处。这类山歌,多由张金松老人这样的经过特别训练的专门歌手而非一般民众、一般农民而流传下来。

第三节　农村山歌向都市的发展

花鼓等曲艺（民间小戏），在农村由"半农半艺"的人歌唱，最后又由他们带入了都市。花鼓在清末时代十分兴盛，进入了大都市上海，获得了极好的发展，后来演变为沪剧等。

在它传入上海之初，有在街上演出（跑筒子），有找个空地演出（敲白地），后来也渐渐流行于茶馆酒楼。光绪十年（1884）刊《上海繁华小史》收录了题为《花鼓戏》的诗：

> 畅月楼中集女仙，娇音唱出小珠天。听来最是销魂处，笑唤冤家合枕眠。

据此可知在光绪十年时，花鼓已经在上海出现，并在名为畅月楼的酒楼上传唱。它变成了一种宴席歌。这则资料将之称作"花鼓戏"，而《上海研究资料》（上海通社，1936年）所收《申曲研究》记载：

> 花鼓戏素来公认是海淫的东西。表演时的情景、唱词、宾白，有不少挑拨色情的地方。演唱者大抵因花鼓戏这名称不名誉，所以屡次改换名称。

之所以把它改称"摊簧"，是因为原来的名称"不名誉"。附有同治九年（1870）序的毛祥麟《墨余录》卷三"风月谈资"云：

> 有花鼓婆者，日唱淫词，因以招客。

可见花鼓婆为一种卖春妇女。前引诗歌，亦未尝不可将之理解为不仅其内容淫猥，且实际上女艺人也做此淫猥之事。

它进入了大都市上海,在那里获得了新的听众,在这种情况下,"花鼓"之名就有点不好听。但是,它进入上海之初,尽管称呼名称变了,上演形式却和花鼓一样,为弹唱的对子歌。关于这个阶段的摊簧之记录,见于井上红梅《支那的寄席》(《改造》大正十五年夏季增刊):

> 滩黄是上海附近的乡村歌曲,五六个人一座,以二胡、琵琶、笛子、尺板、梆子等伴奏,歌唱的间隙杂入男女老少的说白、姿态、动作,类似日本的法界屋(一种说唱艺术——笔者注)。歌词极其猥亵,题材多是私通奸通。完全采用上海的土语。

这种农村的弹唱艺术,在大都市上海渐渐变得文雅起来。在都市艺术,尤其是苏州弹词的强烈影响下,逐渐故事化,向着"同场戏"的方向发展。同场戏是负责歌唱和念白的演员与伴奏者完全分化、演员扮装成登场人物、表演各种动作阶段的艺术(戏剧)。如此,它作为戏剧之成立是申曲,即现在的沪剧。沪剧中现在仍有《卖红菱》等留有男女二人对歌时代痕迹的剧目。以下为《沪剧小戏考》(上海文艺出版社,1984年)所收的《卖红菱》之一节(《诉情》):

> (英唱)六月荷花结莲心,里厢走出范凤英。今日是丈夫出门迎宾客,大娘回转娘家门。公婆双双走亲眷,留我看守在家蹲。想当初,我在浦东娘家地,有一个知心哥哥薛金春。金春哥虽则家寒苦,我与他苦果苦叶一条根。讲过讨妻讨我范凤英,凤英只嫁薛金春。

它与前文所举的《赵圣关山歌》一样,也是一首七言的长篇山歌。

以上考察了花鼓摊簧从农村到都市、从山歌经由花鼓摊簧而演变为沪剧的发展历程。

本节以上海的摊簧、沪剧为一个范例，探讨了其发展的状况。而实际上从清末到民国初年的一段时期，和沪剧情况类似，农村的艺术传到都市后发展为戏剧的例子比比皆是。且这一现象并非仅局限于江南地区，几乎全国各地都能看到。

例如越剧原本是咸丰初年（19世纪50年代），绍兴嵊县的金其炳由宣卷、山歌、小调等作成四工合调，在田地、广场等歌唱当地的新闻；后来从农村走出，经过"沿门唱书"即门口卖唱的阶段，然后经过在小城市相当于摊簧的小歌班（的笃戏）阶段，最终以绍兴文戏的面貌在上海登场，是在1921年。它进入上海后，因为是掌控上海经济命脉的浙江人的地方戏，所以受到他们的大力支持，终于发展为今日这般繁盛的样貌。① 下面所举例子，即这种门口卖唱阶段的歌谣：

> 一本万利开典当，二龙抢珠珠宝庄。山珍海味南货店，四季发财水果行。五颜六色绸缎店，六六顺风开米行（浙江有六月六日祭祀谷神的"六六福"习俗）。七宝高挂古董店，八仙楼上是茶坊。九曲桥畔卖江西碗，十字街心开洋行。

它通篇内容为歌颂大街上的各种商店，与其门口卖唱的性质可以说是符合的（该歌词抄录于嵊县的越剧博物馆）。它的形式，显然是山歌中常见的数数歌，由七言句构成。

除此以外，黄梅戏由江西、安徽、湖北的采茶调这种民谣及与之相伴的舞蹈发展而成。主要流行于北方天津等地的评剧，也是由一组男女对歌演唱的对口莲花落演变而来。以河北保定为中心的老调，以东北沈阳为中心的二人转，陕西、山西的秧歌剧（延安时代用于共产党的宣传工作）以及现在台湾流行的

---

① 参嵊县文化局越剧发展史编写组《早期越剧发展史》（浙江人民出版社，1983年）。

歌仔戏等，皆为20世纪初的一段时期从山歌发展成的初步剧种——所谓的民间小戏。此类例子不胜枚举（请参《中国大百科事典·戏曲曲艺卷》之《中国戏曲剧种表》）。① 还有研究者认为湖北的楚剧、天沔花鼓的雅腔，源自锣腔（田间除草时敲的铜锣）。②

  20世纪初之所以会在全国范围内兴起如此众多的民间小戏，其缘由可归结到农村经济的破产和大都市的繁荣这两点上。鸦片战争后，在列强的武力下中国沦为半殖民地社会，加上太平天国的混乱等，尤其使得农村陷入了荒废的危机。人们食不果腹，在农村难以维持生计。于是他们迫不得已凭着自己的伎艺，流落到都市谋生。如果是在世道和平、农业生产安定的时期，不会有人敢进入经济收入不稳定的艺人圈。从不做艺人而能够生活的时代，到除了卖艺再无其他立身之道的时代，反映出社会形势的变化。从艺人们的自传来看，被贫穷的父母卖身学艺者并不在少数。

  然而，尽管那些人在农村食不果腹，如果没有市场，也不会一窝蜂地盲目向艺人的道路上挤。在广大的地域范围内，有如此多的人热衷于跻身艺人行列，可见这一职业多少有些前景。其依靠是作为卖艺市场的大都市之存在。就像沪剧、越剧、黄梅戏皆以上海为根据地，评剧起于天津，二人转繁荣于沈阳一样，这一时期的民间小戏之发展，都以繁荣的大都市为背景。

---

  ① 参洪非《黄梅戏探源》（史纪南、朱玉芬主编《黄梅戏艺林》，中国广播电视出版社，1985年），胡沙《评剧简史》（中国戏剧出版社，1982年），李忠奇等《老调简史》（中国戏剧出版社，1985年），马力《二人转舞踏》（人民音乐出版社，1985年），李景汉、张世文《定县秧歌选》（定县中华平民教育促进会，1933年）。关于歌仔戏，参《民俗曲艺》第42期（1986年）的歌仔戏专题研究中所收林茂贤《歌仔戏概说》等。曾永义《中国地方小戏形成与发展的径路》（《民俗曲艺》第46期，1987年）中，将此类小戏的源流分为：一、以歌舞为基础者，二、以曲艺（艺能）为基础者，三、以杂技为基础者，四、以宗教仪式为基础者。

  ② 参张九、石生潮《湘剧高腔音乐研究》（人民音乐出版社，1981年）。

这些进入都市的艺术,最初敏锐地感知到都市的审美趣味,接着蓬勃发展,代代相传,一直延续到现在。

农村艺术向都市发展的直接推动者,是像前文提及的张金松老人等那些农村中具有歌唱长篇山歌能力的半农半艺的艺人们。

具有农村艺术起源的歌谣、曲艺向都市的发展,形成显著潮流的时代,并非仅有清末,而是有宋元、明末、清末三个时期。① 最早的宋元时期,可以举温州杂剧等例证,徐渭《南词叙录》记载:

> 南戏始于宋光宗朝,永嘉人所作赵贞女、王魁二种实首之,故刘后村有"死后是非谁管得,满村听唱蔡中郎"之句。或云,宣和间已滥觞,其盛行则自南渡,号曰永嘉杂剧,又曰鹘伶声嗽。其曲则宋人词,而益以里巷歌谣,不叶宫调,故士夫罕有留意者。

又云:

> 永嘉杂剧兴,则又即村坊小曲而为之,本无宫调,亦罕节奏,徒取其畸农、市女顺口可歌而已,谚所谓随心令者,即其技欤?

他论及"里巷歌谣""村坊小曲"发展为戏剧。接下来的明末清初,山歌是很好的例子。第三个时期清末,则可以从沪剧中看出端倪。

中国的某些时期,农村(民间)艺术显得颇为强势。或者

---

① 张紫晨《民间小戏的形成与民间固有艺术的关系》(钟敬文主编《民间文艺学文丛》,北京师范大学出版社,1982年)认为民间小戏大发展的时代,有宋元间、明末清初、晚清辛亥革命前后三个时期。张氏的三分法中,将清乾隆、嘉庆归为明末清初来考虑,不过,这一段时期跟清代中期以后尤其清末民初的时期连在一起看,似乎比较合乎实际。

说,艺术原本有起源于都市的和农村的两种,它们相互影响,形成了艺术史。例如,嘉庆元年(1796)的进士、南汇人杨光辅的《淞南乐府》之《淞南好,无处不欢场》一首之注云:

> 弹词盲女,近更学勾栏小调,浓妆坐茶肆卖唱,少年赌赠缠头。

通过农村小镇,都市的歌谣也传播到农村。都市与农村交流并非单向,而是相互的。小调在农村山歌的都市化进程中起着相当大的作用。农村中,纯粹的农民歌唱的山歌与从都市传至农村的流行歌——小调并存,两者在农村同时都有着生命力。前文所见的无锡地区的摊簧,前身是"民谣民歌"与"民调民曲",正是说明了这种情况。

然而通观历史,可以发现都市的艺术强盛而扩张至农村的时期,与农村的艺术强盛而扩张至都市的时期,是交互出现的。我们可以一幅简图来表示(图8):

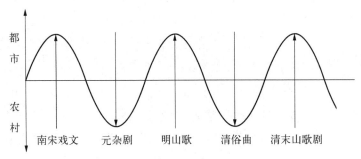

图8 农村的艺术与都市的艺术

这与田仲一成《中国祭祀演剧研究》(东京大学东洋文化研究所报告,1981年)第二篇第一章的祭祀组织的编成与分解过程(图9)结果相同。而不同之处在于,田仲先生从地主支配体制的编成与崩坏的视角来考察这一现象,而笔者的观察方向则是民间艺术的兴起。

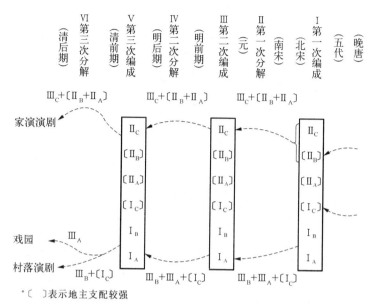

图9 祭祀演剧组织的编成、分解过程图

第四节 小 结

　　以上以顾颉刚的观点为基础,对江南地区的艺术——摊簧进行了探讨,可知摊簧是起源于农村的艺术,与山歌有着亲缘关系。此外,我们也可以看到山歌歌手以及从农村流入都市的艺术之具体发展样貌。本节将再次对其形式与冯梦龙《山歌》中的中、长篇山歌的形式之关联作简单总结。

　　据现今留存的文本,摊簧形式基本为七言的齐言体。例如前文所举的《赵圣关山歌》,全篇均为唱词,而无说白。

　　然而正如前引杨光辅《淞南乐府》所云"宾白用土语",在实际上演时也有对白。从民国时代被称作"改良摊簧"的《陆雅臣》等来看,此的确有说白。

然而无论如何,此类歌谣都以七言齐言的歌唱部分为中心,故事都是据这些唱词部分而展开的。另外其说白,内容也都是登场人物的对话,形式上完全是散文性质的台词,并非冯梦龙《山歌》中的那种韵文形式。

《霓裳续谱》卷四收录了一首《寄生草带白》。它是在《寄生草》的歌词之间嵌入了说白的形式,在这一意义上它与《山歌》的中、长篇作品是共通的。张继光《霓裳续谱研究》(文津出版社,1989年)对这首《寄生草带白》的说白进行了研究(第125页),指出它的说白并非"韵白"而是"散白",或者说并非如戏剧中角色对话那样的"对白"而是"独白"。根据他的梳理,冯梦龙《山歌》中的中、长篇山歌的说白,大体上属于"韵白"。然而从内容来看,其中既有"独白"又有"对白",还有不属于此二者的第三人称的说白。

以上总结了说白的情况,接下来再看音乐。《霓裳续谱》卷八之"南词弹黄调"的《昨宵同梦到天台》,最后为与"清江引"等俗曲相组合的形式,而且就它也不是拥有固有角色的登场人物出现的故事这一点看,与冯梦龙《山歌》的长篇形式是比较接近的。但是,其间并无说白。冯梦龙《山歌》中所见的曲,包含曲子最多的是《烧香娘娘》,将这些曲子所属宫调按《钦定曲谱》可整理如下:

"猫儿坠"——南商调

"桂枝香"——南仙吕宫

"驻云飞"——南中吕宫

"懒画眉"——南南吕宫

"皂罗袍"——南仙吕宫

"香柳娘"——南南吕宫

第四章 中、长篇山歌之来历

图 10 民国时代的《陆雅臣》

据此来看,并没有用同一种宫调贯穿全篇的意识。

一般将长篇山歌或摊簧作品与冯梦龙《山歌》的长篇作品作比较的话,首先可以发现一大差异在于摊簧为七言齐言的形式。此外,七言齐言的长篇山歌,基本上是个故事,而有像赵圣关那样的有固有名词的主角出现。不过,冯梦龙《山歌》中并没有这样的故事。

或许有人会认为明末阶段的长篇山歌之样貌如冯梦龙《山歌》所收,至清代发展为像摊簧那样的长篇故事性山歌,然而事实并非如此。实际上在明末时,就已经存在长篇的故事性山歌。附有崇祯十三年(1640)序的《欢喜冤家》第九回《乖二官骗落美人局》中有这样一段:

> 恰好二官拿着一本书走过,小山叫道:"二叔,是什么书?借我一看。"二官笑嘻嘻的拿着走进店,来放在柜上,恰是一本刘二姐偷情的山歌。

此处的"刘二姐偷情的山歌"或许就是《赵圣关山歌》之类。也就是说,明代时长篇故事性山歌就已经存在,它就此发展为摊簧。这就是长篇故事性山歌的发展主线。

冯梦龙《山歌》的长篇作品与此并非属于同一系统。

那么,冯梦龙《山歌》的长篇作品究竟与什么较为相似呢?在说白这一点上,它与戏曲类似;在曲调组合这一点上,它与散曲类似。但是,它里面没有具有固有名词的主人公,这是它与戏曲的相异之处;它夹杂了说白,这是它与散曲的相异之处。

冯梦龙《山歌》的长篇作品,从内容来看与散曲较为接近,可以说是一种穿插了说白的散曲。冯梦龙《山歌》卷九《破骔帽歌》《山人》这两首长篇作品后有文人戏作之注记。由于它们是文人戏作,因而也就同散曲等具有相似性。据《霓裳续谱》王廷绍之序,该书收录的歌谣,是三和堂的一位颜姓曲师记录的。

此人很可能是精通各种音乐的专业人士，是风月场中的歌谣之师。从这个角度看，它也可以说是属于宴席歌谣集一类。

冯梦龙《山歌》中，作为山歌被歌唱的除了卷七收录的八句类作品是仅有的例外之外，其他皆为四句。若考虑到当时戏曲等里面出现的山歌也均为四句，或许对于冯梦龙来说，山歌专指那些四句歌谣。大概在冯梦龙的观念中，山歌就是类似散曲小令或俗曲形式的山歌。

冯梦龙《山歌》中的长篇作品，大致上是从农村传入都市的山歌都市化，在受都市音乐影响的同时，又经由文人之手被戏作的产物。长篇山歌中的女性描写方式（对女性的虐待等），与卷六咏物歌颇为相似，此正是其重要旁证。将冯梦龙《山歌》中的长篇作品与农村山歌的展开相对照来看，它们占据着特殊的位置。

第五章

卷十"桐城时兴歌"

第五章 卷十「桐城时兴歌」

冯梦龙《山歌》卷十收录了本来并非苏州山歌的"桐城时兴歌"。顾名思义,"桐城时兴歌"是起源于安徽桐城的歌谣。它在明末时期颇为流行,前文所引沈德符《万历野获编》卷二十五"时尚小令"提到:

> 嘉、隆间,乃兴"闹五更""寄生草""罗江怨""哭皇天""干荷叶""粉红莲""桐城歌""银纽丝"之属,自两淮以至江南,渐与词曲相远,不过写淫媟情态,略具抑扬而已。

可见在嘉靖、隆庆之际,这种桐城歌开始出现。此外,万历初年(1586 年左右)成稿的林章的戏曲《观灯记》中,跟"银纽丝"与"粉红莲"并列,用了桐城歌。① 附有万历四十五年(1617)自序的记述南京风物的顾起元《客座赘语》卷九"俚曲"亦云:

> 里衖童孺妇媪之所喜闻者,旧惟有"傍妆台""驻云飞""耍孩儿""皂罗袍""醉太平""西江月"诸小令。……又有"桐城歌""挂枝儿""干荷叶""打枣干"等。虽音节皆仿前谱,而其语益为淫靡,其音如之。

从中不难看出作为淫靡俗曲的桐城歌之性格。或许这一点与山歌相通,故冯梦龙将它们收入《山歌》之中。除此以外,《鼎镌精选增补滚调时兴歌令玉谷新簧》卷一中段收录的"时兴各处

---

① 参田仲一成《关于明代剧作家林章及其戏曲〈观灯记〉〈青虬记〉》(熊本大学法文学会《法文論叢》第 29 号,1971 年)、《明代戏剧家·林章所作〈观灯记〉〈青虬记〉与福州儒林班之兴起》(台北明代戏曲小说国际研讨会论文,1987 年;后又收于《汉学研究》第 6 卷第 1 期,1988 年)。

讥妓耍孩儿"中,有以"桐城小伙好唱歌"开头的一首歌,可知桐城歌相当有名。另外,据说崇祯年间的钞本《杂曲集》卷七里,也收录了二十五首桐城歌(关德栋《山歌序》),清代乾隆年间的俗曲集《万花小曲》中也有以"一更一点月照台"开头的一首桐城歌(傅惜华《乾隆时代之时调小曲》,《曲艺论丛》所收),因此其后至少至乾隆年间,它们都一直在流传。

《山歌》所收桐城歌的题目如下:

《鞦韆》《素帕》《葫芦》《剑》《笔》《木梳》《西瓜》《茶》《塔》《猜拳》《天平》《灯笼》《灯影》《鞋》《新月》《摇头》《调心》《恋》《丢》《送郎》《募缘》《三秀才》

冯梦龙《山歌》所收的桐城歌,24首中有多达16首是《山歌》卷六那样的咏物歌,此中又有若干首是与《山歌》共通的题材。除咏物以外,这些桐城歌中也有如《送郎》之类的与《山歌》具有相同主题之歌。冯梦龙编纂的俗曲集《挂枝儿》卷八咏部中,也含有与这些桐城歌具有相同题材的作品。可以推测,文人们在集会时,举行了为同一题材创作种类不同的歌谣的一种竞赛。

以下来看桐城歌的具体情况。第一首是《鞦韆》:

姐在架上打鞦韆,郎在地下把丝牵。姐把脚儿高趂起,待郎双手送近前。牵引魂灵飞上天。

此类多少含有性意味的歌谣,仅从《山歌》所收者来看,桐城歌多多少少比山歌高雅一些,露骨程度稍低。另外,桐城歌每首由五句构成,第一、二、四、五句为七言,此四句句末押韵;第三句则字数不定,多是七言,但也有更长者。

素　　帕

不写情词不写诗,一方素帕寄心知。心知接了颠倒看,横也丝来竖也丝。这般心事有谁知。

女子赠送给恋人一块白色的绸帕。虽然上面什么也没有写，但是横看竖看都是丝（思）。希望恋人理解自己这心情，歌咏了纯情可爱的恋心。这首歌用了双关语，此与"山歌"是相同的。

笔

卷心笔儿是兔毫，翰墨场上走一遭。早知你心容易黑，不如当初淡相交。世间好物不坚牢。

此歌包含了两种联想：由兔子联想到逃跑，由墨联想到浓淡。它具有表里两层意味，一是科举考生将落第的不满向笔倾诉，二是女子埋怨像笔一样的男人（起不良之心，即打算抛弃女人，像兔子一样逃走的男人）。这首歌用笔具有的性质来比喻男人的心，歌咏了被抛弃女子的状况，与卷六咏物歌的性格是共通的。但是，诸如同样是以"灯笼"为题材，山歌是这样的：

灯　笼

结识私情像灯笼，千钉万烛教你莫通风（千钉万烛，通千叮万嘱。通风，指泄露秘密）。姐道郎呀，你暗头里走来郴了能有亮，引得小阿奴奴火动满身红。（卷六）

与此含有身体意味的山歌相对，桐城歌为：

灯　笼

一对灯笼街上行，一个昏来一个明。情哥莫学灯笼千个眼，只学蜡烛一条心。二人相交要长情。

它与山歌相比，显然更高一筹，纯情可爱。由于灯笼是用竹子编成框架，再在上面糊纸，所以说有"千个眼"，用以比喻那些到处一见了别的女性就移情别恋的男人之心。再看《灯影》：

灯　影

　　一盏孤灯照书斋,更深夜静好难捱。回头观见壁上影,好似我冤家背后来。恨不得翻身搂抱在怀。

这首歌和《笔》类似,从它的题材中出现了文人书斋用具这一点可以推测它应该是一首文人戏作。

送　郎

　　送郎送到五里墩,再送五里当一程。本待送郎三十里,鞋弓袜小步难行。断肠人送断肠人。

又

　　郎上孤舟妾倚楼,东风吹水送行舟。老天若有留郎意,一夜西风水倒流。五拜拈香三叩头。

冯梦龙《山歌》所收这类桐城歌的内容与古代的闺怨词曲较为相似。它们的情感基调与"山歌"(至少是《山歌》前半部分)多少有些差异,然而下面所举的最后二首,与山歌的内容较为接近:

募　缘

　　郎学和尚去修斋,只募良缘不募财。谁家大姐肯施舍,明中去了暗中来。又能长福又消灾。

这里"良缘"的意思是与女性保持关系。"大姐肯施舍"指女子被男人所诱惑。"明中"有白天和公然的双关意味。"长福又消灾"是布施本来的目的,这里指男人获得女子芳心。

三　秀　才

　　姐家住在儒学傍,相交三个秀才郎。有朝一日登金榜,状元榜眼探花郎。武则天当日做□□□□□□□□人也不妨。

这首歌的内容是一个女子同时和多个男子保持着关系。最后部分有八个字阙失,大致是将这个女子比作狎昵多个男人的唐代女皇武则天。

那么,安徽的歌为什么会传播到南京甚至是苏州呢?我们有必要考察其背景。这个问题与当时的劳动力移动有关。田中正俊在《民变·抗租奴变》①一文中指出:

> 清初苏州郊外的织布业中总计多达二万余人的劳动者,都是江苏江宁府和安徽太平、宁国两府单身外出从业的"游民"。

支撑着当时苏州丝织业的,也有从安徽来的大量外出劳动者。他们将故乡的歌谣带到了苏州,在劳动或闲暇时放声歌唱,以此排遣乡愁。由于他们都是男性,因此可以推想那些与恋情有关的歌谣,自然是慰解他们无聊的最佳良药。

这里提及的安徽太平、宁国两府,位于流经安徽省中部的长江之南岸。桐城隶属于安庆府,虽位处长江北岸,但与此两府的距离并不遥远,所以可以想象歌谣的传播无甚困难。从此桐城以及太平、宁国到南京,顺长江而下,相距较近。如《客座赘语》所见的桐城歌在南京的流行,正是这些外出务工的人带来南京的。

另外关于苏州和安徽之关系,不可忽视的是徽州商人的存在。以安徽省长江南岸的徽州府歙县为根据地的新安商人,明末时期在全国规模内都甚是活跃,对文化流通起着重要作用。其中正如宫崎市定《明清时代的苏州与轻工业的发达》(《亚洲史研究》卷四)"以苏州为舞台而活跃的商人,与在扬州的盐商一样,都以徽州人居多"所述,苏州集中了很多徽州商人,在那里从事丝织品等贸易。如前所述,妓楼是听唱俗曲的重要场

---

① 《世界の歴史—ゆらぐ中華帝国》,筑摩书房,1961年。

所，我们容易想象桐城歌也在商人们如此奢侈的游戏场面被唱。

考察从安徽流入的劳动者及所谓徽州商人的背景，当时整个全国范围内俗曲颇为流行，特别是苏州地区桐城歌流行的理由也就不难理解了。冯梦龙把在苏州尤为流行的桐城歌搜集起来，编入《山歌》中。或者也有这种可能：《山歌》中收入桐城歌，是期待于徽州商人的购买力。

如本书序章所述，《山歌》刻本最初是在安徽歙县被发现的。这一现存的孤本《山歌》（或许就如冯梦龙的期待），或许是当时在苏州的某位徽州商人所购。他购买此书的动机之一，大概是书中收录了故乡的歌谣——桐城歌。而他将在苏州购得的这本书带回了故乡，在大约三百年后的今天又重见天日。据此，我们可以发现苏州和安徽的二重三重关系。在这张关系网上，《山歌》中的桐城歌占据了一席之地。

[终 章]

编者冯梦龙与《山歌》之文学

本书第一章至第五章，按照歌谣形式的不同，分别考察了冯梦龙所编十卷本《山歌》各卷的情况。在本书终章，将对《山歌》总体作一概观：一是冯梦龙《山歌》编纂过程的相关问题，二是《山歌》的文学性问题。

第一节　冯梦龙之《山歌》编纂

如前文所见，冯梦龙的《山歌》中收录了农村之歌、都市之歌、妓楼之歌、文人戏作等各种来历的歌谣。冯梦龙是如何有机会收集到这些歌谣的呢？首先看其中的妓楼之歌。卷七《笃痒》有如下后评：

> 此歌闻之松江傅四。傅亦名姝也。

可见他是在妓楼听到了这首歌并记录了下来。《挂枝儿》中也有类似的若干注记。这类山歌俗曲以妓楼为舞台而流行，冯梦龙把它们记录了下来。《山歌》中的一些歌谣虽然没有注记，但很可能是来自妓楼。

再看文人戏作。卷一《捉奸》后评云：

> 此余友苏子忠新作。子忠笃士，乃作此异想。文人之心，何所不有。

此处明记了作者苏子忠为冯梦龙之友人。这类文人戏作，虽然没有一一注记,但有不少很可能是冯梦龙与友人知己欢聚畅饮时游戏所作。卷六集中收录的咏物歌等,或许即是文人们竞作的成果。再看卷五《月子弯弯》后评中所收的歌谣:

> 一秀才岁考三等,其仆作歌嘲之云:"月子弯弯照九州,几家欢乐几家愁。几家赏子红段子,几家打得血流流。只有我里官人考得好,也无欢乐也无愁。"

秀才(生员)必须参加三年一度的"岁试",成绩分成六等:一等、二等为优等,能受到奖赏;五等、六等为劣等,会受到处罚;三等则既无赏也无罚。上述这首歌虽是由伶俐的仆人唱出,但此类有关科举的歌谣,还是通过读书人社会的网络而广泛流传。

问题可以归结成两点:冯梦龙能听到在农村传唱的山歌吗?能听到在都市市井传唱的山歌吗?为了解决这两个问题,必须了解冯梦龙具体的生活状况。遗憾的是与之相关的冯梦龙之传记资料并不多,因此不得其详。正德八年(1513)《姑苏志》卷十三"风俗"记载:

> 而闾阎畎亩之民,山歌野唱,亦成音节,其俗可谓美矣。

可见的确在明代,吴中地区的农村就已经响起山歌的歌声。因此当时乡村的山歌为冯梦龙所闻应该是没有问题的。卷一《睃》后评收录了如下这种数数歌(一直数到十六):

> 又余幼时闻得"十六不谐",不知何义,其词颇趣,并记之。
>
> 一不谐,一不谐,七月七夜里妙人儿来。呀,正凑巧,心肝爱。
>
> 二不谐,二不谐,御史头行肃静牌。呀,莫侧声,心肝爱。

三不谐,三不谐,瞎眼猫儿拐鸡来。呀,笊得紧,心肝爱。
　　……

利用这种数数歌,描写每次幽会中渐渐亲密交会的过程,甚至暴露地描写交会场面。所谓"不知何义",殆是冯梦龙一流的装傻充愣之词,他亲自记录了自己听这类歌谣(俗曲)之事。或是在他幼年时,从家中的仆人或佃户那里听闻并记住了这些歌。

虽然中国的读书人历来轻视小说、山歌俗曲等所谓的俗文学,但对它们是爱好还是轻蔑,并不是一个用某人属于何种阶层就能容易解答的问题,最终还是应该归结到个人趣味的问题上。大致来说,在吴中生活的人,不论是地主还是农民、是富有还是贫困,都听过山歌,而知道山歌为何。再进一步的问题是:听山歌的读书人,是把它们视为污秽之物而强烈愤慨,还是冷眼相向,还是听后暗暗嗤笑,还是欢喜、热心地收集记录的差别。当然由于时代环境的不同,确实会出现愤慨者居多与欢喜者居多的风潮落差。具体到冯梦龙身上,他对山歌抱持着积极的关心,一直热心收集,我们不能否定《山歌》中所见的农村山歌有若干首是冯梦龙亲自从农村采集得来的可能性。

至于苏州城内能否听到山歌,董斯张《吹景集》卷五《记葑门语》也有"兄所居葑门"之语,这里的"兄"指冯梦龙之兄——冯梦桂。另外,冯梦龙在天启五年(1625)为王骥德《曲律》所作序中署有"天启乙丑春二月既望,古吴后学冯梦龙题于葑溪之不改乐庵"。因此,冯梦龙住在苏州城东南葑门附近。冯梦龙在任福建寿宁县知县期间编纂的《寿宁待志》卷下"官司"条中谈到自己:

　　冯梦龙,吴县籍长洲县人。

明代苏州城的东面一半是长洲县,葑门一带确属于长洲县。周

振鹤《苏州风俗》(国立中山大学语言历史研究所《民俗学会丛书》之一,1928年)"琐记"云:

> 城中心玄妙观及金阊一带,比户贸易;城东多工人;负郭则牙侩辐辏;胥盘之内,多诗书之族,近阊尤多,娄葑多大宅。

葑门附近曾有苏州织造署。当时从农村流入的织佣就居住在这一带,因此听到他们劳动之际唱的山歌并非难事。对于积极着意于收集歌谣的冯梦龙而言,将附近织佣们唱的歌收入《山歌》正是极其自然的事。

以上考察了冯梦龙在采集山歌之际,亲耳聆听这些歌谣的情况。在一个题目下,收录若干首系列作品的情况在《山歌》中比较常见,这大概也是因为收录当时传唱的活生生的歌谣而形成的。

但是另一方面,冯梦龙也使用了那些业已文字化的资料。《山歌》眉批中,往往可以看到诸如"扳,音班"(卷一《等》)等音注和"咦,本当作又,今姑从俗,下同"(卷一《看》)等文字表记。其中卷一《学样》眉批有云:

> 侪,坊本用才。俗语。

据此可知在冯梦龙《山歌》以前,就已经有"坊本",很显然他曾经寓目。与此类似的注记,还有卷八《木梳》中对"编筘"二字的注解:

> 筘,音箕,竹为之。可取蛾虱。俗作偏箕,误也。

这同样也是修正先前文本中的文字讹误。

正如前文所引的沈德符《万历野获编》卷二十五"时尚小令"条"以至刊布成帙"所言,当时俗曲相当流行,有很多唱本被刊行。同样地,山歌也刊行了为数不少。万历年间北京宫廷所刻书籍目录——刘若愚《酌中志》卷十八"内版经书纪略"中可以看到其时刊行的《山歌》版本：

　　　　山歌　一本　四叶

它仅仅是一本四叶的小册子。这与清末民初的山歌唱本大多仅有数叶的简单形式是一致的。在宫廷中刊刻《山歌》等书有些不可思议，而"内版经书纪略"还记录有：

　　　　三国志通俗演义　廿四本　一千一百五十叶
　　　　四时歌曲　一本　十二叶

可见宫中也刊行了俗文学的相关书籍。矶部彰的《关于明末〈西游记〉的主体接受层的研究——围绕明代"古典白话小说"的读者层问题》（《集刊东洋学》44，1980年）一文，推测内府是《西游记》的重要读者（接受者）。从明代宫中的这种风气来看，出版《山歌》之类的书籍并非咄咄怪事。既然宫中都刊行通俗读物，巷间俗本就刊刻得更多，其中也包括像白话小说《欢喜冤家》第九回《乖二官偏落美人局》中所见的《刘二姐偷情山歌》之类的长篇故事性山歌。

　　由于冯梦龙当时看的山歌唱本现在没有留存，因此无法知晓《山歌》有哪些作品是来源于前作，哪些是他亲自听闻后收集的。但是，山歌唱本大多是仅有数叶的小型文本，即使这类文本刊行众多，要集满三百首也并非易事，因此源自先行文字资料的部分，所占比例应该不大。即使这部分占据比例较大，但与之前的简单小册子相较，将十卷三百八十首的山歌集大成、进行适当的排列、加以文字校订，冯梦龙工作的价值并不会减少一丝一毫。事实上，像《万历野获编》中所见的明代歌谣集，今日已无一留存；假设冯梦龙的《山歌》一书也失传，我们断然不可窥得明代山歌的面貌。

　　接下来将考察冯梦龙编纂和刊行《山歌》的时间问题。由于冯梦龙的《山歌》通篇都未明记其刊行年月,所以有必要借助周边资料。《山歌》目录中题有"童痴二弄山歌",序中则言及"录挂枝词,次及山歌",可见它是作为"童痴一弄挂枝儿"的姊妹篇编集的。东京大学文学部所藏的笑话集《绝缨三笑》卷首《辑三笑略》中有"童痴三弄中笑府"的文字。①"一弄""二弄"的"弄"字,大概如乐府《江南弄》那样指的是乐曲,"童痴三弄"是笑话,这样理解虽然多少有些勉强,但可以肯定的是至少《绝缨三笑》是晚于《挂枝儿》《山歌》而刊行的。另外,此《绝缨三笑》有署"丙辰中秋日胡卢生题"的《绝缨三笑叙》,可见《山歌》的刊行当在此丙辰即万历四十四年(1616)以前。再者,附有万历四十六年序的俞琬纶《自娱集》卷八所收《打枣竿小引》中提及冯梦龙的《挂枝儿》,因而可以确认《挂枝儿》是在此以前刊行。

能推测《山歌》刊行年月的另一则资料,是钮琇《觚賸续编》卷二"英雄举动"条:

> 熊公廷弼,当督学江南时,试卷皆亲自批阅。阅则连长几于中堂,鳞摊诸卷于上,左右置酒一坛,剑一口,手操不律,一目数行。每得佳篇,辄浮大白,用志赏心之快;遇荒谬者,则舞剑一回,以抒其郁。凡有隽才宿学,甄拔无遗。吾吴冯梦龙,亦其门下士也。梦龙文多游戏,《挂枝儿》小曲与《叶子新斗谱》,皆其所撰。浮薄子弟,靡然倾动,至有覆家破产者。其父兄群起讦之。事不可解。适熊公在告,梦龙泛舟西江,求解于熊。相见之顷,熊忽问曰:"海内盛传冯生《挂枝儿》曲,曾携一二册以惠老夫乎?"冯跼蹐不敢置对,唯唯引咎。因致千里求援之意。熊曰:"此

---

① 关于此书,大塚秀高撰有《关于〈绝缨三笑〉》(《中哲文学会报》第 8 号,1983 年)。

> 易事,毋足虑也。我且饭子。徐为子筹之。"须臾,供枯鱼焦腐二簋,粟饭一盂。冯下箸有难色。熊曰:"晨选嘉肴,夕谋精餐,吴下书生,大抵皆然。似此草具,当非所以待子。然丈夫处世,不应于饮食求工。能饱餐粗粝者,真英雄耳。"熊遂大恣咀哜,冯啜饭匕余而已。

这段文字记载了在责难的同时帮助冯梦龙的熊廷弼的英雄举动。据此,冯梦龙的生活情形已然可见一斑。他出版了淫猥的俗曲集《挂枝儿》、赌博教科书《叶子新斗谱》等违反公序良俗的书籍,受到浮薄子弟的狂热追捧,他俨然成了当时声色犬马界的领袖人物。因而,他受到浮薄子弟的父兄们的攻讦,去向熊廷弼哭诉。而熊廷弼为儆戒"晨选嘉肴,夕谋精餐"的吴中书生而训诫冯梦龙,同时以援助冯梦龙而显示自己的大气。由此可以窥见,在当时的苏州,冯梦龙已经很有名。

根据这则资料,《挂枝儿》的刊行,至少是在熊廷弼"督学江南",即任职江南提学御史的万历三十九年(1611)至万历四十一年(1613)之间或之前。结合先前的《绝缨三笑》,将《山歌》的刊行时间推定为大约万历三十九年至万历四十四年之间较为妥当。如果是万历四十一年刊行的话,那么当时冯梦龙是39岁。

此外,若从《山歌》正文中搜寻确定年代的材料,卷五《乡下人》后评中记录了据称是丙申年冯梦龙亲眼目睹的事件。此丙申年为万历二十四年(1596)冯梦龙23岁之时,当然《山歌》的成书是在此之后。卷八的《汤婆婆竹夫人相骂》中,汤婆婆称自己生于戊戌年,当前正是年轻的时候。戊戌为万历二十六年(1598)。若《山歌》成书于万历四十一年(1613),那么当时汤婆婆为十五岁,确实与她自称很年轻是符合的。

总的来看,笔者认为《山歌》是万历末年刊行的。

最后要谈的是,冯梦龙的《山歌》文本中,有各式各样的批评。不妨以卷一的《看》为例来说明:

○○看

　　小年纪后生弗识羞,郍了走过子我里门前咦转头。我里老公谷碌碌介双眼睛弗是清昏个,(眉批:咦,本当作又,今姑从俗。下同。)你要看奴奴郍弗到后门头。

　　※好双谷碌碌眼睛,只顾其前,不顾其后。

这里首先是在歌谣的标题和正文以外,在正文的后面加上了批语。女子对年轻男子警告说:我的丈夫目光很灵敏,如果要和我约会的话请从后门走。她的言语已经惹人发笑,而批语又进一步提高了可笑程度:目光锐利的丈夫的眼睛,竟然看不到后门口。关于这类评语,本书之前已对卷五的《亲老婆》《和尚》等有所论及。另外,在正文的眉栏中,如上面这首一样,多标记有文字异同、音注等。虽然数量未必很多,正文的右侧时加以小字旁批。例如卷一的《半夜》,在"只好捉我场上鸡来拔子毛,假做子黄鼠郎偷鸡引得角角哩叫"的右侧有"好计"的旁批。

接着看圈点的情况。歌谣正文中,有"○""、"标记的批评,提示了作品的精彩之处。上面这首歌,前半二句全部加了"、",后半二句全部加了"○";批语中也加了"、""○"。可见批语也甚得冯梦龙之心。

最后很有特色的是各标题上加的圈点。圈点有"○○○""○○""○""、、""、"五种,加上什么都没有添加的,总共有六个层级的评价。这里的"○",是钟惺、谭元春《诗归》中所用的评价法(《诗归》中有"○○""○"两种)。据陈国球《试论〈唐诗归〉的编集、版行及其诗学意义》(胡晓真主编《世变与维新——晚明与晚清的文学艺术》,"中央研究院"中国文哲研究所,2001年),《诗归》的刊行是在万历四十五年(1617),和冯梦龙《山歌》的先后比较微妙,两者或许存在某种关系。

表 5　各卷歌谣的评价

	卷一	卷二	卷三	卷四	卷五	卷六	卷七	卷八	卷九	卷十
○○○	6	4	2	6	2	1	1	0	0	1
○○	8	6	6	2	8	10	1	2	3	5
○	32	25	13	20	14	30	10	5	4	9
、、	9	9	3	2	5	17	7	5	0	6
、	3	13	5	1	4	8	2	0	1	2
无	1	1	1	0	0	1	0	1	1	1

　　将《山歌》各歌谣的标题上所加评价按卷别整理归纳，可得表5。根据表格，得到最高评价的"○○○"的作品，集中于前半卷一～卷四。本书序章中曾述及以往的《山歌》研究偏向于前半部分，或许这种评价正与冯梦龙自身的评价重合（关于题上的评价，拙作 Women in Feng Menglong's "Mountain Songs", Ellen Widmer and Kang-i Sun Chang edit. *Writing Women in Late Imperial China*, Stanford University Press, 1997 中有论及）。

第二节　《山歌》之文学——关于"真"

　　最后将对冯梦龙《山歌》的文学特征，以"真"这一语词为线索进行考察。冯梦龙编纂的散曲集《太霞新奏》卷十冯梦龙《有怀》后评云：

> 子犹诸曲，绝无文彩，然有一字过人，曰"真"。

如这段评语所见，"真"是概括冯梦龙文学的一个极为重要的文字。关于"真"的主张，冯梦龙在自己所撰的《山歌》之序文《叙山歌》中有所论述。首先就从《叙山歌》之检讨开始。

正如本书前文所见，冯梦龙《山歌》是一部起于民间的歌谣集，并且是颇为鄙俗的歌谣集。从传统士大夫的理念来看，它们当然是毫无价值之物，甚至是应该被禁止的对象。那么它们的价值，冯梦龙是如何对世人宣告的呢？

《叙山歌》中，有冯梦龙对《山歌》价值的直截了当的评说。首先看第一段：

> 书契以来，代有歌谣。太史所陈，并称风雅，尚矣。自楚骚唐律，争妍竞畅，而民间性情之响，遂不得列于诗坛，于是别之曰"山歌"。言田夫野竖矢口寄兴之所为，荐绅学士家不道也。

究其大意，是说虽然古代的《诗经》中"风"与"雅"并收，但自"楚骚唐律"以后，只有"雅"蓬勃发展；而民间性情之响——"风"从诗坛跌落，以至于被冠以"山歌"这种不太名誉的名称。值得注意的是这一段明确揭示了以下各项对立关系：

(A) "风"——民间性情之响——田夫野竖——山歌

(B) "雅"——楚骚唐律——荐绅学士——诗坛之诗

毋庸赘言，冯梦龙显然是站在支持(A)方的立场上的。另外，此开头部分还引用了司马迁《史记·五帝本纪》之赞作为论据：

> 太史公曰，学者多称五帝，尚矣。然《尚书》独载尧以来，而百家言黄帝，其文不雅驯。荐绅先生难言之。

《叙山歌》中的"太史所陈"，指《礼记·王制》如下所言：

> 命大师陈诗,以观民风。

虽然其意是指周的所谓采诗官,但不知何故此处云"太史"。

接着看第二段:

> 唯诗坛不列,荐绅学士不道,而歌之权愈轻,歌者之心愈浅。今所盛行者,皆私情谱耳。虽然,桑间濮上,国风刺之,尼父录焉,以是为情真而不可废也。山歌虽俚甚矣,独非郑卫之遗欤?且今虽季世,而但有假诗文,无假山歌。则以山歌不与诗文争名,故不屑假。苟其不屑假,而吾藉以存真,不亦可乎?

当时的"国风"已变成何样了呢?答案是由于为人所轻视,所以变成了"私情谱"。至此,我们会理所当然地认为它们毫无价值。对此预料中的反对言论,冯梦龙已有所准备——《史记·孔子世家》中所见的孔子删诗说。"诗三百篇"是孔子亲自编定的,其中也收录了在《礼记·乐记》中被称作"郑卫之音,乱世之音"、"桑间濮上之音,亡国之音"的郑卫之歌;依此推论,当今的"私情谱"——山歌,当然也具有记录的价值,自己就相当于孔子。概而言之,可总结出如下等式:

孔子—"桑间濮上" ＝ 冯梦龙—"山歌"

此处以"情真"作为孔子录郑卫之音的理由。以下的论点,自然就移向了"真":

> 抑今人想见上古之陈于太史者如彼,而近代之留于民间者如此,倘亦论世之林云尔。若夫借男女之真情,发名教之伪药,其功于《挂枝儿》等。故录挂枝词,而次及山歌。

因为孔子也干过同样的事情,所以自己也这么做——这种逻辑,或许对于出于道学立场而持反对意见的人是一种有效的防御,但缺乏具有现实效用的具体攻击性。此第三段中,提出了

《山歌》问世的具体攻击目标——"假诗文"。此亦是上文所整理的(A)(B)两个系列的各自的延伸：褒扬(A)为"真"，斥责(B)为"假"。即从这一段开始，明确揭示了冯梦龙《山歌》编纂的意图是攻击当时流行的失去了性情之响的"假诗文"；借助《山歌》，为穷途末路的"假诗文"注入一线生机。冯梦龙的《叙山歌》，其首要之义，就是站在当时文艺理论的争鸣舞台上的发言。白话小说"三言"刊行之际未署实名的冯梦龙，此处用了"墨憨斋主人"这个自己公开的笔名来作序文，殆即出于这样的背景。

"论世"用了《孟子·万章下》的典故："颂其诗，读其书，不知其人可乎？是以论其世也，是尚友也。"

虽然如前文所述，此序言是针对当时的文艺理论而言，可是，中国的文艺，正如第一段所整理的那样，反映出"田夫野竖"和"荐绅学士"两大社会阶层的差异；因此，批判的矛头还指向"荐绅学士"这一社会阶层，以及他们赖以生存的根基——"名教"，正是极为自然的。该"借男女之真情，发名教之伪药"云云，屡屡为人称引，是最具冲击力的部分。《叙山歌》是对当时诗文的批判的文艺理论，而同时也是对其背后的"荐绅学士"与"名教"的一种深广的社会批判。它具有极为深广的批判空间。

《叙山歌》中所包含的主张，可以概括为两点：其一是山歌（也包括俗曲）是现代版的《诗经·国风》，其二毋庸赘言是"真"的主张。①

关于前者，明确宣称《诗经》所收"国风"乃当时民间歌谣的是朱熹。例如，《朱子语类》卷八十"诗一·纲领"中有言：

---

① 关于《叙山歌》中所见的文学观之由来，详参拙作《冯梦龙〈叙山歌〉考——诗经学与民间歌谣》（《東洋文化》第71号，1990年）。

> 《诗》，有是当时朝廷作者，"雅""颂"是也。若"国风"乃采诗者采之民间，以见四方民情之美恶，二"南"亦是采民言而被乐章尔。程先生必要说是周公作以教人，不知是如何。某不敢从。

朱子否定了"周南""召南"是周公这位圣人所作的程子之说，认为"国风"乃采诗者从民间采集得来，即把它们视作当时的民间歌谣。另外关于"风"和"雅"，其《诗集传》卷一云：

> 风者，民俗歌谣之诗也。

同书卷九云：

> 雅者，正也。正乐之歌也。

这就是朱子给"风""雅"所下的定义。在《朱子语类》卷八十"诗一·纲领"中有更为具体的论述：

> 风多出于在下之人，雅乃士夫所作。

关于"风"，《诗集传序》认为：

> 吾闻之，凡诗之所谓风者，多出于里巷歌谣之作，所谓男女相与咏歌，各言其情者也。

大意是说"风"为民间底层男女之作，"雅"则是士大夫作品。冯梦龙《叙山歌》中所见的"风""雅"二元论，实际上与朱子思想一脉相承。

若要肯定民间歌谣的价值，引用朱子的观点自然是上策。但是，"国风"是昔日的民间歌谣，与认可当今歌唱的民间歌谣具有"国风"的价值之间仍然存在着鸿沟。消弭两者距离的宣言，出自明代复古派文人李梦阳（1472～1530）笔下。李梦阳《诗集自序》（《空同先生集》卷五十）中有如下一段：

> 李子曰，曹县盖有王叔武云。其言曰："夫诗者，天地

自然之音也。今途咢而巷讴,劳呻而康吟,一唱而群和者,其真也,斯之谓风也。孔子曰,礼失而求之野。今真诗乃在民间,而文人学子顾往往为韵言谓之诗。夫孟子谓'诗亡,然后春秋作'者,雅也。而风者,亦遂弃而不采,不列之乐官。悲夫。"李子曰:"嗟,异哉,有是乎?予尝听民间音矣。其曲胡,其思淫,其声哀,其调靡靡。是金元之乐也。奚其真?"王子曰:"真者,音之发而情之原也。"

这段序文由李子(即李梦阳自己)与王崇文(叔武为其字)的对话形式构成。对于持"真诗乃在民间"论调,即在民间的音乐中发掘"真"并大力推崇的王崇文,李梦阳努力进行反驳。然而,他的反论又被一一否定,最后以"李子闻之惧且惭。曰:予之诗,非真也,王子所谓文人学子韵言耳,出之情寡而工之词多者也"这样激烈的自我批判收尾。①

尤其是"真诗乃在民间"一句,极其具有冲击力——因为它突破了之前的《诗经》的范围,认为当前民间歌唱的歌谣本身就是真诗。总而言之,"国风=民间歌谣"等式与"国风=真"等式,是他首次将两者关联在一起,由此可推论出"民间歌谣=真"。另外,他还将这种民间的真诗与文人学士的韵语对峙起来。"真诗乃在民间"这种宣言反过来说,即诗人之诗并非"真"。李梦阳自身属于文人学士之列,同时却否定文人之诗,称扬那些民间即庶民的饱含素朴真情的歌谣之价值。

复古派领袖李梦阳的这篇文章,无论是赞同者还是反对者,但凡是明代当时的诗文创作者,必定阅读过。据前引沈德符《万历野获编》卷二十五"时尚小令"条记载:

> 自宣、正至成、弘后,中原又行"锁南枝""傍妆台""山

---

① 关于这条资料,吉川幸次郎《李梦阳的一个侧面》(《全集》卷十五)有引用和介绍。

坡羊"之属。李崆峒先生初自庆阳（甘肃）徙居汴梁，闻之以为可继"国风"之后。何大复继至，亦酷爱之。今所传"泥捏人"及"鞋打卦""熬髼髻"三阕，为三牌名之冠，故不虚也。

可见李梦阳、何景明（1483～1521）等，实际上对俗曲抱持着相当的关切。① 李梦阳、何景明的这类佚事，也见于李开先的《词谑》：

> 有学诗文于李崆峒者，自旁郡而之汴省。崆峒教以"若似得传唱'锁南枝'，则诗文无以加矣"。请问其详，崆峒告以"不能悉记也。只在街市上闲行，必有唱之者"。越数日，果闻之，喜跃如获重宝，即至崆峒处谢曰："诚如尊教。"何大复继至汴省，亦酷爱之，曰："时词中状元也。如十五'国风'，出诸里巷妇女之口者，情词婉曲，有非后世诗人墨客操觚染翰、刻骨流血所能及者，以其真也。"

由此可知李梦阳对俗曲寄予非同寻常的关心，何景明也有类似的以十五"国风"为"真"的发言。那么，引起大家如此喧哗的"锁南枝"究竟是一种什么样的歌谣呢？明代陈所闻编《新镌古今大雅南宫词纪》卷六《风情·汴省时曲·锁南枝》有如下这首：

> 傻俊角，我的哥，和块黄泥儿捏咱两个。捏一个儿你，捏一个儿我，捏的来一似活托，捏的来同床上歌卧。将泥人儿摔碎，着水儿重和过。再捏一个你，再捏一个我，哥哥身上也有妹妹，妹妹身上也有哥哥。

---

① 关于真诗，以及真诗与俗曲之研究，有入矢义高《真诗》（《吉川博士退休记念中国文学論集》，1968年）、《拟古主义的阴翳》（《中国詩文選 23　明代詩文》，1978年）等。

这显然是一首色情歌谣。此歌据说是赵孟頫之妻管道升所作（见徐一夔《尧山堂外纪》卷七十"赵孟頫"条），冯梦龙《挂枝儿》卷二亦收录了题为《泥人》的作品。

何景明《明月篇序》（《何文肃公文集》卷十四）云：

> 夫诗，本性情之发者也。其切而易见者莫如夫妇之间。是以三百篇首乎《雎鸠》，六义首乎"风"。

他认为性情更具体的是存在于夫妇之间，这是值得我们注目的。冯梦龙《叙山歌》中"借男女之真情"的论点，或许也可置于这种思潮的源流之中。

至嘉靖、万历年间，再次兴起了一场盛大的文学运动。运动的主角，是复古派"后七子"、唐宋派以及公安派等。复古派"后七子"之一王世贞《艺苑卮言》卷七曰：

> 唯吴中人棹歌，虽俚字乡语，不能离俗，而得古风人遗意。其辞亦有可采者。

这段话具体描述了他眼前所听的吴歌（山歌）就是"国风"，直接夸赞了吴歌（山歌）。此亦是冯梦龙《山歌》编纂之基础。

与复古派以秦汉、盛唐为轨则相对，唐宋派宗唐宋八大家，尤其是其中的欧阳修、曾巩等，然同样以"情"为旨归，认同民间歌谣。例如唐宋派代表人物归有光之《沈次谷先生诗序》（《震川先生集》卷二）云：

> 今先生率口而言，多民俗歌谣悯时忧世之语，盖大雅君子之所不废者。……夫诗者，出于情而已矣。

同样地，茅坤《白坪先生诗序》（《茅鹿门先生文集》卷十四）亦曰：

> 古有言曰，诗言志。故《诗》三百篇其所列之为"国风""雅""颂"者，非特后王君公卿大夫士所歌之阙庭，奏之宗

> 庙,可以征天地,感鬼神,即其田野里巷,妇人女子,并本之性情心术之间,发诸咏叹淫佚之际,神动天解,而得其至者也。

虽然是在《诗经》范围内论述,但也认同"田野里巷,妇人女子"之歌。

如此这般,在至明代万历间的文艺理论世界中,"国风民歌论"和"民歌真诗论",超越了文学上的派别之争,成为一种共通认识。在这股思潮中,冯梦龙受其直接影响的,当是公安派的袁宏道等人的主张。其主张的代表性发言是:

> 且夫天下之物,孤行则必不可无。必不可无,虽欲废焉而不能。雷同则可以不有。可以不有,则虽欲存焉而不能。故吾谓今之诗文不传矣。其万一传者,或今闾阎妇人孺子所唱"擘破玉""打草竿"之类。犹是无闻无识真人所作,故多真声。不效颦于汉魏,不学步于盛唐,任性而发,尚能通于人之喜怒哀乐嗜好情欲,是可喜也。

这段文字出自《叙小修诗》(《锦帆集》卷二),认为"闾阎妇人孺子所唱'擘破玉''打草竿'"的俗曲之类,或是足以流传后世的"真诗"。另外,在其致兄伯修(袁宗道)的书信(《解脱集》卷四)中,也可见关于"真诗"的主张,以及大力赞赏作为"真诗"的俗曲之论点:

> 近来诗学大进,诗集大饶,诗肠大宽,诗眼大阔。世人以诗为诗,未免为诗苦,弟以"打草竿""劈破玉"为诗,故足乐也。

袁宏道在万历二十三年(1595)至二十五年(1597),任吴县知县,其间他给江南人士造成的影响是极大的。实际上,前文所引的《叙小修诗》是万历二十四年在吴县知县任中所作,致袁宗道之书信也是万历二十五年在杭州作成。冯梦龙之《叙山歌》，极有可能是直接受袁宏道的影响而写作的。冯梦龙或许是通过书种堂主人袁无涯，而与袁宏道保持着接触。

此外，从万历二十年至二十六年同是任苏州长洲县知县的江盈科在《姑苏郑姬诗引》(《雪涛阁集》卷八)中说道：

> 《毛诗》十五"国风"，多妇人女子之言，然自《卷耳》《葛覃》外，出于正者绝少，即《桑中》《溱洧》号为淫荡之极，圣人亦不削而存之，盖美恶邪正，杂然胪列，使夫览者自择而法戒备焉，故曰：诗可以观。

冯梦龙或许是阅读了这些文章，而立下了要通过自己之手把堪称"真诗"的民间歌谣传至后世之志向。

另外，例如前文所引王骥德《曲律》卷三"杂论上"云：

> 北人尚余天巧。今所流传"打枣竿"诸小曲，有妙入神品者。南人苦学之，决不能入。盖北之"打枣竿"与吴人之"山歌"，不必文士，皆北里之侠或闺阃之秀以无意得之，犹《诗》郑、卫诸风，修大雅者反不能作也。

此亦是把山歌俗曲譬诸《诗经》郑、卫诸风，它们"以无意得之"，故"修大雅者反不能作也"，跟以真为根据的假诗文批判二者并轨。王骥德的《曲律自序》作于万历三十八年(1610)，可能刚好是在冯梦龙《山歌》面世之前不久。冯梦龙自己在王骥德去世后刊行《曲律》并为之作序，由此可见两人应该相识，山歌或许也是他们交流的一项话题。此外还有凌濛初《南音三籁》"谭曲杂札"的记载：

> 今之时行曲，求一语如唱本"山坡羊""刮地风""打枣竿""吴歌"等中一妙句，所必无也。

言下之意，是"吴歌"中有妙句。贺贻孙《诗筏》卷一亦云：

> 近日吴中"山歌""挂枝儿",语近风谣,无理有情,为近日真诗一线所存。

他所谓的"近风谣""真诗一线"等,与冯梦龙的主张是相同的。另外,正如前文所引陈宏绪《寒夜录》卷上卓人月所言:

> 友人卓珂月曰:"我明诗让唐,词让宋,曲又让元。庶几'吴歌''挂枝儿''罗江怨''打枣竿''银绞丝'之类,为我明一绝耳。"卓名人月,杭州人。

其体现出的标举山歌俗曲的倾向是显而易见的。上述凌、贺、卓三人,或许是读了冯梦龙的《挂枝儿》《山歌》,从而有如此言论。这些都是站在同一阵地上的发言。

正如以上所见,冯梦龙站立在宋元以来层层积累的思想资源上,编纂了《挂枝儿》《山歌》,可是,冯梦龙之前,也有或树立了理论、或实际上收集记录民间歌谣的先驱。

李开先《闲居集》卷六收录了《市井艳词序》《市井艳词后序》《市井艳词又序》《市井艳词又序》四篇序。其中《市井艳词序》曰:

> 忧而词哀,乐而词亵,此古今同情也。正德初尚"山坡羊",嘉靖初尚"锁南枝",一则商调,一则越调。商,伤也,越,悦也。时可考见也。二词哗于市井,虽儿女子初学言者,亦知歌之。但淫艳亵狎,不堪入耳,其声则然矣。语意则直出肺肝,不加雕刻,俱男女相与之情,虽君臣友朋,亦多有托此者,以其情尤足感人也。故"风"出谣口,真诗只在民间。三百篇太平采风者归奏,予谓古今同情者此也。尝有一狂客,浼予仿其体,以极一时谑笑,随命笔并改窜传歌未当者,积成一百以三,不应弦,令小仆合唱。

关于搜集市井艳词,其理由与前文所见的想法大致相同,而此处李开先不仅将之作为文学理论问题来看待,实际上还改作、拟作市井艳词,然后让仆人合唱,最后以书籍的形式编集起来,他进行的这些实践活动具有相当重要的意义。虽然这些书籍本身现在已经亡佚,但此《市井艳词》或许曾经引导了冯梦龙的活动。

宋懋澄《听吴歌记》(《九籥前集》卷一)云:

> 乙未孟夏,返道姑胥。苍头七八辈,皆善吴歌。因以酒诱之。迭歌五六百首。其叙事陈情,寓言付景,摘天地之短长,测风月之深浅。……皆文人骚士所啮指断须,而不得者。乃女红田畯以无心得之于口吻之间。岂天地之元声,匹夫匹妇所与能者乎?

可见宋懋澄曾在万历二十三年(1595)特意召集仆人,听他们唱吴歌。宋懋澄虽然没有把这些记录下来编集成书,而在收录《听吴歌记》的《九钥前集》的卷十一,收录了被认为是冯梦龙《古今小说》卷一《蒋兴哥重会珍珠衫》之本事的《珠衫》。由此推测,冯梦龙或许也读过这篇《听吴歌记》。

另外,俞琬纶的《打草竿小引》(《自娱集》卷八)就是读了冯梦龙的《挂枝儿》后写成,其中谈到俞氏自身也收集了约二百首这类俗曲。① 可见从嘉靖至万历年间,不乏对山歌俗曲抱有强烈关心、实际进行采集记录的人。

冯梦龙的工作,可以定位在这类人的兴趣与实际作业中。但是,其他人的收集记录,或许是由于没有出版而未能流传至今日,只有充分利用当时大众传媒的时代潮人冯梦龙所编集者,同时质量又高,所以脱颖而出,直到今日还留存着。

以上,以冯梦龙的《叙山歌》为线索,概观了至明末为止,把山歌俗曲视作《诗经·国风》遗风的思想流变、文学批评领域的

---

① 关于《自娱集》中的这篇文章,马泰来撰有《研究冯梦龙编纂民歌的新史料》(《中华文史论丛》第 1 辑,1986 年)。

"真诗"追求，以及对山歌俗曲的扬举、收集等。接下来将考察这种思潮为何会出现，并尝试对"真"究竟为何物这个问题进行思考。

民间歌谣之所以引起当时众人注目，岛田虔次《中国近代思惟之挫折》之第四章"一般的考察"和吉川幸次郎《李梦阳的一个侧面》(《全集》第十五卷)认为理由之一是明代知识人的庶民性性格。就李梦阳而言，他的祖父是商人，父亲是最底层的读书人。或许正因为如此，所以平时经常能听到"锁南枝"等俗曲而耳熟能详，从而自然就没有了类似于之前大多数读书人对山歌俗曲所持的蔑视态度甚至"过敏"反应。这种性格，至少在明代后半期的知识人中间是普遍存在的，而此正造就了戏曲、小说、俗曲等俗文学隆盛的背景。

但是，对其不"过敏"是一回事，积极地给予称许、甚至尝试收集又是另外一回事，两者之间还有一段距离。我们还要探索这积极的理由。这些问题出现在围绕如何作诗文的争论上，而这也是人的生活态度、生活方式的问题。由李梦阳、何景明发端，一直到冯梦龙，从山歌俗曲中发掘"真"，所谓"真"的内容，就是男女之情以及人的欲望——李梦阳虽然没有明确表述，但从他如前文所见的大力赞赏"锁南枝"，我们可以感知到这一点；何景明在《明月篇序》(《何文肃公文集》卷十四)中，把"夫妇之间"作为人最高的性情；李开先的《市井艳词序》，更加明确地阐述了这个观点；到冯梦龙，则形成了"借男女之真情，发名教之伪药"这样的攻击性言论。

若再次回到冯梦龙的《山歌》，山歌中所谓的"真"，正如《叙山歌》中所见，是与"假"对立的——以第一人称直白叙述想与恋人约会的女性，以及毫不隐晦地歌唱自己性欲望的男女歌者等没有夹杂丝毫谎言与虚伪的纯粹；另外则是正如在李梦阳、何景明都大力推举的"锁南枝"歌以及冯梦龙《山歌》中多数作品所呈现的坦荡的肉体性。《山歌》的歌谣,有相当一部分是歌唱男女的肉体(全体或一部分)。

这种"真(真率)"的背景中,与明代知识人一贯以来追求的一种实感、或者说是肉体感觉是分不开的。对于明代士大夫而言,最苦恼的莫过于在诗歌(或生活)中难以寻觅到那种怦然心跳、热血澎湃的感觉。如何在诗中唤回原始而真实的感动,是当时士大夫们共同困惑的一大难题。本文之前所述及的李梦阳等复古派文人之所以尚古,其根本出发点也正在于此。他们重视诗的格调,方法论上提出"文必秦汉,诗必盛唐"的主张,限定当作轨范的作品,甚至文字运用也以模仿为佳。他们的主张,当时获得了大量的赞同者,吉川幸次郎先生分析认为其理由是:这种文学论乍一看似乎很严格,但只要按照形式把文字罗列起来,就可以完成作品,是一种容易的大众化方法(《李梦阳的一个侧面》,《全集》第十五卷)。他们所尊崇的文学范本,无论是《史记》散文也好、杜甫诗歌也好,无一不是充溢着激昂意绪、感情汪洋恣肆之作。他们所欣赏的,为情感上具有炽烈奔放倾向的作品。由此我们也就不难理解为何在他们的言论中,屡屡可见对民间歌谣大力举扬之语。李梦阳如此高度地评价俗曲也是理所当然的事。后来,公安派等对复古派提出非难,认为其诗文未表达真率的性情。这是对他们模仿当作范本的过去文学作品的表现方式、甚至文字的方法论上的非难,无论是复古派还是公安派,其指向都是一致的。

明代士大夫在对真实感动寻寻觅觅的过程中,惊喜地发现庶民文化中赤裸裸的肉体感觉,竟激荡起他们内心的强烈震颤。天然质朴的民间歌谣在明代士大夫面前铺陈出的旖旎景象——没有虚伪繁琐的世俗道德之束缚,随心所欲地与意中人相爱,甚至于纯粹的肉体欲望之火熊熊燃烧——此乃他们自身所处文化圈中见所未见的另一派新奇风光。他们从庶民群体中观望到的,是上古时代《诗经·国风》中所描绘的那个理想世界。上文提到的"锁南枝"歌,李梦阳认为其中蕴含诗的妙谛,对他而言确实是一种激荡心弦的读诗体验。但是,晚明士大夫所发现的庶民那种真实率性的生存之态,本身就具有一种预设的指向性,即他们困顿焦虑于自身文学和生活失去蓬勃生机之时有意从另一个群体中发掘和寻觅所得。其实他们对于庶民生活之真实状态不一定深刻理解,故而他们观察到的自认为是理想世界的庶民社会,或许不过只是他们眼睛里映现的一种主观虚像而已。

冯梦龙在《叙山歌》中,说山歌是"田夫野竖"之歌。这种将不为儒教所缚的人视为理想、将脱离儒教纲常束缚的人性奉作理想的新思潮,成为李卓吾等人之思想的共同根基。正是由于明代士大夫们对庶民的挚爱,简而言之即"群众的发现",他们才热情地讴歌俗曲、山歌、戏曲、小说等一切白话文学;同时借助当时印刷术的发达,它们不断被刊刻出版,一时间俨然成为洛阳纸贵之物。描写良家千金与书生私通的《西厢记》,在这个时代大为流行,刊行了众多版本,也是源自同样的嗜好。冯梦龙推举白话小说、采集山歌的行为之深层,潜藏着如上所述的明人特有的问题意识与嗜好。凡此种种,正如本书前文所述,明末时期存在着农村山歌向都市突进的现实状况;这种突进方的气焰,与接受方的挚爱融为一体,共同成为孕育冯梦龙《山歌》的土壤。

中文版后记

　　1981年，我完成了《冯梦龙研究序说》的毕业论文，从东京大学文学部中国语中国文学专业本科毕业。随后我成为东大的硕士生，在伊藤漱平教授的指导下写了硕士论文《冯梦龙及其"三言"研究》，1983年修完硕士课程，进入博士阶段的学习。

　　从很久以前开始，我就对中国明末的"通俗文学之旗手"、以编集短篇白话小说选集"三言"而有声于世的苏州人冯梦龙怀有浓厚的兴趣，立志于以冯梦龙作为"展望台"的明末江南文化研究。1993年，上海古籍出版社出版了魏同贤先生编纂的总共多达四十三册的影印版《冯梦龙全集》，冯梦龙跨越经、史、子、集的全部著作展现于世人眼前。而在这些庞大的著作中，最最让我陶醉、预感将成为自己通俗文学研究之锁钥的，是苏州的地方歌谣集——《山歌》。关于《山歌》的存在及其意义，博士导师尾上兼英教授已再三耳提面命，我很想进一步窥探《山歌》之阃奥。

　　然而，正如本书序论所言，冯梦龙的《山歌》是用苏州方言、并且是距今近400年前的苏州方言记述的。如果是文言文，日本自古以来就有训读的传统；或如果是白话文，也能根据以北京话为基础的"普通话"的知识，在一定程度上阅读和理解。但是，既非文言又非白话的一个地方的语言——方言，可以说几乎没有任何先行研究基础。这对我而言无疑是一个巨大的挑战。而且还有一个问题是，《山歌》中常常会用到与表面文字同音的具有深层含义的双关语的表现手法,假如不知道苏州方言中一些表达深层意义的词汇,就完全无法理解这些歌谣。

从1984年9月开始的一年间,我作为中国政府奖学金留学生(高级进修生)在复旦大学留学。此行当然是抱着诸多目的而来,而其中之一就是解读冯梦龙的《山歌》。在复旦大学,我的导师是江巨荣教授。我赶紧请求江老师为我讲读冯梦龙的《山歌》。江老师对这个厚颜的请求慷慨应允,每周一直单独为我讲解《山歌》,由此我得以步入《山歌》密室的大门。如果没有遇到江老师,我的《山歌》研究必定无法起步。除了江老师以外,还得到了复旦大学黄霖教授,上海师范大学孙逊教授、孙菊园教授,苏州大学石汝杰教授等多位方家的指教。

留学归国后的1986年,我被聘为东京大学东洋文化研究所助教。在担任助教的两年间,大部分时间都在整理自己之前的《山歌》研究的成果。这个阶段除了文献研究以外,还尝试了尾上兼英教授、田仲一成教授所教导的实地考察研究的方法。1987年以及之后的1995年,蒙上海市社会科学院文学研究所前所长姜彬先生的关照,我去当时的上海市青浦县和松江县、江苏省无锡县和南通市进行了民间歌谣调查。如此,才有了拙作《冯梦龙〈山歌〉研究》的问世(《东洋文化研究所纪要》第105册,1988年)。另外,我还向山之内正彦氏借阅了其毕业论文《冯梦龙与苏州的歌谣》,获得不少有益的参考。

1988年至1991年三年间,我任职于广岛大学文学部中国语学中国文学研究室。此间,我成为从1989年开始历时三年的文部省科学研究费补助金(国际学术研究)"东亚农村祭祀演剧的比较研究"(研究代表:田仲一成教授)项目组的一员,得以去江苏、浙江、四川、贵州、江西等地进行"傩戏"和"目连戏"的实地调查。

1991年,我回到母校东京大学文学部中国语中国文学研究室任教。从这时开始，在田仲一成教授的鼓励下，我着手写作学位论文。最终在1998年9月，我以论文《冯梦龙〈山歌〉研究》获得东京大学文学博士学位。其间指导及审查的老师有田仲一成教授、丸尾常喜教授、尾崎文昭教授（东洋文化研究所）、户仓英美教授、藤井省三教授（文学部中国文学）、岸本美绪教授（文学部东洋史）、松浦纯教授（文学部德国文学）等。其中尤为感激的是，田仲教授和松浦教授帮助我解读特佩尔曼（Töpelmann）氏用德语写成的研究著作。其间1993年我获得了作为文部省在外研究员（青年）在中国（复旦大学）及美国（哈佛大学）访学的机会。在此要衷心感谢再次担任我导师的复旦大学江巨荣教授，以及哈佛大学的韩南（Patrick Hanan）教授。

　　1998年提交的学位论文，是对《山歌》之内容、特征、来源、歌唱场域等的考证分析（即本书日语版"论考篇"的雏形）。虽然当时想在此基础上再加上冯梦龙《山歌》的全部日语译注而出版，但是仍有诸多百思不得其解之处，因此始终没有勇气出版。1999年开始，我在哈佛燕京学社做一年的访问学者，趁此良机，对论考部分及译注部分进行了全面的检查修改。

　　2001年4月开始，我兼任于曾经当助教的故地东洋文化研究所，次年4月完全转职到研究所。我即刻提出了出版"东洋文化研究所纪要别册"的申请，获得了批准。此即本书日语版《馮夢龍〈山歌〉の研究——中国明代の通俗歌謡》，2003年由东京劲草书房出版。全书由第一部分"论考篇"和第二部分"译注篇"构成。此次出版的中文版，考虑到中国本土读者在对《山歌》的阅读理解方面定远比我准确和深入，"译注篇"已成蛇足，故果断删除这一部分。日语版出版至今已历十余年，在此十余年间我对冯梦龙及《山歌》的探索与思考、对自己既往相关研究的反思与检讨未尝停止，借此不揣浅陋出版中文版的机会，得以修正和弥补之前日语版书中的一些谬误与疏漏。此外，江巨荣老师为中文版赐序,令我备感荣幸与鼓舞。

纵然如此,对于冯梦龙的《山歌》,我仍然有诸多迷惑和不解。祈盼各位方家不吝赐教。

2016 年 12 月

作者谨识

书 名 索 引

（以书名首字汉语读音音序排列）

B

巴州直隶志 98,100
避暑录话 133

C

裁严郡九姓渔课录 130,131
茶香室三钞 113
长洲县志 119
诚斋集 122
楚辞 94,96
楚辞辩证 94
川沙厅志 183
吹景集 213
春秋衡库 8
词林摘艳 121
词谑 225

D

大唐三藏取经诗话 5
澹生堂藏书目 6
道藏 91
得一录 182,184,185
滇黔土司婚礼记 77,78

定县秧歌选 192
东京梦华录 5
东坡志林 4,91
东洋文化研究所所藏 中国土地文书目录·解说 163
杜诗镜诠 87
杜诗详注 87

E

二拍 6
二人转舞踏 192

F

枫窗小牍 92,93
冯梦龙全集 10

G

改定元贤传奇六种 3,4
歌谣 83,116
歌谣周刊 109
歌仔戏概说 192
钩心草诗草 147
姑苏志 212
觚賸续编 136,216

古今谭概 8
古今小说 18,140,230
古名家杂剧 4
顾曲斋元人杂剧选 4
挂枝儿 8,12,13,15,25,37,135—137,143,146,148,204,211,216,217,221,226,229,230
观灯记 203
灌园记 145
广东新语 80
广州儿歌甲集 126
贵州少数民族风情 77

H

海浮山堂词稿 143
海门山歌选 108,135,188
寒夜录 110,229
何文肃公文集 226,231
红拂记 145
后汉书 96
沪剧小戏考 190
花儿论集 70,72,74
花营锦阵 40
华阳国志 90
欢喜冤家 141,198,215
黄梅戏艺林 192

J

济颠罗汉净慈寺显圣记 141
嘉泰吴兴志 126
甲申纪事 8
坚瓠集 122,123,148
简明吴方言词典 23
江苏省明清以来碑刻资料选集 184
解脱集 227
金陵百媚 8,47,148—150
金瓶梅 3,6—8,141,167
锦帆集 227
警世通言 121,122,140
九姓渔船考 130
九籥前集 230
旧唐书 88,94
绝缨三笑 216,217

K

客座赘语 203,207
空同先生集 223

L

老调简史 192
礼记 78,220,221
莲花山情歌 74
两般秋雨盦随笔 125
列朝诗集 146
刘二姐偷情山歌 215
刘禹锡年谱 88
柳南续笔 113
六家小说 6
六十种曲 140
陆桴亭思辨录辑要 97
陆雅臣 195,197
录异记 89

M

茅鹿门先生文集 226
孟子 42,222
苗俗纪闻 77

名媛诗纬初编 135,146
明清民歌时调丛书 11,12
明清苏州工商业碑刻选集 119
明斋小识 182
墨憨斋定本传奇 8
墨余录 189
木绵谱 114

N

男女对唱山歌 102,103
南词叙录 193
南汇县志 183
南汇县竹枝词 184
南通纺织工人歌谣选 105
南通民间歌谣选 105,108—110
南音三籁 228
霓裳续谱 181,186,196,198
农器图谱 98

P

评剧简史 192

Q

钦定曲谱 196
青楼韵语 142
清稗类抄 131
清嘉录 118
清容居士集 127
情经——明清艳情词曲全编 25
曲律 134,213,228
曲品 140
全宋词 122
全唐诗 85—87,89,98
全相平话三国志 5

全元散曲 143,146

R

人境庐诗草 131
日本考 138
如意君传 145

S

三分事略 5
三国(志)(通俗)演义 3—7
三教偶拈 141
三言 6—8,14,140,222
山歌集 93
山歌索引 25
山中一夕话 173
上海繁华小史 189
上海松江张泽民间文学集成 100
上海县竹枝词 183
上海研究资料 189
盛湖志 112—114
诗筏 228
诗归 218
诗集传 223
诗经 62,80—85,96,105,106,220,222,224,227,228,230,233
史记 96,220,221,232
始丰稿 118
世说新语 115
寿宁待志 213
菽园杂记 124
双雄记 140
水东日记 123,124
水浒传 3,5,6,8
四书指月 8

淞南乐府 183,194,195
苏文忠诗合注 30
苏州风俗 127,214
苏州府志 118

T

太平寰宇记 89
太霞新奏 19,98,142,143,219
唐声诗 88,89
桃花扇 142
陶庵梦忆 117
桐江续集 128
苕溪渔隐丛话 126,127

W

万花小曲 204
万历野获编 40,134,145,203,214,215,224
魏二郎 105
文学改良刍议 10
吴歌 45,106—108,110
吴歌甲集 10,131,136
吴歌乙集 104,125
吴姬百媚 47,148—150
吴江县志 111,112
吴社篇 117
吴县志 118
吴语 127

X

西北花儿学 74
西谛书目 9
西湖游览志余 122,124,129,133
西南采风录 125,135,185

西厢记 3,49,139,233
西游记 3,5,215
息机子古今杂剧选 4
仙传拾遗 91
闲居集 229
湘剧高腔音乐研究 192
湘山野录 92,93
小畜集 92,98
笑府 8,113,216
新编古今事文类聚 91
新编四季五更驻云飞 138
新镌古今大雅南宫词纪 225
新平妖传 8
新唐书 88
绣屏缘 141
续玄怪录 48
宣和书谱 90
雪涛阁集 228

Y

严家私情 104,187
檐曝杂记 78
晏子春秋 47
尧山堂外纪 144,226
叶子新斗谱 136,216,217
一江春水向东流 126
艺苑卮言 107,124,140,146,226
游翰琐言 174
玉谷新簧 139,203
玉台新咏 147
玉烛宝典 89
郁陶集 142
元刊杂剧三十种 4
元明清三代禁毁小说戏曲史

料 184
元曲选 4
元人小令格律 134
乐府诗集 30,88,95
月令粹编 89
岳阳风土记 90
云颠公笔记 125
云间据目钞 135
云麓漫钞 123

Z

杂曲集 204
早期越剧发展史 191
赵圣关山歌 184,185,190,195,198
震川先生集 226

中国娼妓史 131
中国大百科全书·戏曲、曲艺 182
中国歌谣集成 20,105
中国古代民歌鉴赏辞典 13
中国历代民歌鉴赏辞典 13
中国民间歌曲集成 20,104,105,109
中国文学月报 11
中原音韵 23
周礼 83
朱子语类 222,223
缀白裘 140
酌中志 215
自娱集 216,230
醉怡情 140

人名索引

（汉字人名均以汉语读音音序排列，英文人名单列于后）

B

白川静　81,83,106
白居易　85—89
卞孝萱　87
滨岛敦俊　113
卜锡文　70

C

曹元忠　125
曹植(子建)　124
曹志耘　130
陈鼎　77,78
陈国球　218
陈宏绪　110,229
陈榴竞　25
陈寿　6
陈所闻　225
陈之锜　147
赤松纪彦　4
褚华　114
褚人获　122,123,148
村松一弥　76

D

大友信一　138
大塚秀高　216
戴槃　130,131
戴延年　127
岛田虔次　231
丁日昌　184
董斯张　213
董四　137
杜甫　87,232
杜光庭　89
渡边三男　138
段宝林　84

F

范濂　135
范致明　90
方亨咸　77
方回　128
冯梦桂　213
冯惟敏　143
福满正博　18
傅承洲　7

243

傅四　136,156,211
傅惜华　204
傅衣凌　130

G

冈部隆志　75
冈崎由美　139
高岛俊男　6
工藤隆　75
宫崎市定　207
顾颉刚　10,11,13,181,182,195
顾禄　118
顾起元　203
关德栋　11,12,14,15,204
关汉卿　3
管道升　226
归有光　226
郭茂倩　88,95

H

寒山　86
何景明（大复）　134,225,226,231
何仙姑　33,34
河井阳子　18
贺贻孙　228
横山英　111
洪楩　6
侯慧卿　16,142
侯继高　138,139
胡明扬　14,15,24
胡适　10
胡晓真　218
胡仔　126
花子金　25

黄石　78
黄遵宪　131

J

矶部彰　5,215
吉川幸次郎　4,224,225,231,232
济颠　141
贾佩峰　187
江盈科　228
金宁一　113
金其炳　191
金田纯一郎　80
金丸良子　77
金文京　4,5
金文胤　102,103
金元七　113
经君健　130
井上红梅　190
菊田正信　80

K

孔子　47,221,224

L

兰陵笑笑生　7
李安宅　79
李白（太白）　124
李开先　3,4,225,229－231
李梦阳　223－225,231－233
李宁　13
李商隐　30
李冶　142
李益　85－88
李煜　92

李卓吾　233
梁绍壬　125
林茂贤　192
林章　203
铃木修次　82
铃木正崇　77,90
凌濛初　6,228
刘克庄(后村)　193
刘若愚　215
刘禹锡(梦得)　87－89,94,98,
　126
刘万章　126
刘兆吉　125,135,185
柳田国男　78,80
柳恽　147
陆龟蒙　86
陆容　124
陆世仪　97
陆树仑　7
吕天成　140
罗贯中　6

M

马廉　10
马泰来　230
马致远　3
毛祥麟　189
茅坤　226
梅棹忠夫　90
孟森　116
孟元老　5
缪二银　187

N

内田道夫　18

内田智雄　80
倪绳中　184
钮琇　136,216

O

欧阳修　46,226

Q

祁承煠　6
钱镠　92,93,140
钱南扬　10
钱谦益　146
秦嘉谟　89
秦荣光　183
清水盛光　98
丘窬　122
屈原　87,88
瞿佑　122,124,133

R

任二北　88,89
容肇祖　7
入矢义高　225

S

山之内正彦　71
上山春平　79
上田望　5
邵长蘅　118
沈德符　40,134,145,203,214,
　224
石川忠久　62,82
石汝杰　24,25
释文莹　92

守屋毅 90
寿生 83
司马迁 220
丝永正之 79
斯波六郎 147
斯波义信 127,128
寺田隆信 119
松本雅明 81,105
松浦友久 62
松枝茂夫 113
宋懋澄 230
苏轼(东坡) 4,30,91,117
苏子忠 145,211

T

太田辰夫 5
谈钥 126
谭元春 218
唐圭璋 134
陶渊明 88
藤井宏 119
藤井知昭 75,77
田汝成 122,124
田中谦二 4,143,146,171
田中正俊 111,207
田仲一成 139,184,185,194,203

W

宛瑜子 148
汪云苏 9
王崇文(叔武) 223,224
王殿 74
王端淑 135,146
王和卿 143

王骥德 134,213,228
王利器 184
王凌 7
王实甫 3
王世贞 107,123,124,140,146,226
王书奴 131
王叔文 87
王无功 98
王应奎 113
王禹偁 92,94,98
王运熙 95
王祯 98
王穉登 117,145
为霖子 148
闻一多 94
吴彩鸾 90,91
吴梅 142
吴章胜 12,13
武田泰淳 11,23,24
武则天 141,145,206,207

X

西川一三 79
西施 47
小南一郎 94
小松谦 4
小野四平 7
星野纮 71,75
熊廷弼 216,217
徐渭 193
徐一夔 118,144,226
许甄夏 9
薛涛 142

雪犁 74

Y

岩城秀夫 4,140
杨光辅 183,194,195
杨伦 87
杨万里 122
叶盛 123,124
庸愚子 6
游友基 13
余冠英 95
余治 182,184,185
俞琬纶 216,230
俞樾 113
袁宏道 117,227,228
袁裘 92
袁桷 127
袁无涯 228
袁宗道 227

Z

臧懋循 4
泽田瑞穗 115
曾巩 226
曾永义 192
张岱 117,118
张凤翼(伯起) 53,145,174,175
张洪年 24
张惠英 25
张继光 196
张金松 187,188,193
张可久 143,146
张紫晨 193

章一鸣 24
赵次公 31
赵孟頫 144,226
赵彦卫 123
赵燕奴 88,89
赵翼 78
中川谕 5
中根千枝 79
中尾佐助 79
中原律子 71
钟惺 218
仲孙樊 112—115
周振鹤 127,213,214
周作人 10
郑振铎 9,10
朱瑞轩 9
朱熹(朱子) 94,222,223
朱自清 84,85,87
诸联 182
竹内勉 120
卓人月(珂月) 110,229
左思 95
佐佐木高明 75,79

Marcel Granet 80
Chang-tai Hung 10
Wilt L. Idema 4
Antoinette Marie
  Schimmelpenninck 20,102,103
Kang-i Sun-Chang 219
Cornelia Töpelmann 16—19,24,
  25,29,63,64,130,181
Ellen Widmer 219

247

图书在版编目（CIP）数据

冯梦龙《山歌》研究/[日]大木康著. —上海：复旦大学出版社，2017.6
（日本汉学家"近世"中国研究丛书/朱刚、李贵主编）
ISBN 978-7-309-12857-4

Ⅰ.冯… Ⅱ.大… Ⅲ.情歌（文学）-文学研究-中国-明代 Ⅳ.I207.7

中国版本图书馆 CIP 数据核字（2017）第 038205 号

FENG MENGLONG "SANKA" NO KENKYU – CHUGOKU MINDAI NO TSUZOKU KAYO
by OKI Yasushi
Copyright © 2003 Institute for Advanced Studies on Asia, the University of Tokyo
All rights reserved.
Originally published in Japan by Keiso Shobo Publishing Co., Ltd., Tokyo.
Chinese (in simplified character only) translation rights arranged with
Keiso Shobo Publishing Co., Ltd., Japan
through THE SAKAI AGENCY and BARDON – CHINESE MEDIA AGENCY.

上海市版权局著作权合同登记图字：09-2017-137 号

冯梦龙《山歌》研究
[日]大木康 著
责任编辑/王汝娟
复旦大学出版社有限公司出版发行
上海市国权路 579 号　邮编：200433
网址：fupnet@fudanpress.com　http://www.fudanpress.com
门市零售：86-21-65642857　团体订购：86-21-65118853
外埠邮购：86-21-65109143
常熟市华顺印刷有限公司

开本 890×1240　1/32　印张 8　字数 177 千
2017 年 6 月第 1 版第 1 次印刷

ISBN 978-7-309-12857-4/I·1037
定价：35.00 元

如有印装质量问题，请向复旦大学出版社有限公司发行部调换。
版权所有　　侵权必究